FALLING

E 伯爵 /著

天幕尽头

Volume 2 | 卷二 / 地下迷宫

（珍藏版）

Underground maze

图书在版编目(CIP)数据

天幕尽头.卷二,地下迷宫:珍藏版/E伯爵著.—重庆:重庆出版社,2023.1
ISBN 978-7-229-16651-9

Ⅰ.①天… Ⅱ.①E… Ⅲ.①长篇小说—中国—当代 Ⅳ.①I247.5

中国版本图书馆CIP数据核字(2022)第044335号

天幕尽头(卷二):地下迷宫(珍藏版)
TIANMU JINTOU(JUAN'ER):DIXIA MIGONG(ZHENCANG BAN)
E伯爵 著

责任编辑:唐弋淄 陈 垦 崔明睿
封面/插图:deoR
装帧设计:谢颖设计工作室
责任校对:朱彦谚

重庆出版集团 出版
重庆出版社

重庆市南岸区南滨路162号1幢 邮政编码:400061 http://www.cqph.com
重庆出版社艺术设计有限公司 制版
重庆市鹏程印务有限公司 印刷
重庆出版集团图书发行有限公司 发行
E-MAIL:fxchu@cqph.com 邮购电话:023-61520646
全国新华书店经销

开本:890mm×1230mm 1/32 印张:9.875 字数:206千
2023年1月第1版 2023年1月第1次印刷
ISBN 978-7-229-16651-9
定价:72.00元

如有印装质量问题,请向本集团图书发行有限公司调换:023-61520678

版权所有 侵权必究

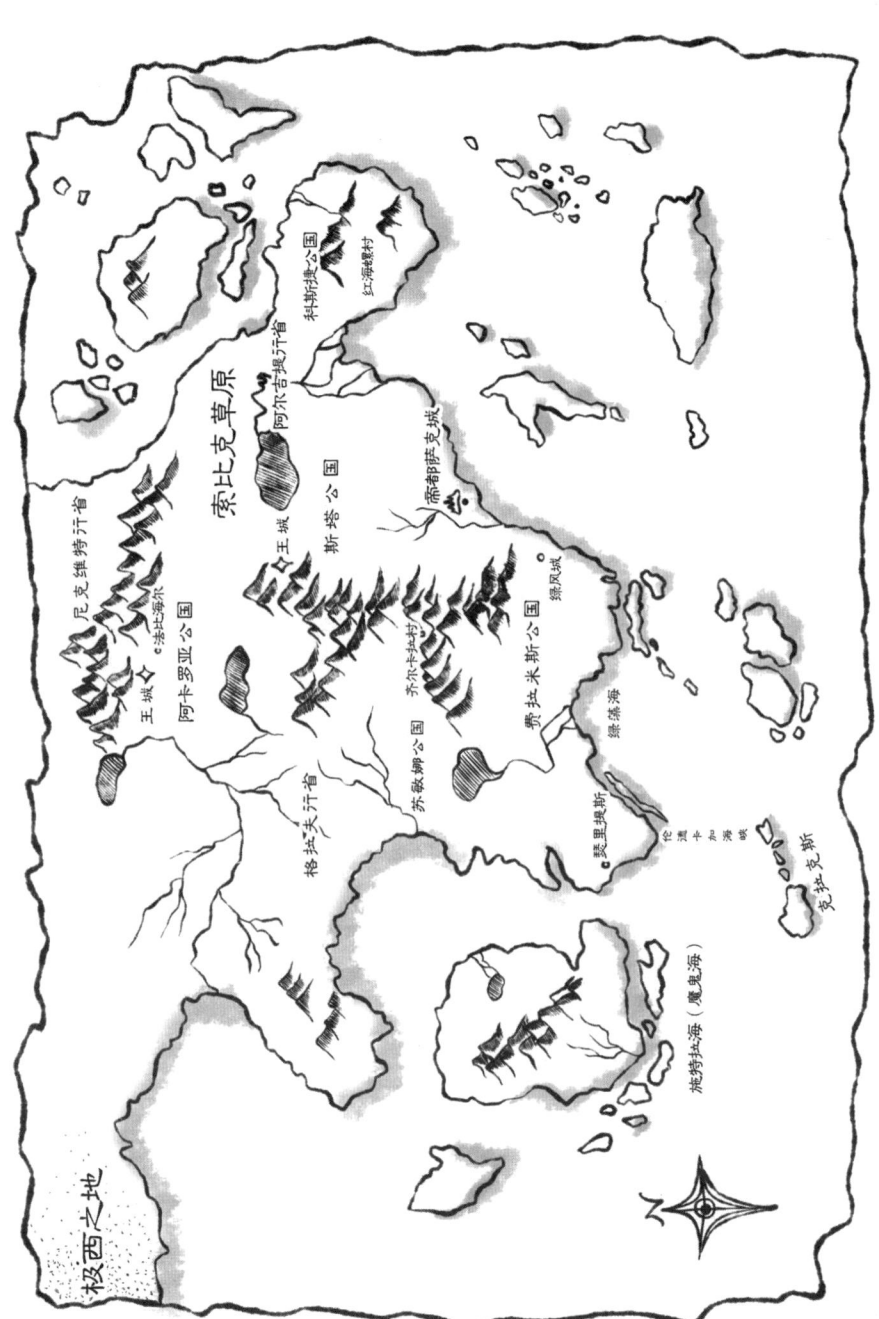

目录
Contents

启程的准备	001
伙　伴	013
最终团队	024
启　程	036
救　援	047
抵　达	058
噩梦重现	069
再次起航	080
沉　没	091
幸存者	105
肉　虫	117
入口打开	128
黑暗世界	139
暂时脱险	150

尊　严	162
炎热地狱	173
吞下去	184
再见双胞胎	195
异　变	206
最后的仁慈	218
强　敌	230
落入深渊	241
妖魔王	255
遥远的往事	265
永恒的沉默	277
苏　醒	288
重返人间	299

启程的准备

东方的第一缕阳光从喀托尔海升起,如同金色的纱,慢慢地被展开,拉平,逐渐铺满了卡亚特大陆。最东边的法玛西斯帝国在这阳光的眷顾下苏醒,它的每一个行省,每一个公国,都接受了凯亚神温暖的馈赠,把黑暗的夜晚赶走。

这是春季最美好的时段,寒冬已经连影子都看不见了,人们都在为天气转暖而高兴:农民忙着播种,商人准备远行,女人迫不及待地换上轻薄的衣物,男人们剪短了头发和胡子。新的衣料和发式开始流行……很多人在为新生的一切而准备,他们精力充沛、兴致勃勃。

公国的领主和行省的长官们整理出一年的计划以后,派出使臣去帝都萨克城送出第一批贡品,然后就等着国王陛下像过去那样恩赐奖赏。每一条大路都有越来越多的车队,每个集市都变得越来越拥挤。

天幕尽头

在这样的时候，只有极少数人知道阳光背后的阴霾，那些不断被报告的妖魔伤人事件仍然秘而不宣。领主和行省的执政官们都在等待罗捷克斯二世和主神殿的指示，因为对于皇权强大的法玛西斯帝国来说，执行国王的命令倒不算难事，但不祥的消息一旦公开会引起怎样的反应还不得而知。也许会是大范围的恐慌，甚至因为白魔法的防御力量不够，反而会让黑魔法有重新泛滥的机会。无论是世俗的皇权还是教廷，都不希望看到这样的事情出现。

凯亚神偏爱人类，这是毫无疑问的。

在创世之初，为了平衡光而有了暗，凯亚神在光的界内创造出人间万物，而暗的界内则凝结出无数妖魔。起初凯亚神并没有让人和妖魔分开，因为这样可以使光与暗相互制衡，然而他发现作为暗物质的妖魔不断地渗透进人间的一切，甚至是人类的内心。为了保护他心爱的造物，他将自己的力量分出了一些给掌管各种事务的神仆，让他们各司其职，自己则动手封印妖魔。

他从光明之神拉加提的儿子中选择了一位，让他与人类的女子繁衍子孙，从而有了天生具有"神力"——也就是白魔法——的部族，杜纳西尔姆。然后他命令自己的神仆之一，骑士卡西斯率领着杜纳西尔姆人在整个人间讨伐妖魔。

因为光暗之间的平衡，妖魔不可能被全部消灭，于是卡西斯和杜纳西尔姆人所能做的就是杀死一部分，而将另外的赶入地下。妖魔在地面的痕迹越来越少，凯亚神终于得以将他们封印。

不过在最后与妖魔王的战争中，卡西斯阵亡，化为了蕴涵着无穷法力的宝物"骸卵"。杜纳西尔姆人则被留在人间，扫荡零星的妖魔。无论卡亚特大陆和别的地方怎么朝代更替，杜纳西尔姆人都作为一个很特别的存在而受到尊敬和保护，直到两百年前那场浩劫让他们灭绝。

凯亚神自从封印了妖魔之后，便感觉到了从未有过的疲惫，他对人类的安全非常放心了，于是进入了至高天陷入沉睡。诸神按照他留下的规则治理世界，而人类则朝夕供奉他们和凯亚神。

所以从创世到如今，人类都是凯亚神的宠儿，虽然他们不能长生，也没有什么力量，但是他们却获得了很多保护，得以绵延至今。这足以让其他所有的生物忌恨了——特别是妖魔。如果它们在这个时候摆脱了封印，再加上黑魔法复兴，那么没有凯亚神和杜纳西尔姆族保护的人类就必须告别平静安稳的生活了，被压抑了几千年的怨恨足以让人类毁灭。

卡亚特大陆上最大的国家是法玛西斯帝国，作为国王，罗捷克斯二世非常清楚这一切，他在接到各地送报的密函的同时，也从游吟诗人克里欧·伊士拉的嘴巴里得到了关于现在情况的完整分析。他当然知道什么人应该相信，什么人值得怀疑，因此他确信作为杜纳西尔姆遗族的克里欧所预测的糟糕未来真的会变成他统治过程中最大的麻烦。

王宫突然发生的火灾仿佛是在印证克里欧·伊士拉所说的一切，这也使得年轻的国王下定决心要解决这个麻烦——不惜任何代价。

天幕尽头

"七天……"有着墨黑色长发的男子用柔软的布擦拭着七弦琴的时候,突然喃喃地低声说了一句。

另外一个斜靠在窗前的男人抬起头看了看他,黑色的眼睛闪动了一下:"怎么了,主人,您在担心吗?"

"不,菲弥洛斯……我只是在计算日期。"克里欧垂下眼睛,继续专注于手里的工作。

菲弥洛斯站起来,一边深呼吸一边拉伸着双手,关节发出喀啦喀啦的轻响,还有蓝色的火花,他在游吟诗人的面前投下一片阴影。"我知道您在担心什么,主人。"他毫不忌讳地对克里欧说,"那个小国王答应协助您前往'魔鬼海',但是他可不会白白地送出一艘大船,况且萨克城里的巫术源头还没有被找到,您一旦离开,他就少了一个非常可靠的顾问。他做事精打细算,所以您必须在十五天之内把最有用的咒语全部教给祭司们,以确保这里的人能应付各种突发情况,现在看来您选择的那四十个人就算拼尽全力,要想在剩下的七天内达到国王期望的标准,还是很勉强的。"

克里欧把手里的绒布放下,然后从七弦琴中抽出一柄长剑,雪亮的剑身大约有三指宽,清晰地映出他银灰色的瞳孔:"这四十个年轻祭司都是五等到三等的精英,非常聪明,能牢记大量陌生的杜纳西尔姆咒语,并且熟练运用,这已经很不容易了。他们现在已经足以抵御一定数量的妖魔袭击,并且遏制巫术,只要七天内再把剩下的部分学完,他们的战

天幕尽头

卷二

FALLING SKY

地下迷宫（珍藏版）

斗力一定还会增强的。"

菲弥洛斯摸了摸额头上的十字伤疤，自嘲地笑了笑："是啊，我差点儿忘记了杜纳西尔姆的咒语有多么强大。不过，主人，即使他们在这么短的时间里学会了您所教的法术，但白魔法的力量仍然是很弱的，如果三十只魔狼或者肉虫巴斯杰特同时出现在这里，恐怕就糟糕了。"

"四十人能结成八个绞杀阵，这样基本上可以抵抗一定程度的袭击了，况且……"克里欧顿了一下，"按照目前妖魔出现的速度，这三个月内都可以确保萨克城的安全。"

"应该说，只要巫术被压制着，而大型的妖魔也不出现，这三个月的确很安全，您有时候也是很乐观的。"

这个时候一阵轻柔而细微的铃声正从窗外传来。那预示着午祷结束了，祭司们开始下午的活动。

"走吧。"克里欧把七弦琴装进口袋，对菲弥洛斯说，"我们应该去伊萨克偏殿了。"

自从王宫中发生火灾之后，罗捷克斯二世仔细地考虑了克里欧·伊士拉给他的提议，他允许杜纳西尔姆人的遗族将他所知的防御和攻击魔法传授给祭司们，然后秘密扩展到全国。于是游吟诗人和他的"奴仆"，妖魔贵族菲弥洛斯，一起逗留在主神殿内。他们一边把高深的魔法教给祭司，一方面做着到瑟里提斯的准备——他们计划走水路，这样如果在瑟里提斯没有找到地下迷宫入口的话，还可以深入魔鬼海。

在供奉河流之神伊萨克的偏殿外，有一个穿着红色长袍的年轻祭司正恭敬地站着，他长相端正，刚刚二十出头，脖子上挂着一串银质的念珠。在看到游吟诗人进来后，他迎上前去，微微欠身："伊士拉先生，大家都到齐了。"

这个年轻的祭司算得上克里欧第一个学生，在不久前刚刚被破格提升为五等祭司，成为将主神殿和游吟诗人联系起来的沟通者和命名执行人。

"谢谢，甘伯特，让你们久等了。"

克里欧和菲弥洛斯进入了偏殿，那里面因为供奉河流之神，地板上有一条条弯曲的小沟槽，泉水被引入这里，淙淙地流淌着。跨过沟槽就是一大片开阔的空地，年轻的祭司们穿着红色的衣服坐在那里，每个人都剃着光头，额头上有深红色的光轮刺青。他们年龄最大的不超过三十五岁，几乎算得上主神殿中最聪明的祭司。

克里欧回头看了看菲弥洛斯，妖魔贵族立刻退到一旁。他看着克里欧用优美的声音吟唱那些咒语，而当祭司们开始练习的时候，几乎变成了美妙乐音的合奏。他在指尖上玩弄着蓝色的闪光，好像完全没有听到……

就跟前几天一样，当太阳渐渐地从天空中落下时，克里欧·伊士拉的教学才完结，这样大强度的记忆和施展魔法，即使是结实的年轻祭司也吃不消，但他们面带疲惫地走出偏殿的时候，仍然恭敬地向游吟诗人鞠躬行礼。

"辛苦了，伊士拉先生。"甘伯特先生请克里欧先去吃晚饭，同时报告说，国王陛下希望在晚上的时候跟他谈一谈，

"赫拉塞姆队长说等一下就接您进宫。"

"说了是什么事情吗?"

"嗯,好像是关于出发的细节……"

克里欧点点头——所谓"出发的细节",就是路线、时间和人员的最后敲定,这也是他和罗捷克斯二世出现分歧的地方。想到上一次和国王商谈的那些事,游吟诗人有些烦恼地皱起眉头。

"干脆我们现在就走吧,赶到王宫的时候,陛下刚好吃完晚饭。"

菲弥洛斯挑着眉扫了一眼克里欧,似乎对他的急切有些反感,而甘伯特则毫无异议地点点头:"那么,我就去通知赫拉塞姆队长,另外我建议您在路上吃一些干粮,可以吗?"

"谢谢你,甘伯特,我和菲弥洛斯直接去大门等你。"

年轻祭司又一次行了礼,快步走出偏殿。

"太拼命了吧,主人。"菲弥洛斯抱着双臂对游吟诗人说道,"虽然您是永远不死不老的身体,饥饿和疲倦仍然会让你变得虚弱。"

克里欧把七弦琴背起来,朝他笑了笑:"菲弥洛斯,你应该知道国王陛下为什么老在'出发细节'上跟我商量吗?"

妖魔贵族冷冷地哼了一声:"首先,他希望你找不到地下迷宫的入口,这样你就能回到帝都帮他控制住妖魔和巫术;第二,如果找到了地下迷宫,里面究竟有什么,人人都好奇,所以国王陛下当然不能让你单独去探险,他会要求带上他所信赖的人;第三,他觉得没有必要把时间浪费在远处那

天幕尽头

未知的地方,或者说,他很难完全信任您的说辞,总是有所怀疑和保留的,比如您借故逃走之类的……主人,如果您之前让赫拉塞姆队长把那三个克拉克斯人带到国王面前,或许能打消他的顾虑。"

克里欧的脸色沉了下来,不过却不完全是因为菲弥洛斯的话,而是这一周多的时间里,他并没有看到被灌注了巫术的双胞胎舞者来主神殿请求净化,而派士兵们去他们住的房子监视,也没有再看到人。

难道是逃走了吗?

克里欧希望这最好别发生。

一周前,王宫中发生了火灾。

那是一场奇特的火灾,是从王族子弟们上课的宫内厅附近的一个仆人宿舍中烧起来的,总共死了三个奴仆,然后损毁了一点儿建筑。这似乎也把王宫内巫术残留的痕迹烧干净了:之后克里欧吩咐甘伯特再实施拟巫咒的时候,就没有任何效果了。

罗捷克斯二世对此没有吃惊,也没有失望,因为无论是对他还是对克里欧来说,这完全不意外。他不动声色,只是按惯例审问了一部分当事人,然后轻描淡写地完结了这件事——至少,表面上是如此。

这也是一个讯号。

因为王宫中大大小小的事情总会以各种方式传播到下面

去，那些亲王、执政官们，都在窥探着最高统治者的心思，而淡化的处理也是在给他们传达一个消息："少安毋躁"。

萨克城的黄昏和以往的任何一天一样，热闹、嘈杂、生机勃勃，市民和外来的商人都忙忙碌碌的。虽然有一些不尽详实的传闻在市井流传，但是就跟所有的新闻一样，它们很快就被另外一些取代。

克里欧坐在马车中，左前方是国王陛下指派给他的临时专属侍卫长格拉杰·赫拉塞姆。这个棕色头发的年轻人总是严谨而毫无差错地执行命令，显得忠诚且干练。游吟诗人看着他的背影，忍不住想起了在离开主神殿时好像无关紧要的对话。

"国王陛下这几天都在书房中吃晚饭。"赫拉塞姆队长告诉克里欧，"虽然皇后陛下对此有些不满，可是陛下的确是太忙了。包括您在内，今天晚上他还要接见几位重要的大臣。"

"是公国的使节吗？"

"有一些，不过大部分是在帝都的……比如在您之前就是科纳特大公，陛下请他一起吃晚饭。"

"大公殿下最近也很忙吧，我偶尔回几次玫瑰区的别馆他都不在……"

"忙忙碌碌是人生的常态。"赫拉塞姆队长委婉地说，"我敬佩陛下和殿下，不过我还是更愿意躺在一个美人的膝盖上让她喂我吃葡萄。"

克里欧笑着不再多问，他其实并没有要探听什么的意思，如果是赫拉塞姆的职业让他养成了说话留一半在肚子的

天幕尽头

习惯，克里欧也不想去强迫他改过来。

大约在天完全黑下来以后，十几名宫廷侍卫和游吟诗人主仆在侧门外下了马，一些人留在原地，克里欧他们则和赫拉塞姆一起由男仆带领着向罗捷克斯二世的书房走去。

王宫全是由阿卡罗亚公国进贡的白色大理石修建的，只要有一点光亮，就会在夜色中变得显眼。每次克里欧进入这个地方，就会多少在头脑中闪过远在北边的那位女亲王，那个因为未婚夫被妖魔寄生而经历了巨大痛苦的少女。克里欧会忍不住猜想她的公国内是否也出现了更多的妖魔，她会不会再一次给帝都发来求助的密函。作为罗捷克斯二世唯一有血亲关系的妹妹，米亚尔亲王弗拉治理着一个最偏远的公国，也是最难以保护的一个……

"先生们，到了，请进吧。"

男仆柔顺的提醒把克里欧从沉闷的回忆和联想中拉了回来，他抬起头，看着纯白的圆柱形建筑，两扇做工精美的木门关闭着，旁边有燃烧的火把，把门上的玫瑰花纹照得清清楚楚。罗捷克斯二世就在这扇门的背后，坐在他无数的藏书中间。克里欧有时候觉得，那位年轻国王的心思会超越他的年纪，仿佛一本陈旧的古书，难以捉摸——也许翻开看懂了内容，却又从字里行间中透出一点点无法咀嚼的东西来。

伙　伴

罗捷克斯二世即使不是国王，仍然会让人觉得很光彩夺目。他面目英俊，身材匀称，还有一头如波浪般浓密卷曲的金发。当克里欧·伊士拉走进书房的时候，国王陛下的头发在明亮的灯火下反射出漂亮的光泽。

"晚上好，陛下。"格拉杰·赫拉塞姆队长通报道，"伊士拉先生到了。"

罗捷克斯二世站起来转过头，笑了笑："辛苦了，各位，请坐吧。"

长椅前有一张小巧的方桌，上面摆放着一些薄饼，还有装在水晶杯子里的酒，一把餐刀插在一块牛肉上，旁边还有张丝质的方巾。穿着短外套的科纳特大公站在旁边，他蜂蜜色的头发梳得整整齐齐的，板着脸，显得有些拘谨——年轻的大公显然因为和国王一起共进晚餐而刻意打扮过。

天幕尽头

克里欧礼节性地向国王和科纳特大公行了礼,然后在一张椅子上坐下来,而菲弥洛斯也照例沉默地站在他身后。"你也留下,格拉杰。"罗捷克斯二世又对准备离开的侍卫队长吩咐,棕色头发的年轻人点点头,垂着手站到了一旁。

"需要喝点儿酒吗?"罗捷克斯二世吩咐女仆把一个空杯子和一盘烤牛肉放在克里欧面前,"你来得这么快,应该还没有吃晚饭吧。"

"谢谢,陛下。"

国王笑了笑:"我和科纳特刚刚吃完,因为想着你可能也会饿,所以多准备了一些。哦,对了,你的'仆人'呢,他应该不爱吃我们的东西吧?"

"是的,陛下。菲弥洛斯一般都找合自己口味的东西。"

罗捷克斯二世点点头:"那就好……伊士拉先生,这两天真是辛苦你了,祭司们的资质不能和杜纳西尔姆人相比,你费了不少心。"

"他们都很聪明,而且也非常努力,我应该感谢您和费莫拉德大人把最优秀的祭司都调拨了过来。等最后七天结束,这四十名祭司就可以防卫一定的妖魔作乱,而且他们可以给士兵们的兵器加注魔法,杀死低等妖魔。我的建议是,如果暂时没有大的危害出现,您最好是抽调一些祭司,在十一个公国和行省中各派一个,这样次神殿的祭司也可以多少能学习防御能力。对了,我想等我离开萨克城以后您能将甘伯特调入王宫,他的学习能力很强,而且我给他强化了一些攻击性强的咒语,他会保护好您和皇后陛下,还有小公主。"

"哦,您想得很周到,伊士拉先生。实际上今天请您来正是要商量一下关于甘伯特的事情……哦,事实上不光是他……"罗捷克斯二世转向旁边来自斯塔公国的年轻贵族,"瞧,跟科纳特大公也有点儿关系。"

"陛下……"

"伊士拉先生,我就直说了吧。其实您再多教给甘伯特一些咒语也很好,那对您自己很有用,因为我不打算让他留在帝都,他跟着您去魔鬼海会更有用。"

"陛下——"

"请听我说完,伊士拉先生……如果您走海路到瑟里提斯,并且是从萨克城出发,那么最好就伪装成一艘商船。尽管您的'仆人'法力高强,可也不能把所有的事情都做完,您需要舵手、水手、厨师……还有那些航海必须雇佣的工人。我想您不能用欺骗的手段雇佣一批老实人,然后即将进入魔鬼海时再来镇压一次起义,对吧?所以,我会将最好的海军调配到您的船上,他们的航海经验非常丰富,他们更忠诚、更可靠,而且胆子更大。如果您要想毫无后顾之忧地进行这次航行,那么率领这样一个小组不是挺好的吗?甘伯特跟着您上船,他代表的是教廷,然后我想让赫拉塞姆也一起去,他将代表我……对了,他身上的鎏金玫瑰就是最好的通行证,在法玛西斯帝国,你们需要什么都可以直接向当地征集。"

克里欧想了想:"感谢您的慷慨,陛下,对于您的好意我无法拒绝,只有遵命了。"

天幕尽头

罗捷克斯二世显得很愉快："那么我想还有几个人你应该也会允许他们同行了。"

"还有谁？"

"前几天我给弗拉发了一封信，您一定知道她是一个多么善解人意的女孩儿。"

"米亚尔亲王殿下有着超越年龄的坚强和智慧。"

"是啊，她很少让我操心……除了布鲁哈林出事以外。哦，说正题吧，是这样：既然您决定要找到地下迷宫的入口，那么我就让她给我推荐了几个非常能干的人。他们是很好的猎人和矿工，您会用得上他们的。"

每个公国和行省都有推荐到国王宫廷中侍奉的手艺人，这都是当地的佼佼者，而以狩猎和矿产为主要收入的阿卡罗亚公国有整个大陆最好的猎人和矿工，他们善于对付狡猾的野兽，对于深入地下的事儿非常了解。

国王看着克里欧的表情，又补充了一句："哦，伊士拉先生，我明白您的顾虑，他们都是普通人。"

"不仅如此，陛下。"游吟诗人解释道，"如果真的能进入封印妖魔的地方，那么人数少一些可能会更好。没人能预料到会发生什么，会遇到什么，冷酷地说，我和菲弥洛斯都无法保护多余的人。"

"对，"金发的国王一点儿也没生气，"正因为不知道会发生什么，或者遇到什么，所以您也不能说他们完全就是累赘。对吧，科纳特？你想成为累赘吗？"

克里欧把惊异的目光投向那个一直没说话的年轻人，心头突然有些不好的预感。仿佛就是要印证他的猜想一般,罗捷克斯二世点点头:"是啊,科纳特也要跟你去。"

克里欧几乎是不假思索地说了"不"。

科纳特大公是斯塔公国的杜克苏阿亲王唯一的继承人,他年迈的父亲很亲切、很博学。那个老人曾经将自己收藏的杜纳西尔姆族人的遗稿送给克里欧,这让游吟诗人更加没办法允许自己将这个青年带入险境。

罗捷克斯二世对他的回答一点都不吃惊,只是做出一副无可奈何的样子,冲着科纳特大公挤了挤眼睛:"好吧,你看到了,我亲爱的表弟……还是你自己说一说理由吧,伊士拉先生答不答应我可就管不了了。"

年轻的大公有些紧张地看着克里欧,那神色就仿佛是一个即将考试的学生。他把胳膊放在桌子上,手指局促地彼此摩擦,开口前轻轻地吸了口气:"伊士拉先生,真、真抱歉。我父亲来信告诉我您很有本事,所以我一直非常尊敬您。您知道,我在陛下的宫廷里学习机械,还算……还算有点成绩,上次陛下来问我有没有什么兵器方面的新玩意儿,我就特别地改进了几个。我想您用得上它们,如果我能跟着您去,说不定也能帮点儿忙。"

克里欧客气地向他道谢,不过仍然拒绝:"殿下,我非常感激……但是这趟旅程非常危险,您如果有任何损伤都会让亲王殿下非常伤心。而且,这是一趟没有什么乐趣的艰苦旅行,只有海水或者泥土,您所感兴趣的事情不会发生的。"

"您说的当然是事实,伊士拉先生。"科纳特大公脸色发

天幕尽头

红,但仍然没放弃,"不过我想这是一个机会,我可以把我做的东西真正地用起来……而且、而且我父亲一直对于远古传说非常有兴趣,如果我能够代替他去参与,他会很高兴的……"

游吟诗人想起了在斯塔公国的王宫里和杜克苏阿亲王短暂的接触,印象最深刻的就是沿着台阶走进书房的那个时候,亲王苍老的脸被烛光照出一条条石刻般的痕迹。但他仍然摇摇头。

科纳特大公显得更加紧张了,就好像考试不及格的孩子,罗捷克斯二世摆了摆手,让他闭上嘴:"我想等伊士拉先生看了你做的东西,他就会改变想法的。咱们先见见其他人吧。"

国王做了个手势,于是女仆带着另外两个人进来了。那是一个三十来岁的男人和一个年轻的女人,他们向罗捷克斯二世单膝跪下,行了礼,然后站起来。

"伊士拉先生,您一定得认识一下莉娅·希尔小姐,她是少见的好猎人,我见过她用弓弩射过三十只麻雀,每一只都射中了眼睛;还有米克·巴奇顿,他从十三岁就开始在矿井中工作,从煤炭到钻石,他什么都能找到。"

那位女射手向克里欧鞠了一躬,她个子高挑,有一头卷曲的黑发,眼睛是棕色的,结实有力的胳膊从短袖衫里露出来,红色的飘带系在她纤细的腰上,一直垂到脚踝处。尽管她礼貌地站在那里,眼神中却透露出一股好奇,脸上一直带着微笑。

米克·巴奇顿则高大、健壮,有一对温和的蓝眼睛,浅黄色的头发剃得很短,留着络腮胡子。他和莉娅·希尔给人的感觉完全不一样,他更加敦厚,甚至有些害羞,就像一只被驯养的棕熊。

游吟诗人站起来,向他们还了礼。

罗捷克斯二世对克里欧说:"他们都是在王宫中效力,不过从现在开始他们直接听命于你,就和赫拉塞姆队长一样。你如果要考查他们的本领,随时都可以要求他们做好准备——噢,其实没有准备更好。伊士拉先生,您今天晚上有时间吗?"

"哦,明天也可以的,陛下。"游吟诗人回答道,"请希尔小姐和巴奇顿先生明天中午的时候到主神殿来,行吗?您知道,这几天对祭司们的训练非常重要,我今天晚上还得把明天要学的咒语准备好。"

"您完全可以做主,"罗捷克斯二世慷慨地摆摆手,"行程和安排我都不干涉。"

克里欧向他表示感谢,然后来到女猎手和矿工跟前,客气地和他们谈了几句。莉娅·希尔用活泼的棕色眼睛注视着游吟诗人,快乐地点着头,而米克·巴奇顿则表情严肃,认真地听完以后才表示,他们一定会准时过去。在他们告辞离开的时候,莉娅忍不住又转过头来,毫不掩饰地打量了克里欧一遍,就像一个没什么心机的孩子。

天幕尽头

其实这顿晚饭克里欧·伊士拉并没吃多少，罗捷克斯二世在推荐了那些一同出发的助手后，又继续和他讨论船只的大小及伪装，还有详细的路线。其间，科纳特大公一直安静地坐在桌子旁边，克里欧尽量不去看他的眼睛，因为他觉得让这个年轻人失望是一件很尴尬的事情——虽然他注定会失望。好在直到他向国王告退，大公殿下也没有再坚持他的请求。

"真是让我意外……"菲弥洛斯在走出书房以后对游吟诗人低声说道，"看来国王陛下的计划周详得很呢，还有什么是他没考虑到的吗？"

其实罗捷克斯二世所说的都是很现实的问题，让甘伯特和赫拉塞姆一起上路也确实会有所帮助，甚至是漂亮的女射手和那个矿工，他们加入也没有关系，但是这明显会让事情变得复杂起来。

游吟诗人看着前面的侍卫队长的背影：他的存在会比之前更加微妙——也许就如同罗捷克斯二世所说的，格拉杰·赫拉塞姆会调动很多帝国的资源，但是他也是一双看着他们的眼睛。

"我说过什么来着，主人？那小国王很谨慎，他会尽可能地让他信赖的人跟着我们的。"菲弥洛斯问道，"不过今天他推荐的那两个您决定怎么办？您并没有当场拒绝，看上哪个了？"

"你觉得呢?"

"他们和那位可爱的女亲王一样不像是让人担心的人,特别是那个莉娅,她很有趣。"菲弥洛斯又笑了笑,"我想他们会比甘伯特和赫拉塞姆队长更讨人喜欢。反正您都无法拒绝,其实留下来也不错,说不定还真的能帮上忙。不过我想您到现在也明白了吧,主人,等到我们真正出发之后,这一路上您能信任的只有我!如果您脑子清醒就好好地记着这一点。"

这个时候,后面有人叫着游吟诗人的名字,克里欧回过头,看到快步走近的科纳特大公。

"抱、抱歉。"青年贵族不好意思在他跟前停下来,"伊士拉先生,能耽误您一会儿吗?"

克里欧还没来得及回答,科纳特大公又生怕他拒绝似的,补充道:"就几分钟,真的,我保证!"

菲弥洛斯在旁边发出"嗤"的一声轻笑,这立刻让大公满脸通红。

游吟诗人帮助青年贵族摆脱了尴尬:"殿下,有什么可以为您效劳的吗?"

科纳特大公看了看菲弥洛斯和其他人,于是克里欧朝旁边走了几步,并示意大公过去。青年贵族感激地笑了笑,对克里欧说:"谢谢您,伊士拉先生,我不是有意要纠缠您的……关于刚才我的请求,请您务必再考虑一下。我……我真的希望能够跟您一起去探险……"

"那可不是游山玩水,殿下,魔鬼海没准会要了我们的命。至于能不能找到地下入口,也是一个未知数。"

"我不是想去玩儿,也不是一时冲动!"科纳特大公分辩道,"我……我是想为父亲做一点儿事!"

"我不明白,殿下。"

科纳特大公吞了口唾沫:"伊士拉先生,我的父亲写过很多传奇的故事,都是卡亚特大陆上的魔法与神话。其实他对这些有着浓厚的兴趣,但是他是亲王……您理解,他没有机会去亲身接触那些,而且他的年纪很大了,也不可能再远行……如果我能够去看看他一直想见到的东西,他会很高兴的。当然了,他的确只有我这一个继承人,可、可是正因为这样,我才更应该去,不是吗?"

游吟诗人忍不住用手按了一下眉心,他并不擅长劝说别人,特别是对方拥有一个比较靠得住的立场时。于是他选择了一个较为委婉的方式——

"殿下,这样吧。明天中午的时候您能到主神殿来吗?"

"啊?哦,我想我有时间。"

"那好的。如果能让我相信您可以确保自己的安全,我会考虑您的要求。"

青年贵族高兴地笑起来:"谢谢,伊士拉先生,真是感谢……"

"殿下,我只是说会考虑一下。"

"我明白,我完全明白!"科纳特大公点点头,"您太好了!那么我就先回去了。明天见。"

"再见,殿下。"

克里欧向他欠欠身,看着青年心满意足地离开,不一会儿就走远了。他转过身继续朝宫门走去,菲弥洛斯跟上来:"要我说,其实大公殿下跟着咱们也不错!您养过宠物吗,主人?那种眼睛乌黑的小狗,什么都不懂,全心全意地依靠你。"

伊士拉又好气又好笑地摇摇头:"我养不起任何宠物,菲弥洛斯,无论是最卑微的野狗还是高贵的名犬,都和我们没有关系。还是好好想想明天怎么让大公殿下知难而退吧。"

这时走在前面的赫拉塞姆队长停了下来,因为一个原本留守在侧门外的侍卫正朝他跑来,在他耳边低声说了几句。赫拉塞姆来到克里欧身边,报告道:"有趣的事情,大人。甘伯特大人派人转告您:主神殿来了两个克拉克斯人,一男一女的双胞胎,他们请求被净化。如果没错,应该是娜娜和杰德。"

最终团队

等到克里欧·伊士拉等人赶回主神殿的时候，夜色已经深了，除了零星的朝拜者在露宿，周围没有什么人。甘伯特正举着灯，守候在大门处。

"伊士拉先生，您终于回来了。"年轻的祭司迎上前来，向游吟诗人报告说，"那两位请求净化的克拉克斯人已经在正殿等候了，费莫拉德大人看着他们。"

"是什么样的人？"

"红头发的双胞胎，一男一女，姐姐叫作娜尔萨·费林，弟弟叫杰德·费林。"

克里欧松了口气：果然是他一直在等待的孩子。

甘伯特带着游吟诗人和菲弥洛斯进入了主神殿，格拉杰·赫拉塞姆队长照样和侍卫们留在外面。不一会儿就看到了供奉凯亚神的正殿，光从大门里射出来，把台阶和门前的空地照得很亮。当克里欧走进去的时候，看到所有的反光镜前都摆放着明亮的蜡烛，年长的费莫拉德祭司和另外两个高等祭司站在旁边，在中央的光轮图案上跪着两个人，同样火红的头发在灯光下显得分外显眼。

在看到克里欧他们进来以后，所有人都抬起头来看着他们。双胞胎的脸上浮现出高兴的表情。

"伊士拉先生，"费莫拉德祭司严肃地走过来，"这两个孩子您认识吗？"

"是的，大人，他们是我前几天在集市上看到的，他们的身体被人灌注了巫术。"

"嗯，是的。"老祭司点点头，"他们已经展示过了，并且请求净化。我们正要开始仪式，不过之前想等您回来确认一下。"

克里欧向他表示了感谢，然后和菲弥洛斯走出大门，静静地等待着。

正殿里传来了祭司们雄浑优美的声音，他们在唱着祷文，并且将清水洒在双胞胎的身上，地下的光轮微微发光，似乎有烟雾围绕在他们旁边，不一会儿便越来越浓。双胞胎闭着双眼，忍耐着身体里的剧痛，尽管夜晚的温度很低，他们额头上还是冒出了汗珠儿。

过了一会儿，祭司们的祷文唱完了，烟雾也逐渐散去，双胞胎身上的汗珠和祭司们洒上去的清水都变成了灰色。两个祭司提起旁边的水桶，哗啦一下浇在他们身上，然后给他们裹上厚厚的毛毯。

天幕尽头

费莫拉德祭司走出来,对游吟诗人笑了笑:"完成了,伊士拉先生,现在让那两个孩子休息一下就行了。"

"辛苦您了,大人。"克里欧向一等祭司躬身行礼,"国王陛下那边,就请您直接把这件事呈报吧,之前虽然我向他说过这件巫术的案例,但是我想您再证实一下或许更好。"

"这是我分内的事情,"费莫拉德祭司答应了,"明天我会进宫的,但是如果陛下要召见这两个孩子,您可得保证他们能出现在陛下面前。"

"当然了,大人,在那之前我会看着他们的。"

费莫拉德点点头,带着其他的高等祭司离开了。甘伯特叫来几个见习祭司,命令他们把正殿打扫干净。

菲弥洛斯笑着说:"主人,这对小朋友来得晚了点儿,如果他们在你和国王谈判之前出现,或许能让您的声音大些。"

"他们能出现就是最好的。"克里欧看到娜娜和杰德走出来,对他们微笑着说,"来,先去我那儿换件衣服吧。"

克里欧在主神殿的临时住处有一些国王陛下准备的生活用品,他让娜娜和杰德换上干净的衣服,然后有些抱歉地说:"天黑以后主神殿内就没有吃的了,如果你们觉得饿,只好先暂时忍耐一下。"

娜尔萨笑着说:"别担心,先生,我们来之前就吃过晚饭了。"

"你们去哪儿了?"克里欧问道,"为什么现在才到主神殿来?"

漂亮的双胞胎相互看了一眼,咯咯地笑起来,杰德回答道:"我们把米尔古叔叔送走了,先生。他太担心我们了,要劝他回克拉克斯岛可不容易啊!"

"只有他回去了我们才能放心过来!"娜娜补充道,"要是他在的话,我们就不能跟着您了。"

克里欧挑了挑眉毛。

娜娜笑嘻嘻地对他说:"收下我们吧,先生。您是到处流浪的游吟诗人,我们也是凭本事吃饭的人,咱们可以合作,上次不是已经说好了吗?您写曲子、演奏,我们跳舞!"

克里欧笑起来:"娜娜,我可以给你们写曲子,不过不能让你们跟着我。我要出远门了,去一个很危险的地方。"

"是瑟里提斯还是魔鬼海?"娜娜挤了挤眼睛,"从上次您问我们我就知道您对那个地方感兴趣了。"

"不然我们为什么一定要骗米尔古叔叔回去呢?"杰德接上了姐姐的话:"他要是知道我们会跟着您去,不打断我们的腿才怪呢!"

对这样两个古灵精怪的双胞胎,游吟诗人抱起双臂:"那么你们就给我一个能带你们去的理由。"

"我们认识路!"杰德叫起来。

"我们是从魔鬼海唯一生还的人!"娜娜紧跟着说,接着又顿了一下,露出诡秘的微笑,"而且有些事情我想您会愿意知道的……一些上次见面我们没有说的事……"

菲弥洛斯浮现出一个嘲弄的微笑。游吟诗人无奈地起身,把他的床让给双胞胎。"好吧……我会给你们答复的。"他叮嘱他们,"不过今天你们得休息一下,可能国王陛下明天

天幕尽头

将要召见你们,好好准备吧。"

娜娜和杰德像两只小猫一样嬉笑着跳上了床,头挨着头地睡下了。

克里欧则把床头的蜡烛吹熄,来到另外一边的躺椅上休息,他把琴放下的时候,菲弥洛斯正要打开窗户。

"明天早点儿回来,"游吟诗人对妖魔说,"陛下介绍的那位小姐和先生会过来,还有科纳特大公,我打算请你来试一试他们。"

菲弥洛斯笑着回头问道,"我不明白您的意思,主人。您到底是希望我让他们知难而退呢,还是仅仅做做样子?"

克里欧在躺椅上伸直双腿,合上了眼睛:"没有关系,菲弥洛斯,选一个你觉得合适的吧……"

他没有听到妖魔贵族的答复,只有一阵拍打翅膀的声音传来。

第二天早上菲弥洛斯没有出现在游吟诗人的面前,而克里欧则照常把咒语法术教授给祭司们。等到中午休息的时候,甘伯特来到偏殿的门口,报告说有三个人正在等他:"是科纳特大公殿下,还有一位小姐和一位先生。"

"菲弥洛斯在哪儿?"

"没有看到他,伊士拉先生。"

克里欧微微地皱了一下眉头,跟着甘伯特朝外面走去,在正殿外面看到了等在那里的三个人。科纳特大公穿着贴身的短衣短裤,手上提着一个怪模怪样的东西,神情似乎有些紧张;莉娅·希尔还是昨天晚上见面时的装束,不过背着一个小巧的弩,腰上挂着两口袋箭头;米克·巴奇顿则穿上了黑色的铠甲,头上戴着同样质地的头盔,左手有一块黑色的盾牌,右手拿着他的武器:一头是硕大的铁锤,一头则是像刀刃一样锋利的铲。

甘伯特说:"在正殿后面的广场准备了一些靶子,需要请他们三位过去吗?"

"好的,"克里欧点点头,"我想也用不了多久,只是——"

他的话音未落,莉娅突然叫起来:"小心!"

十几团黑影突然出现在半空中,从正上方恶狠狠地扑下来,克里欧迅速拉着身边的甘伯特退开几步,一摸身后才记得七弦琴被放在了授课的偏殿中。

这时莉娅飞快地举起弩,连续扣动机关,只听见几声"嗖"的轻响,两团黑影中了箭,砰砰地掉在地上!莉娅从台阶上跳下来,一边跑一边往弩上装箭头。而米克则举起他的盾牌,挡在科纳特亲王的面前!青年贵族被这意外吓了一跳,吃惊地盯着那些黑影——它们移动得很快,而且很凌乱,完全看不清楚是什么东西!

莉娅又射下了几团黑影,但是就在她转换着方位填装箭头的时候,有几个黑影似乎看出她在分神,趁机直扑下来。

米克·巴奇顿右手扭了一下,把铲子拆下来,然后用力掷过去!锋利的边缘嗖地一声将几个黑影切成两半,然后插

天幕尽头

进了坚硬的石板地面。他把盾牌让给了科纳特大公,几步跨到莉娅身边,右手抡起铁锤,把一团几乎快扑到她脸上的黑影重重地砸在地上。

甘伯特着急地问克里欧:"先生,是妖魔吗?需要我施法吗?"

游吟诗人摇摇头,只是眯着眼睛,直盯着刺眼的太阳。他绷着脸的模样让甘伯特产生了不好的预感。果然——

当最后一个黑影被莉娅射下来后,太阳的光忽然黯淡了,在半空中突然出现了一个更大的东西,就好像无数个黑影聚集在一起,变成了一个云团。它飘浮着,不断扩展开来,在地面上投下浓重的阴影。

一些祭司从房间里跑出来,惊恐地看着半空中的黑云,有些人低下头开始默默地念着咒语。

"怎么办,伊士拉先生?"甘伯特又一次询问道。

游吟诗人盯着那团黑云,看着它慢慢地扩大、下降,仿佛要把所有的人包裹起来!

"莉娅,米克!"科纳特大公向弓箭手和矿工叫起来,"快闪开,快!"

他推开了米克挡在他面前的盾牌,手忙脚乱地举起了带来的东西——那是一个好像蜂窝似的圆筒,后面鼓起来,如同一个半球,连着一根长长的绳索。他把那东西抱起来,冲到台阶下,直直地对准了半空中的黑云。当莉娅被米克拖走之后,科纳特大公涨红了脸,用力拉那个绳子,只听得嘭地一声响,"蜂窝"口冒出了白烟,接着黑云颤抖起来,慢慢地开始降落。

科纳特大公惊异地看着它的黑色缓缓退去，泛出淡蓝色的光。那些被射落的黑影也同样变成了蓝色，最后它们都转化成白色的烟。一阵大笑从白烟中传出来，接着走出了一个高个子的黑发男人。

"菲弥洛斯，"克里欧语气平静地问道，"怎么？你受伤了吗？"

"差一点儿。"妖魔贵族伸出右手，只听见一阵叮叮当当的声音，无数细小的铁刺从他的掌中落下来。

科纳特大公吃惊地盯着妖魔贵族："我、我明明打中你了！"

"是啊……"菲弥洛斯恶劣地笑起来，"但你应该同时击中我的主人，这样才能对我造成伤害。不过，如果是别的妖魔可能就承受不住了！总的来说嘛……干得不错，孩子。"

科纳特大公的脸更红了，他嗫嚅着，似乎想说"谢谢"，可又觉得不合适。

菲弥洛斯挥了挥手，地上的蓝光和白烟都飞回到他身体里。他拍拍衣服，走向克里欧，微微鞠躬："我已经完成了您的吩咐，主人，对于给人埋设陷阱，您从来都有不错的点子。"

"怎么回事，伊士拉先生？"莉娅·希尔在旁边问，"莫非刚才只是一个测试吗？"

"希尔小姐，"克里欧礼貌地说，"还有大公殿下和巴奇顿先生，请原谅！我们只是想看一看诸位是否有能力自保，这

天幕尽头

是我必须知道的,因为一旦出发,很可能遇到这样完全预料不到的危险。"

科纳特大公连连点头:"啊、啊,这个我们明白……伊士拉先生,没有关系!您看到了,我们都可以……可以保护自己……"

莉娅和米克都没有说话,但是他们的表情很平静,仿佛对自己的反应都比较满意。

克里欧看了看青年贵族手中的"蜂窝",问道:"大公殿下,请问您拿的到底是什么呢?"

科纳特大公的脸上有些掩饰不住的得意:"啊,这个吗……伊士拉先生,我告诉过您,我改进了几个兵器,这是其中的一种。本来是用弹簧射出去的,我把硝石和火药粉装了一些进去,抽出一些空气,然后再把钢刺的体积减小,这样它们能射得更远,杀伤力也更大——"

"可惜只能发射一次,对吗?"菲弥洛斯插嘴说。

科纳特大公好像舌头被烫了一下,他着急地辩解:"当、当然只能发射一次……还、还需要改进,不过我不只有这一种兵器,我还可以让您看看其他的……"

菲弥洛斯又大笑起来,他转过头,压低了声音对游吟诗人说:"我看您就带上他吧,主人,这孩子非常可爱,真是太好玩儿了。反正傻乎乎的人对您来说也比较好支配,不是吗?"

克里欧无奈地笑了笑,对科纳特大公说:"实在是冒犯您了,殿下,那么,请您尽快收拾好行装吧。那些武器……我想您都可以带上。"

大公的脸上露出惊喜:"这么说,我能够和您一起上路了?"

"是的,殿下,可是您必须答应我,如果我让您中止这趟行程的时候,您必须停下来。"

科纳特大公毫不介意地点点头:"好的,伊士拉先生,我可以向您保证。"

"那么,这几天请多多向希尔小姐和巴奇顿先生学习一些远行的常识吧,哦,还有一段时间的海上旅途,希望您不晕船。"

"我不晕船,我……我不会给您添麻烦的。"

克里欧来到莉娅和米克面前,欢迎他们的加入,并且说了一下需要注意的事情。

莉娅棕色的眼睛看了看菲弥洛斯,终于忍不住问道:"请原谅,伊士拉先生,您的那位仆人真厉害,他……难道真的是妖魔吗?"

"是的,希尔小姐。他是我的'血盟'缔约者,绝对不能违抗我的命令,所以他不会伤害人类的,您完全不用担心。如果是因为刚才的事情让您有了芥蒂,我只能再次道歉。"

"哦,不,不是的……"莉娅仿佛有些不好意思,"其实,我只是有点儿好奇,我从来没有见过妖魔。"

"希望您不要产生误解,"克里欧有些冷酷地说,"并不是别的妖魔也和菲弥洛斯一样会手下留情,如果您和我们上路以后,请千万要记住,哪怕是最低等的妖魔,也比您狩猎过

天幕尽头

的最危险的动物还要凶残。"

莉娅的脸上收敛起笑容,米克·巴奇顿也严肃地点点头,但是克里欧心中却并没有为此而觉得轻松。

◆

在把三位客人送走以后,游吟诗人继续朝伊萨克偏殿走去。

妖魔贵族在他身边低声地数着数:"现在科纳特大公要加入,赫拉塞姆队长和您的徒弟甘伯特,漂亮的弓箭手和老实的矿工,还有你和我,主人,咱们现在有七个人了……哦,对了,其实娜娜和杰德您也得带上吧?那么就是九个人!这次要一起去的人可不少,您得费点儿心思了。"

克里欧停下脚步,似乎想了一下,向跟在后面的甘伯特问道:"刚才在正殿外面的时候,好像没有看到费莫拉德大人出来。"

之前那么大的动静,惊动了很多人,其实高等祭司们的脸色并不好看,因为他们觉得即使是国王陛下的客人,纵容妖魔奴仆在凯亚神的圣域中施展魔法也是一件很出格的事情。但是一等祭司没有前来制止,所以大家也就慢慢散开了。

"费莫拉德大人去王宫了。"甘伯特给克里欧解释说,"今天一早陛下就召见他了。"

"那么昨天来要求净化的双胞胎呢?"

"和大人一起进宫了。"甘伯特又停顿了一下,"您很早就去偏殿授课了,所以费莫拉德大人说,等您结束以后再通报，不过后来科纳特大公殿下他们来了……"

"不要紧，甘伯特。"游吟诗人对年轻祭司的解释并没有责怪的意思，"之前费莫拉德大人有透露过带娜娜他们觐见陛下的事情。"

"等双胞胎回来以后需要立刻带他们来见您吗，先生？"

"哦，其实也不用。"克里欧想了想，"也许可以让他们去买些新衣服，实用一点儿的。我猜如果没有意外，陛下会选择一个恰当的时候为我们送行的。"

启程

微凉的海风吹拂着克里欧·伊士拉的头发,他墨黑色的发丝朝身后飘扬起来,把海水的咸味裹进去,在落下去的时候又沾染到衣服上。

阳光从东方照过来,慢慢地爬上了船头,然后是桅杆。

这是一艘中型的商船,两根桅杆上挂着四角帆,只不过因为停在船坞中,帆还没展开。尖尖的船头昂起来,正前方镶嵌了展开双手的海中神女斯特芬的塑像。挑夫们正在把食物和淡水装上船,一些穿着水手短衫的大汉熟练地整理着缆绳,擦拭着甲板。

"很棒吧?"

罗捷克斯二世站在游吟诗人身边说,他穿着带兜帽的长袍,把金色的长发藏在里面,腰上垂着羊皮袋,就好像一个普通的商人,身边只跟了两个便装侍卫。他笑嘻嘻地介绍着自己给克里欧准备的船："它叫做'暴风女神',一共有五十名水兵,然后有六名军官,船长是克罗维·芬那,你可以完全信任她,她可是海军里唯一的女船长。"

那位船长正站在最高的一根桅杆下,浅灰色头发扎成了一个小小的发髻,露出细瘦的脖子,被晒成棕色的皮肤在阳光下带着油亮的光泽。她的年纪已经不小了,眼角都有细细的纹路,但是身材仍然像一个年轻姑娘,当她向水手们发布命令的时候,总是挽起袖子,露出肌肉均匀的胳膊。

克里欧向国王微微地欠身："感谢您的慷慨,陛下。"

罗捷克斯二世摆摆手："希望你们相处融洽。芬那船长对皇室非常忠诚,所以如果您有比较严厉的命令,或许通过赫拉塞姆传达会更好。"

"我明白了,陛下。"

船坞周围还有些大大小小的商船正在装卸货物,没有人对这艘船多看两眼。刚到的外地人和准备离开的人来往穿梭,当然也不会注意到走上舷梯的克拉克斯人双胞胎,还有莉娅·希尔和米克·巴奇顿——他们都穿得很普通,弓弩和可怕的大锤已经装在箱子里送上去了。

罗捷克斯二世朝"暴风女神"抬了抬头："差不多了,咱们也上船吧。"

克里欧愣了一下,年轻的国王却笑了笑："哦,别担心,伊士拉先生,我不会跟着你们一起出发的,我可不是心血来潮的玩乐主义者。"

海风吹拂着他们的衣角,越往船上走就越能清晰地感觉

天幕尽头

到波浪在脚下起伏的感觉。但是当克里欧真正地踩在甲板上的时候，却意外地安稳。他吸了一口气，闻到了一股木头被水浸湿后的特有的味道，而前方就是一览无余的大海。头上的天空中传来鹰的鸣叫，游吟诗人抬起头，看到黑色的鹰掠过暴风女神的上方。

"伊士拉先生！"一个蜂蜜色的脑袋突然从船舱里冒出来。

克里欧向他点点头："大公殿下。"

科纳特大公兴奋地跑过来，向罗捷克斯二世鞠躬行礼。国王为他拍了拍短衫上的灰土，叮嘱道："一切要听从伊士拉先生和芬那船长的安排，别冒冒失失的。叔叔那边我已经让西尔迪·恰克队长回去告诉他了，他让你记得给他带纪念品哦。"

青年贵族有些感激地点点头，再次向堂兄低下头，然后对游吟诗人说："伊士拉先生，赫拉塞姆队长和甘伯特大人都在船舱里整理行李，哦，对了，还有人来送您！"

他朝船舱里叫了两声，然后一个浅棕色的孩子就从梯子下面跑出来。

"伊士拉先生！"索普·赫尔斯大声叫着向游吟诗人跑过来，一下子就抱住了克里欧的腰，孩子小小的胳膊让克里欧感觉到了轻微的压力。"殿下说您要出远门了，所以我来送送您。"男孩儿抬起头来看着他，"伊士拉先生，您要去哪儿？还回来吗？"

游吟诗人想了想："嗯，是要到一个比较远的地方，也许过一段时间我们就会回来。"

"那太好了。"索普高兴起来,"我还真怕您一下子不见了。"

克里欧摇摇头,又歉意地朝国王一笑。罗捷克斯二世做了一个"随意"的手势,然后向船头走去——女船长正在那边束手而立,从国王上船起就等待着他的检查。

大胡子卡顿也从船舱里出来,他拘谨地站在后面,提了个篮子:"伊士拉先生,我给您做了一些干粮。是蜂蜜饼,您会喜欢的。"

"啊,那个呀,是很不错,可以储存很久。"游吟诗人向他表示了感谢,同时叮嘱他好好照顾索普,"能在大公殿下的别馆继续工作,可是一个很好的机会。对了,也许再过一段时间该让索普去上学。"

"我会的,"大胡子拍着胸脯保证,"现在我就当他是我的亲生儿子!伊士拉先生,我们会好好活下去的。无论如何……我、我和索普一直都感激您,是您救了我们……谢谢、谢谢……"

这个男人的眼睛里露出真诚的泪光,而小男孩儿也抬起头看着游吟诗人,轻轻地说:"一路顺风,伊士拉先生,等您回来的时候我就会写字了。"

克里欧微笑着点点头,不知道是相信索普的话,还是对这个孩子作出承诺。

"好了。"科纳特大公拍拍卡顿和索普的肩膀,"你们回去吧,等一会儿就要开船了。"

沉重的铁锚被吊出水面,四角风帆升起来,"暴风女神"

天幕尽头

缓缓地离开了萨克城的港口。克里欧、格拉杰·赫拉塞姆、甘伯特、莉娅·希尔、米克·巴奇顿和科纳特大公,还有克罗维·芬那船长,都站在船舷处,向着码头上的罗捷克斯二世告别,甚至连娜娜和杰德都站在后面,乖乖地没有说话。但是跟大家有所不同的是,游吟诗人更多地把目光集中在国王旁边的那两个人身上,矮小的男孩儿索普和大胡子卡顿。

这两个活生生的人拼命地朝他挥手,索普甚至不断地跳着,似乎这样能让自己显得高一些。克里欧的心底涌起一股久违的暖意,他第一次感觉到,自己在法比海尔村将他们救下来,是一件值得庆幸的事情。也许他正要去做的事情,还可以救更多的人。

然而那意味着将要杀死更多的妖魔……

克里欧昂起头来,看到那只盘旋的黑鹰在"暴风女神"前方朝无边的大海飞去。

❖

大约两个小时后,用军舰改装的商船彻底驶离了萨克城所管辖的海域,除了水手,所有的人来到船长室第一次认识彼此。

"我们的路线大致是这样的。"芬那船长将巨大的海图悬挂起来,"从萨克城到瑟里提斯的航路很少有人走,因为中间有两个比较危险的地段,如果绕行就得多花费半个月的时间,如果我们闯过去,整个行程就只有一个月零二十天左右。要是海洋之神努尔多保佑我们一直顺风的话,或许一个月就能到了。"

"危险的地段?"科纳特大公问道,"船长,可以具体解说一下吗?"

女船长在一个凹陷的海岸处点了点:"这里是'绿藻海',只有涨潮的时候全力通过才行,落潮后就很容易被海藻缠住,走不动了。"她的手指又朝前面挪动了一些:"这个地方是伦德卡加,布满了暗礁,而且风浪特别大,如果稍微不小心,就会把船撞伤、进水。但是如果真的需要缩短到瑟里提斯的航程,那么我也有把握试一试。"

青年贵族点点头,不再说话。

芬那船长指着弯弯曲曲的海岸线继续说明船的补给口岸,然后又指明了一片蓝色海洋中的墨黑色部分:"这里,就是施特拉海……也就是'魔鬼海'。"

"我们要去的地方就是那里吗?"莉亚·希尔问道,"我是说,到达了瑟里提斯之后,我们再折向那里?"

"是的。"芬那船长点点头,"临行前我得到的命令是将各位送到魔鬼海,然后再安全地带回来。"她浅蓝色的眼睛望向克里欧,"陛下告诉我,除了航海方面的事务,其他一切指挥权都是属于伊士拉先生。"

游吟诗人向她表示了感谢,同时肯定了她所说的行程完全没有问题:"这是一趟辛苦的旅程,临行前陛下叮嘱过,希望我们能够尽快地回去,帝都中还有些问题等着解决,所以我们不得不冒一些风险。刚才芬那船长说的两处险滩也许有必要闯一闯,希望各位至少事先了解。芬那船长,拜托

天幕尽头

您了。"

年长的女性低下头,对克里欧的决定表示接受。

游吟诗人继续说道:"虽然各位都有准备,但是在到达瑟里提斯之前我得再把一些事告诉你们,也许水手们也需要知道。其中包括我们去魔鬼海的目的,还有一些最粗浅的抵御妖魔的方法,嗯,芬那船长,您会允许甘伯特慢慢传授给水手们吧?"

女船长点了点头。

"我们也要吗?"坐在长桌子最远处的娜娜问。

"每个人最好都能保护自己。"游吟诗人笑了笑,"你和杰德还是需要多学一些,嗯,赫拉塞姆队长和希尔小姐都会愿意教你们的。对了,还有关于'魔鬼海'的事情,也要请你们多给芬那船长说说。"

"好的,伊士拉先生。"

"谢谢,那么除此之外,我没有别的要求了。"

女船长对游吟诗人说道:"很抱歉,伊士拉先生,如果您不介意的话,我有件事情要请问一下。"

"请说吧,芬那船长。"

"陛下说您的仆人是妖魔。"

"菲弥洛斯吗……他的确是。"

女船长浅蓝色的眼睛里闪动着锐利的光芒:"那么,伊士拉先生,他会不会对船员们产生威胁呢?我没有冒犯的意思,可是他毕竟是妖魔,而如果航海途中没有让他觉得合胃口的食物的话,他会伤害人类吗?"

克里欧并没有因为她的话而生气:"您多虑了,船长。菲弥洛斯完全服从我,他不会吃人的。"

"可是,伊士拉先生,我一直都没有见到他,所以……"

"原来如此。"游吟诗人点点头,"是我疏忽了。"

他站起来,打开了窗户,发出一声尖锐的嗯哨。不一会儿,一团黑影便从窗口飞进来,落到地板上变成了高大的男人。

"有什么吩咐吗,主人?"菲弥洛斯朝克里欧微微地弯下腰,"您一叫我就回来了,难道您不该赏给我一根骨头?"

克里欧对于妖魔贵族那嘲讽的语气习以为常,他转身对女船长说:"这就是我的仆人菲弥洛斯,他可以化身为鹰,而变成人的时候只有这一个模样,芬那船长,您现在见到他了,不用担心他会在船上实施变形术。"

克罗维·芬那的脸上有些吃惊,作为普通人的她还从来没有见到过活生生的妖魔,即便是有着军人经历的女性也难以掩饰内心的震动。不过周围的其他人反应则要平淡一些,这让她尴尬地咳嗽了两声。

"只要您说明了就没有问题。"她对克里欧说,"请问,我可以把这件事情也告诉水手们吗?我希望他们对于船上突然多出一个人不要太意外,而且如果在航程中看到一些紧急的情况,他们也不会过于惊慌。"

菲弥洛斯笑起来:"我也觉得这样有必要,船长大人。您的船上有一个妖魔,这件事情非常可怕。您得提醒您的下属千万小心。这样的话他们会有一个寄托,如果是发生了什么

天幕尽头

不好的事情,他们会说'其实都是那个妖魔搞的鬼',不管是老鼠咬坏了食物还是遇到风暴!这对您和所有的'人'都很好。"

芬那船长皱起了眉毛,却没有说话。

"好歹和这里的人和平相处吧。"克里欧对菲弥洛斯低声说,"我们得在这小船上呆一个多月呢。"

"是啊。"妖魔笑着扫了一眼在座的人,"那可真是太不幸了。不过连你我都能忍耐两百年呢!"

❖

夜晚的海洋上,气温比白天下降了很多。海风呼呼地吹动着四角帆,同时也让甲板上的人感觉到了刺骨的寒冷。在瞭望哨上的水手裹紧了衣服和帽子,手中握着热腾腾的水壶,抵御着瞌睡的进攻。

其实这个时候的大海是非常美的,因为天空晴朗,月亮又大又圆,所以在黑色的海面上投射出璀璨的银光,并且随着波浪碎裂成一片片的鱼鳞状。海水哗哗地拍打着船身,和着澎湃的节奏,显得轻松而愉悦。

在"暴风女神"的船头,菲弥洛斯坐在斯特芬塑像的头上,让海风吹拂着自己的头发。

"今天为什么没有在国王陛下送别的时候出现?"克里欧站在妖魔贵族身边,轻轻地问道。

"您的意思是我为什么没有像个忠诚的奴仆那样随侍在您的身后?"菲弥洛斯笑了笑,"不,主人,我除了要找吃的,还有更重要的事情做。"

"噢?"游吟诗人从口袋里拿出一个小小的陶罐,塞到妖魔的手里,那是一个酒壶,上面的泥封还没开。

菲弥洛斯接过来,拿在手上晃了晃:"主人,是为今天不尊重我的那声口哨道歉吗?"

克里欧没有回答,只是把自己那罐揭开,喝了一口。

妖魔贵族伸直了腿,看着下面翻着泡沫的浪花:"变成鹰可以高高地盘旋在人类的头顶,这不是很有意思吗?"

"你看到了什么?"

"噢……您还是知道我的意图了,真有默契,主人。"

"你飞起来可以看到整个港口。"

"嗯,是啊,所以看到了来送别的可不单单是你救回来的人和国王陛下。"菲弥洛斯把身子朝游吟诗人倾斜了一些,"猜一猜在那些货物和商船的缝隙里还有谁看着你们?"

"难道不止一个人吗?"

"嗯,至少我看到的不是一个,在不同的地方至少有三个。"妖魔贵族喝了一口酒,"他们穿得很严实,其中还有戴着面纱的,也许是个女人。他们身上有黑魔法的味道,应该是隐藏的巫师,但什么都没做。"

月亮升到了天空最高的位置,午夜时分的大海显得更加安静了。银色的清辉也落在克里欧墨一般的黑发上。他闭着眼睛,用手指揉着眉心的位置。

妖魔贵族看着他因为月光而变得雪白的额头,忽然翘了翘嘴角,然后从女神塑像的头部跳到甲板上。

天幕尽头

"回去睡觉吧,主人。"他拉住了游吟诗人的胳膊,"现在您想什么也没用,要知道那些人的具体身份,得等我们活着回到萨克城再说。"

克里欧明白妖魔贵族说的非常实在。他默默地和他朝船舱走去,似乎又犹豫了一下,才低声说道:"菲弥洛斯,今天我希望你来到船长室,并不是要——"

"侮辱我?"妖魔打断了他的话,"别介意,主人,其实我不会生气!所有的正常人都惧怕妖魔,别以为每个人都能有杜纳西尔姆人那样的胆量。不过那个船长我可真的不喜欢她,她太老了!不光是她的外表,"菲弥洛斯点点了自己的头,"我的意思是,她也许在将来会让您觉得麻烦的。她忠于国王,而您是个自私的人。"

救 援

"暴风女神"号航行得很顺利,整整一周,他们什么问题也没遇到。因为现在正是开春之后的平静时期,没有夏天那么频繁的风暴,坏天气很少。时刻都不停歇的海风把船平稳地送往西方。

米克·巴奇顿和希尔小姐的晕船症状在持续了三四天后逐渐缓解,他们开头两天吐得一塌糊涂,躺在船舱里只能喝水。不过等他们完全适应了海浪的颠簸以后,一切都变得有趣了。除了每天听游吟诗人讲解妖魔的知识以外,那些关于武器和防御机能的练习也必不可少,每个人都有事情做。

在航行的第十天,他们闯进了绿藻海——其实船是在绿藻海的外围通宵等待,直到开始涨潮的时候才逐渐驶入了那片海域。

随着太阳升起,海水越升越高,而"暴风女神"也像一

天幕尽头

把剪刀，慢慢地撕破海面。这片海水和别处蔚蓝的颜色完全不同，它是一种很深的墨绿色，上面则因为阳光照射而呈现出浅绿，偶尔透过这层浅绿可以看到条条丝带一般的绿色海藻随着波纹舞动。海面上裸露着许多船的遗骸，有些露出船头，而有一些只剩下了桅杆。它们都是被绿藻缠住以后无法动弹，运气好的船员也许冒险弃船后会被别的商船救走，运气差的就死在海上了。

能渡过这片海域完全是靠克罗维·芬那船长，当她站在舵前的时候，几乎每一个人都乖乖听话。从船舷处看到的海上墓地足够让叽叽喳喳惯了的娜娜和杰德也闭嘴，老老实实听从吩咐。

船从凌晨航行到中午，帆张得满满的，甚至连人工划桨都用上了，在开始退潮的时候，他们终于驶出了绿藻海。

为此当天晚上乘客和水手们一起吃了一顿丰盛的大餐来表示庆祝，不过克里欧·伊士拉注意到，芬那船长并没有露出轻松的表情。

"这里只是小问题，只要把握好出入的时机就可以了。"女船长在僻静的地方对游吟诗人说，"伦德卡加才是真正可怕的地方，如果不是我们所有人好好配合，也许真的闯不过去。伊士拉先生，在接下来的一周内，还是好好地储备体力吧。"

一周后，他就明白了船长的提醒有多么重要。

伦德卡加是一条狭长的海峡,夹在一个岛屿和大陆之间,而那个岛的火山让岛上的温度变得很高,因此风在通过这里的时候速度加快,并且很凶暴。海峡中间有很多暗礁,当狂风把船吹得乱窜的时候,礁石很容易就把船底刺破。也有些船撞在尖锐的岩壁上,变成了碎片。

"暴风女神"在驶入伦德卡加时,天色阴沉起来了,尽管是上午,可呼啦啦刮着的海风冷得就像夜晚的一样。海水变成了墨蓝色,上面漂浮着一些木头的碎片,还有折断的桅杆,已经腐朽的帆紧紧地缠绕在上面。

"各就各位!"芬那船长把着舵对甲板上待命的人大声吩咐,"把帆全部降下来,划桨手都立刻到位。大公殿下,请您带娜娜和杰德去船舱,然后把自己固定在座位上;甘伯特大人,请您也去好吗,您可以保护大公殿下;希尔小姐和巴奇顿先生请到船尾处,如果看到危险的情况就立刻报告,千万别忘了绑好安全绳;伊士拉先生,赫拉塞姆队长,请到我身边来。"

每个人都听从了她的命令,不过她没有安排菲弥洛斯,把命令的权力交给了游吟诗人。

"去看看前面的情况,"克里欧低声对妖魔贵族说,"如果危险,就快点回来告诉我。"

"明白了,主人,"菲弥洛斯微笑着弯下腰,"但如果我被卷到狂风里去了,那可就得你们自己看着办了。"

天幕尽头

他走进船舱，随后一只黑鹰就冲出了窗户，朝着正前方飞去。

克里欧注视着黑鹰消失在低沉的乌云中，然后走上了主舵的平台。女船长紧紧地把握着轮盘舵，眉头紧皱。

"该死！"她突然低声骂道。

克里欧看着她，女船长指着地板："看，下雨了。"

克里欧伸出手，果然感觉到了一点点冰凉的东西落在掌心里。

"看样子雨会越下越大的，"赫拉塞姆队长向芬那船长问道，"我们要等一等吗？"

女船长摇摇头："没法等，我们已经进了海峡了，即使停在这里，海浪也会推着我们朝前走的。而且雨一旦下起来不知道什么时候会停，要是绕道的话，会花费更多的时间。"她转向游吟诗人："伊士拉先生，只要大家配合，我想我有把握。"

"那就照常前进吧。"克里欧点点头，"陛下既然将您派来，那么您可以承担这样艰难的任务。"

芬那船长的手没有离开轮盘舵，她的袖子挽得高高的，手臂上的肌肉因为用力而鼓出了青筋。四个传令员等候在楼梯两侧，时刻注视着她的动作。

船朝伦德卡加开进去了，水流变得越来越急，风越来越大，雨点儿也越来越密。克里欧感觉到脚下的倾斜和波动更加明显，似乎地板成了柔软蠕动的活物。他的身子有些稳不住，不得不抓着一根栏杆，赫拉塞姆也紧紧地靠着栏杆。顶着不断昂起又落下的船头，海中神女斯特芬的塑像随着起落而如同在飞翔。

雨水已经逐渐打湿了每个人的衣服，海浪越来越大，拼命地敲击着船身，哗啦啦的声音仿佛是有魔鬼一边随着船奔跑，一边嘲弄地大笑。

"现在没有看到礁石，因为我们还没完全驶入火山岛和大陆之间，"芬那船长对克里欧说，"不过很快要到了。"

游吟诗人看着乌云沉沉的天空，努力从雨雾中寻找一个黑色的小点儿，可什么也看不清。他知道这么大的风雨对于鹰来说，并不是一个飞翔的好天气，但是也只有菲弥洛斯才能够知道他们前方面临着什么危险。

"看，看！"年轻的侍卫队长忽然指着远处叫起来，"那里是什么？"

他说的是一条狭长的带子一样的东西，黑色的，就在船的左侧，直直地延伸出去。

"那是火山岛的峭壁！"芬那船长说，"注意了，我们现在才正式进入了伦德卡加！传令兵，左桨全力，右桨减速！我们得朝东二十度才不会撞上第一段暗礁群。"

一个传令员连忙钻进了船舱。

克里欧抹了把脸上的水，感觉到胃部有些抽搐。芬那船长拼命地转舵，船头似乎正在转向，不过速度却比刚才快了——现在是风推着他们朝前走，而女船长正避免这个。

大约一个小时以后，火山岛的峭壁似乎变得小了一些，而右侧却清晰地看到一条浮在海面的线，那是大陆的影子。

天幕尽头

伦德卡加正变得狭窄起来，而雨势也在加大。

克里欧盯着云层，生怕因为双眼模糊而看不见那只鹰的身影，他的心底出现了少有的焦躁。

就仿佛是感应到这样的情绪一般，几分钟后，有一个黑色的小点慢慢地从灰色的云端移动过来了，呼呼的狂风让它的飞行轨迹无法保持直线，但它还是渐渐变大，让人能清晰地看到它宽阔的翅膀。

"菲弥洛斯……"克里欧用惊喜的口气轻轻念着这个名字，他的声音很快就被狂暴的风雨打成了碎片。

黑鹰终于像箭一样俯冲进了船舱，一分钟后穿着黑色长袍的男人快步走出来，来到轮盘舵前。

"主人！我可很少在这么糟糕的天气中飞行呢。"

他淡金色的头发已经湿透了，被一根黑色的带子捆住，但衣服还是被风吹得乱飞。

"前面怎么样？"游吟诗人问道。

"哦……"菲弥洛斯拖长了声音回答，"看得见礁石和海岸，浪很急。"

"很危险吗？"

"当然。"妖魔笑了笑，然后对芬那船长大致地说了下浪高和露出水面的礁石群。"对了，我想还有件事情你们也许愿意知道——当然，其实知道了也没什么用。"

游吟诗人稳住颠簸的身子，催促道："别卖关子了，菲弥洛斯，你到底看见了什么？"

仿佛钉在地板上的妖魔伸出手拉住了晃动的克里欧，让他可以靠着自己，然后指着前面："偏北三十度方向有个人。"

赫拉塞姆队长吃惊地叫起来："有人？"

"是的，一个抱着木板的家伙，有气无力的样子。"

芬那船长低声说："可能是遇难船只的幸存者，在这个地方能活下来已经是个奇迹了。"

"为什么不救他回来？"克里欧望着妖魔贵族。

菲弥洛斯耸耸肩："那不是我的工作。我能飞稳已经不容易了，一个男人的重量可不轻啊。"

"要去救他吗？"赫拉塞姆队长试探着问道，又看了看芬那船长，"我是说，如果我们可以这样做的话……"

克里欧看着前面疯狂的巨浪，也转向了女船长。而菲弥洛斯则没有开口，沉默地等待克罗维·芬那的回答。

女船长紧紧地抿着双唇，低声说道："一切都得看努尔多的意志！"

❖

"暴风女神"继续偏偏倒倒地在海浪中前进，就好像喝醉酒的女人挣扎着要保持平衡。

克里欧和赫拉塞姆一直站在船头，希望能看到那个被海浪送过来的遇险者。他们并没有失望，大约还不到半个小时，一个白色的点就出现在了前面，并且在海浪中间浮浮沉沉。

"就是那个人！"菲弥洛斯对克里欧说，"看起来他把自己绑在木头上了！"

天幕尽头

　　游吟诗人注视着那个白点儿越来越靠近，最后能看见遇险者拼命地挥动手臂。

　　赫拉塞姆向船长喊道："我们看见他了，现在可以救他吗？"

　　"可以！"芬那船长对他说，"但是我不打算让船偏移方向。"

　　"这完全没问题！"克里欧也向她保证。

　　他把一个绳套交给菲弥洛斯："你飞到他那边去，把这个套在他的身上，然后我们把他拉过来。"

　　"乐意效劳。"

　　黑鹰从船舱中飞出来，抓住了游吟诗人手中的绳套，展开翅膀朝快要精疲力竭的遇险者飞过去。虽然风浪很大，可是这段距离比较近，所以黑鹰轻易地就对准那个倒霉鬼把绳子扔下去了。遇险者连忙拽住绳子，牢牢地缠在自己的胸膛和手臂上。

　　"拉吧，快！"赫拉塞姆队长向帮忙的水手说道，包括克里欧在内，四个男人拽着那条救命的绳索努力着，而黑鹰低低地盘旋在半空中，跟随着被救的人慢慢朝船靠近。

　　当遇险者终于被几个人齐心合力地吊上了船的时候，克里欧发现那竟然是个年纪不大的孩子——或者说，是个少年。大约有十五六岁的样子，中等个子，有双蓝色的眼睛，长得还挺好看的，不过因为在冰凉的海水中呆了很长时间，皮肤惨白，连嘴唇都乌青了。他穿着白色的棉制外衣，淡黄色的头发紧紧地贴在额头和后颈上，趴在一个木箱子上。

克里欧他们七手八脚地把少年身上的绳子都解下来，抱进了船舱。

科纳特大公、甘伯特祭司和克拉克斯人双胞胎都把自己捆在固定的椅子上，他们瞪大了眼睛，惊异万分地看着游吟诗人和侍卫队长把一个昏昏沉沉的陌生人抬进来，不一会儿菲弥洛斯也浑身湿透地进来了。

"发生什么事了？"

甘伯特站起来想要解开自己身上的绳子，但是菲弥洛斯走上前按着他的肩膀，让他坐了回去。

"别慌，小朋友，"妖魔贵族冲他笑了笑，"只是顺便救了一个人而已。"

克里欧帮助赫拉塞姆脱下少年的湿衣服，然后找出干燥的毛毯把他包裹起来，放到了床上。

少年的身体瑟瑟发抖，但比起刚才似乎要平静些了，他睁开眼睛，虚弱地笑了笑。

"谢谢……"他用沙哑的声音说。

克里欧为他找来了一点儿水，让他靠在枕头上："你有几天没吃东西了？"

少年费力地伸出两根手指。

"那么先喝点水再说吧。"克里欧问道，"可以告诉我你的名字吗？"

"……夏弥尔·菲斯特……"少年慢慢地说，"我是'蜜蜂号'的乘客……"

"啊。"赫拉塞姆队长补充道，"我知道，那是一艘轻型的

天幕尽头

客船,每三个月会来萨克城一趟。"

少年点点头:"我们在这里……遇到了意外……船沉了……"

"还有其他的生还者吗?"

"我没有……看到……"少年说,"我在一个海湾中漂浮着,后来……被风暴吹到这个……地方的……"

赫拉塞姆点点头:"原来如此……如果在伦德卡加漂浮两天还没撞上礁石,那几乎不可能!你运气不错,小子。"

"好了,"游吟诗人又给少年盖上一床毛毯,"先休息一下再说吧。"

少年疲倦地笑了笑,合上了双眼。

克里欧和侍卫队长将隔帘拉上,转到科纳特大公身边,在椅子上坐下来,并且紧紧地抓住了扶手。赫拉塞姆队长向科纳特大公说明了情况。

娜娜和杰德的两双眼睛不断在克里欧和那道隔帘之间扫来扫去,最后双胞胎中的弟弟忍不住问道:"这么说,那家伙是你们刚刚救起来的人了?"

克里欧点点头:"他算幸运的,我们自顾不暇的时候他能够被海浪推到船边来。"

妖魔贵族站在椅子的旁边,朝游吟诗人挤了下眼睛:"是啊,首先能被我发现可就是难得的幸运!但愿他的好运气也能带我们顺利地走出这个倒霉的地方。"

"大概快了!"赫拉塞姆对克里欧说,"芬那船长说如果在平静的天气完全走出伦德卡加需要一天。虽然今天的风雨很糟糕，但是芬那船长善于顺风前进，所以速度比平常还要快一些。按照现在的航行速度推断的话，大概在今天晚上就可以走出去了。我们能睡个安稳觉。"

"应该不会有什么问题吧。"科纳特大公说，"陛下说过芬那船长是最好的！"

妖魔贵族露出了嘲弄的微笑，眼睛却盯着那道隔帘。

暴风雨和海浪不断地颠簸着这艘船，除了妖魔，每个人都在用尽力气让自己更稳一些，他们几乎是在与一种巨大得让人恐惧的力量作战，并且满怀希望地期待胜利。

抵 达

月亮从云层后面出来了。

虽然她羞羞答答,宛如第一次看见丈夫的新嫁娘,怎么也不肯露个全脸儿,可她毕竟还是出来了。暗淡的光线透过蒙蒙细雨撒下来,于是"暴风女神"在向前航行的时候,仿佛正划破一层银白色的纱。

他们已经逐渐驶出了伦德卡加,在经历了狂暴的风雨、阴险的礁石和疯子一般的海浪的狙击之后,所有人终于又看到了逐渐平静的大海。火山岛和大陆的影子已经不见了,暗礁沉入了海底深处,耳边嘶叫的风也温和起来。

水手们全身都湿淋淋的,海水、雨水和汗水让他们狼狈不堪,他们肌肉仿佛灌了铅,手磨破了皮,可是却感觉不到疼痛,只有无尽的疲惫。

克罗维·芬那船长放开舵盘的时候,手指已经无法伸直了。她觉得自己就好像一尊被浇铸定型的铜像。大副想要来换扶她，但是她拒绝了，在通往甲板的台阶上坐下来，然后命令之前守在底层船舱的部分人换岗上来。

大副转身去传达命令，克里欧·伊士拉来到女船长的身边，为她带来了一些淡水。

"您真了不起！"他对她说，"我们能安全出来多亏了您。"

船长尝试着伸展她僵硬的手指："努尔多保佑，我很欣慰渡过了这个难关，没有辜负陛下的嘱托。希望剩下来的航程能轻松一点儿。"

"按照您之前所说的，接下来应该没有比这里更危险的吧，我们可以直航到瑟里提斯。"

"按理说是这样的，伊士拉先生，大约还有七八天。"

游吟诗人郑重地点点头："我相信您能顺利地带着我们去那里……陛下说过您是最好的船长。"

克罗维·芬那的脸上露出一个满怀倦意的微笑，嘴角和眼睛周围的皱纹更明显，但眸子却闪耀着光彩："感谢陛下的赞许，正是他的慷慨才让我有机会为他效劳。"

"我以前从来没有听说过女性能做船长，而且还做得如此出色。"

"我也没有，先生。我在加入海军之前只不过是一个舵工的女儿，有次我送酒上船的时候因为摸过舵盘而被水手们揍了一顿。'女人碰那个不吉利'！"

游吟诗人有些吃惊地看着她。

芬那船长一边松弛肌肉一边继续说："陛下特许我进入的

天幕尽头

海军,因为他便装出巡的时候刚好雇了我父亲的船。那个时候我成了寡妇,所以在父亲船上帮忙,又刚好遇上了风暴,我就代替受伤的父亲掌舵……后来陛下问我要什么奖赏,我说我想驾驶最快的船。"

她忽然住了嘴,似乎对自己的唠叨有些懊恼。于是她站起来,感谢了克里欧给她带来的水,并命令大副上来代替她掌舵。

"我得去睡一会儿了,"她对克里欧说,"您和其他人也好好地休息吧,明天中午我们再来商量接下来的事情。"

克里欧再次向她表示感谢,然后目送她钻进了船舱。

这个时候莉娅·希尔和米克·巴奇顿从船尾走回来,他们也全身湿透了,脸色冻得发白,但看上去精神比水手们好些。也许阿卡罗亚的艰苦历练让他们俩都更加容易适应糟糕的环境。米克·巴奇顿小心地托着希尔小姐的右胳膊,那让他的大块头看上去笨拙而可爱,就如同憨厚的熊。

克里欧突然感觉到有些轻松,脸上也浮现出了一丝微笑。

菲弥洛斯从船舱中出来的时候,刚好看见游吟诗人苍白的脸上挂着这样的笑:"您的心情很好,主人。看起来走出伦德卡加算是让您轻松了一些。"

克里欧并不否认:"我们没有损失一个人,而且还救了一个人,这算得上完美了。"

"或许是吧……"菲弥洛斯朝船舱里指了一下,"那个叫夏弥尔的小鬼醒过来了。"

克里欧点点头,忽然握了一下妖魔的手。"菲弥洛斯,谢谢你。"他看着妖魔黑色的眼睛,"我很高兴你救了一个人。"

他没有等妖魔做出回应,就立刻钻进了下到舱房的狭窄的楼梯。

◆

科纳特大公和甘伯特祭司小心地倒了杯水,然后找出一些软和的干粮拿给被救上来的少年填肚子。当克里欧看到他的时候,他正困难地咽下一块燕麦饼。

"看起来你好多了。"游吟诗人对他说。少年惨白的脸稍微恢复了些血色,嘴唇也不再发紫,他蓝色的眼睛里焕发出了光彩,这让他年轻的面孔更讨人喜欢。

"感谢您,先生,"少年看着他几乎要热泪盈眶,"感谢您的仁慈,否则我一定会死在这个地方,像其他人一样沉到海底喂鱼。"

克里欧在他身边坐下,拍了拍他的手——这个少年的身上已经恢复了些温度,不再冷得像具死尸了。"一切都过去了,"他用老套的话安慰了下他,问年轻的祭司,"为菲斯特先生检查过了吗?"

甘伯特点点头:"除了一点儿乏力和擦伤,倒是什么问题都没有。只需要好好地休养几天,就能够恢复体力了。"

"谢谢,甘伯特。"

克里欧又转向了少年:"菲斯特先生,能告诉我您和您乘坐的船到底出了什么问题吗?"

"请叫我夏弥尔吧!"被救的男孩儿说,"其实我也不能告

天幕尽头

诉您什么具体的情况。我只是个普通的乘客,船出事儿的时候我吃了晚餐,喝了酒,睡得正香呢!然后其他的叫喊声让我惊醒了,他们跑来跑去地说什么船底进水了,好像是撞上礁石……"

"是在伦德卡加?"

"不,我们是轻型客船,根本不敢走这里,我们是沿着大陆航线走的……可是还是在外围遇险了,风一直朝这边刮……'蜜蜂'号的船长是个酒鬼,那天晚上他说要庆祝生日,请所有的人喝酒……整船的人,无论是水手还是乘客,多少都喝了点儿。"

科纳特大公同情地叹了口气:"太不幸了,菲斯特先生,愿他们安息。"

"你要到哪儿去,夏弥尔?"游吟诗人问他,"蜜蜂号原本要去什么地方?"

"我去亚达,就是过了瑟里提斯的那个小港口。我是要去那里学习当一个首饰匠的,我的叔叔给我介绍了一个很好的师傅。"

"我们可以在瑟里提斯把你放下来,甚至给你一些钱。"克里欧说,"您很幸运,夏弥尔,你仍然会是一个首饰匠学徒。"

"不,先生。"少年悲哀地笑了笑,"除非我到海底下去跟他学。"

大家都沉默了一会儿,然后夏弥尔·菲斯特问道:"您要去哪儿,先生?您是商人吗?"

克里欧回答："我是流浪的艺人，哪儿邀请我演出我就去哪儿。"

"这也是一艘商船吗？"

"是的。"

夏弥尔环顾自己周围的人，迷惑不解："请原谅，先生，我不知道，或许这船上有一位船主。我应该去感谢他！"

"我就是啊！"科纳特大公对他说——重复着出发前安排的身份，"我是暂时的船主，我租了这条船，要运点儿货回萨克城，这是我第一次出航。不用担心，我们会照顾你的，直到靠岸。"

"愿伟大的凯亚神和努尔多保佑您，善良的先生。"夏弥尔感激地说，然后看着甘伯特额头的刺青，"我相信您会一路顺利的，有祭司大人的祈祷，您连伦德卡加都通过了。"

科纳特大公的脸有些发红。

通过这死亡海峡靠的是强悍的克罗维·芬那船长，克里欧在心底默默地说，同时看了甘伯特一眼。

年轻的祭司注意到了克里欧的眼神，于是告诉他自己现在是回家去享受每个祭司都拥有的"安息日"——每个献身于神的人都拥有的一段偿还尘世恩情的日子——所以他无法行使祈祷的职能。

夏弥尔的眼睛里有些失望，但是他很礼貌地认为有一位祭司在船上会让神眷顾这条船。

科纳特大公安慰他："如果你愿意，我们可以在靠岸以后多给你一点儿钱，菲斯特先生，你可以返回萨克城。"

天幕尽头

"回去做什么？"他闷闷不乐地说，"如果我有亲人在那里，我怎么会跟着一个老头子去亚达当学徒工呢？"

克里欧转身朝自己的床位走去，菲弥洛斯跟在他身后。他们来到了最里面的地方，当游吟诗人在自己的床上坐下来的时候，妖魔贵族唰地一声拉上了隔帘。他的手指上燃起一簇火苗，然后那火苗像听话的绵羊一样飘进了固定在墙上的烛台灯里。

克里欧把潮湿的衣服脱掉，躺在了床上。干燥而粗糙的羊毛毯摩擦着他的皮肤，让他产生了一种很难得的舒适感。

妖魔贵族则在对面的那张床上坐下来，似笑非笑地盯着他。

"您看出来了，主人……"

克里欧闭着眼睛，却轻轻地"嗯"了一声。

菲弥洛斯哼了一声："我就说您还不至于那么迟钝。那个小子知道你才是领头的，救他的人这么多，他头一个感谢的却是你。他想告诉我们的是：现在他孤身一人，无处可去，你救了他，他现在是你的责任了。"

"他很聪明，懂得察言观色而已。"

"或许是太聪明了。"菲弥洛斯讥讽道，"在这里能活下去，聪明和幸运一样都不能少。"

"我们不能把他重新丢到海里去。"

"丢下去了也没什么大不了的，"妖魔顿了一下，"或者，我这几天都可以不出去觅食。"

克里欧猛地睁开眼睛，盯着他。

菲弥洛斯笑出了声："不用担心，主人。其实我不喜欢吃人，人的血肉有一股恶臭……只有低等的妖魔才有兴趣，大概他们和人类臭味相投——"

"让他呆在船上，"克里欧打断了菲弥洛斯，"我会吩咐甘伯特'照顾'他，直到我们靠岸。如果有必要，可以把他送到去亚达或者萨克城的商队。他如果真的有什么值得怀疑的小动作，就交给赫拉塞姆或者芬那船长来处置。"

菲弥洛斯对他的决定没有异议，看起来也不是真的很在乎。

"休息吧，菲弥洛斯。"游吟诗人放软了声音对妖魔贵族说，"你不是不知道疲倦的钢铁，你的身体还是血肉做的，休息吧。"

他并不期待回答，说完以后就侧着身子闭上眼睛。

妖魔伸出手做了一个动作，烛台灯中的火苗"哧"地一声熄灭了。

一周后的某个下午，"暴风女神"抵达了瑟里提斯。他们没有再经历任何磨难，除了有几个水手吃坏肚子，一切都顺利得很。

瑟里提斯只是一个来往船只中转和提供补给的口岸，不过从这里的陆路前往法玛西斯帝国的内地倒是很方便，有许多平坦的大路，因此常年都有商队或者旅行者。

对于克里欧他们来说，能重新踏足坚实稳固的大地上是

天幕尽头

一件高兴的事情，而且能吃到新鲜的蔬菜——腌肉和豆子已经让所有人倒尽了胃口。如果说情绪稍微正常一些的，只有芬那船长和克拉克斯双胞胎，他们仿佛是天生就该在海船上过一辈子的。

"我安排了一些人留守在船上，包括大副。"女船长对游吟诗人说，"大家今天晚上可以在陆地上好好地吃一顿，睡在旅馆中也可以。我得了解最近这一带的天气，然后再商量出发的时间。当然，越快越好。"

克里欧对这样的安排没有异议，只是希望娜娜和杰德能够跟着他。

"完全可以，伊士拉先生。"芬那船长这样说。

于是游吟诗人带着双胞胎选择了一间小旅店暂住，赫拉塞姆队长、科纳特大公和甘伯特也同样在这里，而莉娅·希尔和巴奇顿则因为没有空房间而找了稍微远一些的店，不过他们的午饭却是在一起吃的，享用了两只羊腿、荠菜、萝卜、烤鱼和新鲜的牛奶。夏弥尔也位列其中，他在这一周中和船上的人熟悉起来。在他的体力恢复以后，甚至还能帮忙干点儿活儿。他对待每个人都彬彬有礼，包括职位最低等的水手，几乎每个人都能支使他跑腿办事，他也乐此不疲。

"那个从海里捞起来的小狐狸想留下来，"赫拉塞姆在吃晚饭的时候对克里欧说，"他似乎对大公殿下和芬那船长都透露过这个意图。"

但是没有对我说，游吟诗人这样想。他问年轻的国王侍卫："您觉得该怎么办呢，赫拉塞姆队长？"

棕色头发的年轻人耸耸肩:"看您的,伊士拉先生。不过我想留下他似乎不太妥当,毕竟我们要去的地方是'魔鬼海',他什么都不知道,而且也不能让他知道。"

"可是现在似乎很难让他退出。"游吟诗人顿了一下,"您有办法吗,赫拉塞姆队长?把这个孤身一人、被我们所救,而且拼命讨好我们的孩子打发走。"

赫拉塞姆没有感到难堪,他斟酌了一会儿,觉得把他送到某个商队最合适:"让他继续当一个学徒,忘记这次不幸!我看让本地的执政官出面来办,也许我可以给他一个值得骄傲的身份:假托是我的某个亲戚。"

"好的,那么就这样吧。"克里欧点点头,"我建议您明天再去,队长。您等一会儿可以稍微休息一下,等月亮升起来以后,我们有别的事儿要做。"

侍卫队长迷惑不解地看着他。

"娜娜和杰德会带我们去一个地方。"

"什么地方,伊士拉先生?"

克里欧看着不远处的桌子,红头发的克拉克斯双胞胎正欢快地和当地人又唱又跳,科纳特大公脸颊红红地盯着他们的舞蹈。

"也许是他们的重生之地……也许是地狱的入口……"

"如果我没有记错,我们的目的是去魔鬼海——"

"没错,如果在这里找不到答案的话。"

赫拉塞姆垂下了眼睛:"我不是最后一个知道的,对吗?"

"双胞胎们已经知道了,我也告诉了甘伯特。我让希尔小

天幕尽头

姐和巴奇顿先生保护大公殿下，暂时瞒着他吧。至于夏弥尔——"他看着那个为科纳特大公斟酒的少年，"他乖乖地睡着比较好。"

"我明白，伊士拉先生。不过您的仆人……"

克里欧转头望向窗外：外面是熙熙攘攘的码头集市，带着各地口音的船员和商人穿梭其间，有些妓女和兜售护身符的小贩也混杂在里面，他们的表情带着喜悦、愤怒、愉快、怀疑和歇斯底里；在他们的身后，灰色的旧房子重重叠叠地垒得很远，却统统没高过三层。在这片乌烟瘴气的尘世之上是一片纯蓝色的天空，倾斜的太阳为它镶嵌着金红色的边儿。

在这片天空上，一只黑色的鹰正在盘旋。

"菲弥洛斯会跟着我的。"游吟诗人告诉赫拉塞姆，"我去哪儿，他就会去哪儿。"

噩梦重现

尽管不是一个重要的繁华口岸,瑟里提斯的夜晚也不平静。一些赶在日落前靠岸的船带来了更多乘客和水手,他们让码头上各个酒馆和娼寮的生意更好,连着别的商贩也积极地推销起水果、酒、首饰和艳丽的衣服。

克里欧·伊士拉戴上兜帽走出旅店的时候,迎面跟一个高大的醉汉撞了一下,后者拉住他的琴要他唱一支歌作为赔礼,然而格拉杰·赫拉塞姆队长用一枚银币让醉汉改变了主意。

他们两个人从旅馆的大门出去,而甘伯特和克拉克斯双胞胎从侧门走。在离开了码头之后,五个人在一条小路上碰头。

今天的月光很好,非常明亮,空中连一点儿云也没有。克里欧回过头还能看到码头上橙黄色的光,在港湾里的船上

天幕尽头

也挂着灯,好像悬浮在空中的星星。虽然已经看不清楚他们居住的客栈了,但是克里欧知道科纳特大公正在房间里做着好梦,而莉娅·希尔和米克·巴奇顿会轮流在他的门外警卫。"暴风女神"停留在更远处的港湾,克罗维·芬那船长尽职地守在那里,她时刻都会留在她的船上。

克里欧稍微抬头的时候,能看到月光下那个跟随着他们的黑鹰,它有时候仿佛消失了,但是却又总在游吟诗人寻找的时候重新出现。

甘伯特手上拎着两盏马灯,在看到克里欧以后将它们点燃,并且把其中之一递给他。

"准备好了吗?"游吟诗人似乎在问年轻的祭司,又像是在问那对双胞胎。

娜尔萨戴着头巾,遮住了她亮眼的红色头发,她的弟弟则光着头,穿得像一个酒店的小伙计,他们脸上有些阴霾,这和下午快乐的模样一点儿也不像。

甘伯特告诉克里欧他默习了一些应急的除巫咒,还携带了一把在主神殿被祝福的精钢匕首。

"还记得路吗?"游吟诗人问双胞胎。

娜娜点点头,指着西边的小径,那里弯弯曲曲地通向海岸,看上去非常陡峭。"就是顺着这里走下去的,但那时我们走了很久。"她对克里欧说,"我想大约几个小时?"

"或许没有那么长!"杰德说,"我们当时精疲力竭,走一步都得用半天。"

"嗯,那也许只要一个小时……"娜尔萨迟疑起来,"对不起，伊士拉先生，我们真的很难确定。"

克里欧没有生气，他帮助赫拉塞姆将三支火把点燃，然后分给双胞胎两支："再把那里的特征说一说，能更详细吗？"

于是娜娜开始了不知道是第几遍的回忆，而杰德则偶尔为她查漏补缺。

"那是一个没有名字的海岸，谁也不去那儿，因为全是乱石，停船非常不方便，要钓鱼的话，海浪也太大了。"她说，"地面上有很多裂口，里面灌满了水——"

"只是靠近海的那些是这样！"杰德补充道，"我发现在海岸里面的裂口就很干燥，我也搞不懂被浸在海水中的究竟是岩石的裂口还是海浪弄的凹槽！那里的浪头可怕极了。"

"嗯，对！峭壁也靠得很近，就好像刀切下来的一样，风刮起来呼呼响！"娜娜接着说，"我们爬起来朝西走的时候，摔了好多跤，又光着脚，割了不少口子。大约走了一个小时，嗯，也许一个半小时，才找到一个稍微平缓的斜坡。然后爬上去一直走，走到了这里……"

杰德看着码头的方向："那个时候是晚上，灯光就像现在一样。有几个散步的商人发现了我们。"

"好吧。现在你们俩带路吧，我和赫拉塞姆队长跟着，甘伯特，你在最后。"

这一个小队排成单列，沿着一条小路前进。

双胞胎在前方带路，高高地举着火把，海风把火苗吹得呼啦啦地乱摆，似乎都要熄灭了。这条路几乎算不上是路了，因为本身就没有多少人走，两旁的草和荆棘长得很茂

天幕尽头

盛，而且越往前，碎石块越多，硌脚得厉害，等到了一个半身高的断裂处时，几乎已经看不出落脚处了。

"是这里！"杰德叫起来，"米尔古大叔当时爬不动，还是我和娜娜一个托一个拽才让他上去的呢！"

克里欧提起手中的灯，昏暗的光线照不了多远，却能依稀分辨出前方的斜坡，连植物也逐渐稀疏起来，裸露的岩石奇形怪状地延伸到远处，荒凉又沉寂。

他们爬下了这个断口，踩着乱石继续前行。途中克里欧差一点儿跌倒，但是格拉杰·赫拉塞姆及时地拉住了他。除了双胞胎偶尔会停下来争论究竟是不是走对了方向以外，几乎没有什么人说话。越往前，风的声音就越大，所有人的热量仿佛都被它擦身而过的时候带走，于是他们的手脚和脸都有些麻木了。

渐渐地，海浪的声音夹杂在风的呼啸中不断地增大，并且清晰起来。而克里欧的鼻端，也闻到了明显的咸味儿。

"快要到了！"娜娜回头对他说，"看那些悬崖——"

克里欧顺着她手指的方向望去，前方是一片黑黢黢的影子，即使在月光下也显得模糊而阴森，只能依稀看出轮廓，仿佛是悄悄耸立在黑暗中的妖魔，当他们经过时候就会活过来，一口把他们吞进肚子里。

"海滩就在悬崖下，"红头发的少女继续说，"我们当时就是在那里醒过来的，不过现在还没有开始涨潮，也许比那个时候要显得宽一些……你说呢，杰德？"

杰德没有说话，拉住了姐姐的手，他们同时转头看着那些黑色的影子,有些踌躇。

赫拉塞姆突然走上前,拍了拍双胞胎的肩膀:"既然快到了,那前面就由我来带路吧,如果走错了,记得提醒我。我知道你们想报答,记得等会让姐姐给我一个吻。"

然后他朝娜娜笑了笑,来到了队伍的最前面。

双胞胎不好意思地回头望着游吟诗人。克里欧没有责怪他们,"别害怕,"他说,"今天有祭司在,还有我,再古怪的事情也会解决的。"

当月亮渐渐靠近天穹最高处的时候,他们终于来到了悬崖下的海滩。倒霉的甘伯特跌倒了,摔碎了那盏从旅店借来的灯,而他们的火把似乎也即将燃尽。但这对他们来说不算什么问题,天空中的黑鹰落到地面,变成了一个高大的黑衣男人,他的手上浮现出五个金黄色的火球,飘在空中。

这些火球没有因为猛烈的海风而被吹熄,就那么稳稳当当地浮着,火苗若无其事地摇曳着。

克里欧借着火光仔细打量这片海滩——

就像双胞胎描述的那样,这里荒凉、阴森,既没有美感也不适合停船或者捕鱼,它没有名字一点也不奇怪,不会有人会为这里起名字,没有人会喜欢来这个地方。仿佛火山熔岩烧蚀出的奇怪岩石堆满了整个海滩,有一些被汹涌的海浪打磨得稍微平滑了些,但更多是畸形而丑恶的怪物。在大大小小的碎石中间,有些黑乎乎的洞口,它们或是狭长的一

天幕尽头

条,或是不规则的圆和椭圆,密密麻麻地遍布在这个海滩上。赫拉塞姆刚刚踏入这片海滩的时候就踩上了一个,好在它很小,而且也不算很深——仅仅到他的小腿肚而已。不过大的裂缝似乎有一人宽,一丈长,有种不小心掉进去它就会立刻咬合的错觉。

菲弥洛斯站在游吟诗人身边,注视着他的背影,说:"多美,主人……您选择这里看月色可真明智。"

游吟诗人在一个黑色的裂缝前蹲下来:"我的兴趣在地上,菲弥洛斯,或者说在地底下。你感觉到了什么吗?"

"还用我感觉吗?主人,这里难道不是一个很好的蛰伏地?荒无人烟,地势险要,无数的裂缝可以掩护任何一个直达地宫的入口。"

克里欧用手指缓缓地摩挲着岩石粗糙的表面,向双胞胎问道:"还记得你们当时在哪儿醒来的吗?还有那个神秘的人,他是从哪一条裂缝消失的?"

娜娜和杰德困难地环视四周,菲弥洛斯打了个响指,两个火球便随着他们的视线缓缓移动。杰德似乎有些畏惧,而娜娜则大着胆子跟着火球走了一会儿,指着一片稍微平坦一些的地方:"我记不清楚了,伊士拉先生,不过好像当时我被冲到了这里。因为我腹部没有擦伤,所以冲上来是没有什么石头的地方。杰德就没那么幸运了……"

"是啊!"少年点点头,"我当时离娜娜很远的,撞到了石头,额头擦破了皮。"

红发少女朝那边走了几步:"那个奇怪的人钻进了裂

缝……就在那里……"

"哪儿?"克里欧朝她说的地方走过去,又扭头看着她。

往日大大咧咧的少女此刻有些不自在,杰德跑到她身边,和她站在一起。他们俩都不愿意靠近那地方,似乎害怕那里再突然钻出人来。

克里欧选择了几个岩石下的裂口,终于确定下双胞胎觉得最像的一个,然后他让他们坐在一边,对不远处的年轻祭司说:"甘伯特,你还记得施行拟巫咒的方法吗?"

"记得,先生。"

年轻的祭司把带兜帽的外套脱下来,双手交叉,竖起了食指,用杜纳西尔姆语吟唱起来。他的食指中间渐渐地浮现出稀薄的烟雾,飘向了克里欧站着的方向——准确地说,是他脚下的那条裂缝。即使狂暴的海风也没有把这烟雾吹散,它越来越浓,几乎要凝固成一条线。

"起作用了!甘伯特,继续!"

双胞胎瑟缩着靠在一起,赫拉塞姆队长站在他们旁边,似乎给他们一点儿安慰。

正当甘伯特一边念诵咒语一边慢慢地朝那条裂缝走过去的时候,菲弥洛斯突然叫了一声:"小心!"

他话音刚落,每个人就感觉到脚底下的碎石仿佛抖了一下,接着又是一下。

五个火球突然升到半空中,放射出比之前亮了几倍的光,在这样的光照下,所有人都看到一直恶狠狠扑来的海浪突然在往后退,海面升腾起一层白色的雾气。

天幕尽头

　　甘伯特的拟巫咒被打断了,他立刻从腰上拔出了精钢匕首;而棕发的侍卫队长也拔出长剑,挡在双胞胎面前。

　　地面又开始连续不停地震动,似乎有什么东西从下面往上钻,这感觉触发了克里欧的回忆,他突然觉得非常恐惧。这时岩石传来崩裂的声音,紧接着海面和地面同时被两个黑色的东西撕破了!

　　那是黑色的腕足,上面覆盖着盾牌一般坚硬的细小鳞片,在火光和月光下闪耀着黑绿色的光泽。

　　克里欧的身体好像是被冰冻住了一样,原本苍白的脸上更是没有了一点血色,他想拔出七弦琴中的剑,却连手指也无法动弹。他银灰色的眼睛盯着那同时朝自己袭来的腕足,耳朵里却响起了梦中才出现的惨叫。

　　一道蓝色的弧光猛地闪过,削掉了一个腕足的皮肤,接着菲弥洛斯抱住克里欧,飞快地将他从原来的位置拖走。

　　"你他妈的在发什么疯!"妖魔贵族破口大骂,"要想被绞碎全身的骨头吗?"

　　克里欧感觉到他的手紧紧地箍着自己的前臂,那种痛感刺激了他,让他重重地喘了口气。

　　"是它们……"克里欧低声说,"是当年的……"

　　菲弥洛斯没有听清楚他的话,现在妖魔贵族正不断地射出光刃,阻挡从裂口和海面伸展过来的腕足——它们并不粗,大约有成年人的身体那么宽,但是好像没有距离的限制。无论妖魔用怎样灵巧的动作带着克里欧朝后退,它们总是不断地伸到面前!

蓝色弧光削掉了腕足上不少的皮肉,每次都会让它们疼得抽搐一下,可它们并不退缩。

菲弥洛斯的怒气渐渐高涨起来,他抬起了右手,两个蓝色的光球在他的手掌中出现,然后猛地扔出去,分别冲向那两条腕足。

只听见连续的爆裂声过后,两条腕足分别被炸烂了,几乎要拦腰折断。它们剧烈地抽搐着,无法再攻击,好半天才倒在地上。

克里欧靠在菲弥洛斯身上,感觉全身乏力。他的手中满是汗水,双腿僵硬,好像大病了一场。如果不是妖魔的手还牢牢地支撑着他,或许他已经滑到地上了。

其他人同样惊魂未定,虽然没有遭到攻击,却依旧被吓得不轻。甘伯特和赫拉塞姆喘着粗气,而双胞胎煞白的脸上满是要哭出来的表情。他们都背靠着一块巨大的岩石,找不到任何躲避的地方。

受了重伤的腕足在地上扭动,仿佛临死前的蛇,剩下的已经迅速缩回了裂缝中和海面下。菲弥洛斯皱着眉头扔出了两道弧光,利落地将地上的腕足彻底切成四段。残留部分的断口散发出强烈的恶臭,那是类似于腐尸般让人作呕的味道。

"这是什么玩意儿?"菲弥洛斯嫌恶地捂住鼻子,"主人,你居然害怕章鱼吗?"

克里欧脸色发青,他想告诉菲弥洛斯这"玩意儿"毁灭了卡亚特大陆上最强的除妖部族,告诉他今天这两个只能算是巨大怪兽中很细微的部分……但是他又无法告诉菲弥洛斯

天幕尽头

它们来自哪里，究竟想要干什么。

"你不认识它们吗？"

"这些东西？"菲弥洛斯冷笑两声，"至少在妖魔中从未见过。不过，也许我太孤陋寡闻了。"

赫拉塞姆来到游吟诗人身边，警惕地看着四周："伊士拉先生，我觉得咱们最好先离开。"

周围无数的裂口还虎视眈眈地瞪着他们，似乎还有更可怕的东西藏在里面。此刻克里欧的脑子里无法想出任何一个预防的措施。他对甘伯特说："把它们捡起来带回去。今天晚上就到此为止吧……白天……或许白天会安全一些。"

年轻的祭司勉强镇定下来，拿着脱下的外套走过来，小心翼翼地将臭气熏天的腕足放进去，包好。其间，甘伯特干呕了几下，脸上泛出红晕："抱歉，伊士拉先生。它们的味道太……古怪了……"

克里欧木然地点点头，什么也没说。

赫拉塞姆把长剑插回鞘，回头对双胞胎招招手："火把还能点燃吗？把它们捡起来，我们马上就回去！记得给我那个谢礼。"

娜娜和杰德远远地答应了一声，从岩石边走开。

就在娜娜弯下腰去捡火把时，一条更加巨大的腕足忽然顶开了地面，瞬间缠上了她的腰。红发少女发出尖利的惊叫，大声喊救命。

赫拉塞姆拔出剑就要冲上去，这个时候菲弥洛斯的弧光已经打在了腕足上。可是对于体型大了近三倍的腕足没有造成什么严重的伤害，它似乎也不想恋战，拖着娜娜就往地面下收缩。杰德不顾一切地想要抓住姐姐的手，但又一条腕足从旁边冒出来，用同样的方法抓住了他。

"该死!"菲弥洛斯恨恨地骂道，双手聚集起了光球!

"不!"克里欧叫道，"你会伤着他们的!"

几乎就在这犹豫的一瞬间，两条巨大的腕足已经把它们的猎物拖入了裂缝，冲到面前的赫拉塞姆只来得及刺中最后的一截尾巴。

再次起航

克里欧·伊士拉的耳朵里突然听不见任何声音，无论是呼啸而过的海风，还是怒吼着撞碎在岩石上的海浪。

他僵硬地站在那里，看着格拉杰·赫拉塞姆无比恼怒地将剑插进地面，看着甘伯特脸色发白地盯着那条被撑裂得更巨大的地缝，菲弥洛斯将一团金色的火焰扔进那里边，然后说句什么。他茫然地看着他们，发现黑发的妖魔贵族抬起头来朝向他的时候，嘴唇在一开一合，却没有声音。

菲弥洛斯向他走来，又说了句什么，然后伸手打了他一个耳光。

皮肤上轻微的刺痛感似乎让游吟诗人的听觉重新回到了身上，他银灰色的眼睛闪动了一下，终于有了神采。

"别像个废物一样，主人。"菲弥洛斯大声地骂道，"这个时候你需要的不是回忆过去，用用脑子，你应该高兴你有一副铁石心肠。"

克里欧用冰冷的手指按住被打的那一半脸，指腹上立刻感觉到一股灼热。他的四肢重新活了过来，抓住妖魔贵族的手，低声说："带我过去，菲弥洛斯，让我看看……"

妖魔贵族意味深长地看了看他，扶住他的手肘把他带到了拖走克拉克斯双胞胎的那条裂缝前。

"里面很深。"菲弥洛斯又从指尖变幻出一簇金色的火苗抛进去，那火光很快就下降、消失，最后变成一个点儿，完全被黑暗吞没了。

游吟诗人把菲弥洛斯的手攥得更紧了，紧得几乎有些发抖。他忽然提高声音说道："甘伯特，过来！在这个地方实施一次拟巫咒。"

年轻祭司很镇定。他迅速调整了一下，拍了拍衣服上的石屑，然后做好手势念诵出咒语。他的指尖有更加浓厚的烟雾飘荡了出来，然后迅速地灌入了裂缝中。

赫拉塞姆皱着眉头问道："如果有人愿意回答的话，请告诉我这是巫术吗？"

游吟诗人低着头："如果巫术要达到这样的效果，那么拟巫咒的烟雾可以把我们统统呛死。"

"那么这是……巨大的妖魔？"

克里欧看了看菲弥洛斯，摇摇头："从来没有这样的妖魔，任何人都不知道，甚至是弥帝玛尔贵族……"

游吟诗人闭上眼睛，疲惫地做了一个深呼吸。

"听！"菲弥洛斯突然侧过头，把耳朵偏向裂缝，"有什么

天幕尽头

东西在响!"

赫拉塞姆一下子把剑握在手中,注视着洞口。

"似乎是水的声音。"菲弥洛斯把火球扔下去,这次仿佛看到了一些反射的光亮,不一会儿火球噬的一声熄灭了。

"海水从下面灌进来了!"妖魔贵族大声叫道。

克里欧回头看着海面,那些白雾已经完全消失了,但是海水却突然气势汹汹地涌过来,泛着雪白的泡沫漫上了岩石间的缝隙,然后飞快地来到了他们的脚底下。一些裂口也冒出了海水,好像一朵朵地下喷泉的水花。

"离开这里!"克里欧对其他人说,"这潮水上涨得不正常,快走!原路返回!"

他们深一脚浅一脚地跑上了斜坡,菲弥洛斯让一排金色的火苗照亮。身后的海水如同贪婪的狼一样紧随其后,哗啦啦的声音是它们的嘶号。

克里欧喘着气,命令自己发软的腿不停地朝前跑,他滑倒了一下——也许两下,但是他感觉不到疼痛。菲弥洛斯把他搀扶起来以后他立刻又朝前跑着,甚至来不及回头。等终于跑上了那条斜坡的顶端时,他停下来,用手支撑着膝盖气喘吁吁,好半天才让心跳渐渐变缓。他回过头,看见明亮的月光下,整片的海滩已经变成了汪洋,仿佛从来没有存在过。

菲弥洛斯皱起眉头:"多奇妙,这片海似乎有自己的意识。"

"它是主动攻击我们吗?"赫拉塞姆惊疑不定地问,"为什么会这样?它们难道知道我们今天会来?"

菲弥洛斯耸耸肩，没有回答。

"现在说这些没用。"游吟诗人对棕发的年轻人说，"我们必须尽快回到码头，可能的话让芬那船长立刻起航。"

"那……双胞胎会怎么样？"

游吟诗人沉默了一会儿："我不知道……愿凯亚神保佑他们……"

❖

回去的路比来时要快一些，没有人说话，他们只是不停地走。月亮渐渐地隐没，当他们接近码头的时候，东方天幕的黑色正在渐渐地变淡。

菲弥洛斯把火球熄灭，领着大家回到了刚开始出发的地方。克里欧这时候才觉得背后凉飕飕的，衣服早就被汗水浸湿了。他让甘伯特和赫拉塞姆去通知芬那船长准备出发。"在天亮之前可以把补给配齐的话最好。"他这样对他们说，"我现在去通知科纳特大公殿下和其他人上船，出发以后都到船长室集中吧。"

赫拉塞姆和甘伯特点点头，于是四个人分成了两组，朝着不同的方向走远了。

菲弥洛斯看着游吟诗人的侧面，即使在黯淡的光线中，他的脸也异常苍白，而今天晚上似乎连最后一点儿活人的血色都消失了。"你知道吗，主人？"妖魔贵族低声对他说，"我觉得，您肯定已经猜到了什么。"

克里欧没有理他，脚下也没有停步。

天幕尽头

菲弥洛斯继续自言自语:"今天晚上的那些东西和您描述过的杜纳西尔姆人遭遇的怪物非常像——或者说,除了今天的这几个更小、皮肤更嫩以外,其实完全一样吧?看起来比远古魔兽更糟糕。我知道所有的妖魔,无论是灭绝的,还是被封印的,可我不认识那些'章鱼手'。主人,您知道这意味着什么吗?"

克里欧抿着嘴唇,不想听他的话。

但是菲弥洛斯并没有那么简单地放过他:"拟巫咒那一招很有意思。您说得对,如果是纯粹的巫术那么残留得不可能如此之少。但是,如果是妖魔和巫术的结合呢?"

游吟诗人突然站住了。

菲弥洛斯压低了声音:"它们是被制造出来的……妖魔、巫术,或者更强大的力量——"

"好了!"游吟诗人猛地抓住弥帝玛尔贵族。"不要再说了,"克里欧抓着他的前襟,"现在不要谈这个……'暴风女神'还有一段旅程,你知道这对其他人意味着什么……"

妖魔贵族注视着克里欧,慢慢地拉开他的手,说了声"好的"。

他们不再交谈,趁着夜色沉默地回到了旅店。一推开门就看到了意外的状况:科纳特大公正坐在寂静无人的大厅里,莉娅·希尔和米克·巴奇顿站在他的身边,甚至连夏弥尔·菲斯特也在。

科纳特大公一看到他们就跳起来了!"凯亚神保佑!"他惊喜地叫道,"伊士拉先生,您可回来了,希尔小姐和巴奇顿先生无论如何也不愿意告诉我你们到哪儿去了,我非常着急!我等了快大半夜了……你们终于回来了!"

克里欧总算还记得他们在船上伪装的身份。于是疲惫地朝他鞠躬:"抱歉,杜克先生。请不要责怪希尔小姐和巴奇顿先生,其实他们也只是遵照我的嘱咐保护您,对于我们去了哪里,他们也不清楚。"

大公有些失落,但他并没有追问:"您看上去很不舒服,伊士拉先生。请坐下来吧,休息一下。希尔小姐,能到厨房里给我们拿一点儿酒吗?"

"好的,先生。"

克里欧对科纳特大公表示了感谢,又问道:"您说您大半夜就等在这里,为什么,您睡不着?找过我?"

科纳特大公迟疑了一下,夏弥尔却主动站出来:"对不起,伊士拉先生,其实是我……我去敲过您的门,我想和您谈一谈,不过您没在。我担心出事,于是又去吵醒了杜克先生。"

克里欧面无表情地看着他:"原来如此。夏弥尔,你想和我谈什么呢?"

少年的脸庞浮现出红晕,他慢吞吞地看了看科纳特大公,于是后者自告奋勇地替他说了:"伊士拉先生,在等您的时候夏弥尔跟我谈过了。他希望能和我们一起上路,他想留在船上做事。"

"先生,您知道我们的旅程非常危险。"

夏弥尔窘迫地对克里欧笑了笑:"伊士拉先生,很抱歉,

天幕尽头

我也不想给诸位添麻烦，可是我在这里一个亲人都没有，而且要回萨克城也一样。我希望能在船上干活儿，啊，我保证不会给你们添麻烦的，我也不怕危险，我什么苦都能吃。"

游吟诗人咳嗽了两声，又对科纳特大公说："杜克先生，夏弥尔当然是一个好孩子，可是您的船上还需要什么人呢？我们好像已经没有什么空闲的岗位了。"

夏弥尔的蓝眼睛迅速潮湿起来，脸上的表情好像是马上就要哭出声来。

科纳特大公为难地看着游吟诗人，想要安慰这个少年，却又有些不好开口。他凑到克里欧耳朵旁，低声说："真的不能带上他吗，伊士拉先生，夏弥尔说他木工不错，可以修补船上的裂缝。"

"他能造一艘船也不行。"克里欧冷酷地说，"殿下，不要因为同情心而让不相干的人牵涉到危险中来。"

科纳特大公的脸红得快烧起来了，他期期艾艾地答应，然后满怀歉意地对淡黄色头发的少年说："真对不起，夏弥尔，我想你还是不能跟着我们的。嗯……别担心，我们可以给你一些钱，你要留在这里还是回萨克城都可以！我等一下就让巴奇顿先生给你……对不起，夏弥尔。"

那少年非常黯然地向他表示了感谢，垂头丧气地消失在楼梯上。

克里欧对同样沮丧的大公说："您的决定是正确的，殿下，给那孩子钱比让他跟着我们要好得多。不过，看起来他已经说服过您了，对吗？"

科纳特大公摸了摸鼻子："我只是觉得，他孤身一人，太可怜了。"

克里欧已经没有力气责备这个单纯的贵族少爷了，他喝了一点儿莉娅·希尔端来的烧酒，然后将"迅速上船"的这个决定告诉了科纳特大公。

"发生了什么事情？赫拉塞姆队长和甘伯特大人呢？他们已经上船了吗？还有娜娜和杰德，他们也不在房间，是您提前通知了？"

"赫拉塞姆队长和甘伯特已经去协助芬那船长了，"克里欧觉得舌尖一阵阵发苦，几乎说不出另外两个名字，"娜娜和杰德……等上船以后我再跟您详细说。"

科纳特大公迷惑不解地望着他，而克里欧已经不想解释了，他让莉娅·希尔和米克·巴奇顿立刻护送大公殿下上船，然后向店主结算了账目。犹豫了一会儿后，他又多给了他一个银币，让夏弥尔可以多住几天。

❖

"暴风女神"重新起锚的时候天已经完全亮了，水手们各司其职，空余的人则把买回来的食物和物品搬运到船舱里。

海面很平静，东方的天空反射出灿烂的金红色，太阳在蓝色的绸缎下喷薄欲出。就好像一个新生的婴儿的脸，被薄薄的轻纱掩盖着，只要稍微一用力就能钻出来。海风中没有昨夜的烟尘味儿，也仿佛是重生了一般，凉爽而清新。

克里欧站在甲板上，似乎想尽力地从眼前的景象中得到

天幕尽头

一丝鼓励。他深深地呼吸着新鲜空气,然后又重重地吐出来,感觉是把一些冰冷的气体排出体外。当甘伯特来告诉他所有人都已经去了船长室的时候,他看了看天空,却没有发现黑鹰的影子。

甘伯特告诉他:"您的仆人……我是说菲弥洛斯先生,他现在也在那里。"

"啊,是这样……"游吟诗人点了点头,跟着年轻的祭司朝船长室走去。他看着他年轻的侧脸,突然问道:"你害怕吗,甘伯特?"

他的"弟子"有些意外,但是仍然诚实地点点头:"如果您说的是昨天晚上,我承认我有一点点胆怯……非常抱歉。"

"不不,你不必为此道歉。"游吟诗人向祭司摇摇头,"甘伯特,即使害怕也能照常地施咒是一种勇敢的表现,现在坦白自己的胆怯也是。你很不错……或许比我想象的更优秀。"

"谢谢,伊士拉先生,能得到您的教诲是我的幸运。那些都是在主神殿也学不到的宝贵知识。"

"你的信仰坚定吗?甘伯特。"

"如果您问的是对于凯亚神的崇敬,那我和所有的祭司一样虔诚,我们从额头纹上光轮开始,就宣誓无妻无子、不要财富、不要名利,将自己完全贡献给凯亚神。"

"即使为此而牺牲性命?"

"如果那是必须的,作为凯亚神的仆人,我就责无旁贷。"

"为什么如此笃定呢?"克里欧仿佛是自言自语地说,"因为如此笃定,所以便什么都不害怕了吗?或者说,信仰所赐予的勇气是让人惊讶的……"

"是这样的，伊士拉先生。如果是真的进入了魔鬼海，我想我可能会死，可是我相信我的死并不会让凯亚神的力量减弱，我也相信他的安排是我所不能体会的，他必将获得最后的胜利。"甘伯特为克里欧拉开了船长室的门，"请吧，伊士拉先生，大家正在等您。"

游吟诗人停下脚步，注视着年轻祭司，他从那双黑色的眼睛里看到了自己苍白的面孔，于是露出一个微笑。

甘伯特严肃的脸上也难得地绽放出一个笑容，他忽然问道："您还记得比特尼尔吗，伊士拉先生？那个主神殿的实习祭司。"

"啊……那个孩子。"

"其实他是我的弟弟，我们放弃了世俗的称呼和关系，但想到我如果死去而他能继续在阳光下吟唱祷诗，我就会不再惧怕一切。"

克里欧向他点点头，踏进了船舱。

这次旅行的所有成员都在这里，芬那船长、科纳特大公、米克·巴奇顿、莉娅·希尔、赫拉塞姆……一部分人的眼中有些惶惶不安，也有困惑和畏惧，因为赫拉塞姆已经按照克里欧的嘱咐将昨天晚上的事情告诉了他们。当他们看着游吟诗人的时候，却又不约而同地露出询问和期待的意味。

只有菲弥洛斯不这样，他靠墙站着，在远离众人的角落。但是克里欧首先看到的就是他的目光，妖魔贵族仿佛已

天幕尽头

经知道他从黑夜中走出来后所想的一切,甚至也知道他在和回忆的交战中暂时地赢了一次,所以在嘴角处挂着一个说不清是讥讽还是善意的微笑。

沉 没

"请进来吧,伊士拉先生,我们正在等您。"

芬那船长对他说,脸上是一副严肃表情,她灰色的头发梳得整整齐齐,骨节分明的双手交握着放在桌子上,紧紧握在一起,如同一个临战的指挥官。

克里欧向她点点头,然后在她为他保留的位置上坐下。甘伯特随后进来,关了门,也回到了自己的位置上。

"刚才赫拉塞姆队长已经告诉我们昨天晚上发生的事情了,"芬那船长凝重地说,"伊士拉先生,这实在是很可怕,但我们现在必须知道该怎么防范,还有下一步该做什么。"

克里欧点点头:"是的,我想这是必须的。昨天我们无法救出娜娜和杰德,但是并不能改变去魔鬼海的计划。芬那船长,还有各位,我不得不坦诚地说:也许前方还有更可怕的事情。"

天幕尽头

科纳特大公紧张地攥着一柄匕首，问道："那种妖魔还会出现吗？"

"我不知道，殿下。也许会，也许不会，也许是碰到比它更强大的怪物……"

年轻的大公抿着嘴唇，虽然不想显示出懦弱，但是脸色却有些发白。

"没有办法对付它们吗，先生？"莉娅·希尔提问道，"既然您已经见到了一些迹象，那么是否可以告诉我们对抗的方法呢？"

克里欧摇摇头："如果是昨天晚上那种程度的妖魔，也许可以尽力削断它们的腕足，但是如果它们变得更庞大、更成熟，除非您的武器锋利得可以刺穿钢铁，否则很难对它们造成伤害……"克里欧又看了甘伯特一眼，"如果我记得没错，甚至连法术也很难击败它们……"

女猎人的神情变得有些吃惊，然后紧紧地皱起了眉头。

游吟诗人看着周围的面孔，他的话让他们更加不安了，但克里欧并不打算为了消除这不安而隐瞒他的担忧："娜娜和杰德遇到的意外是我们完全没有准备的，如果悲观地估计，他们很可能已经死了……其实在出海之前，娜娜和杰德要求我带他们来是因为他们提出了一个无法拒绝的理由：他们是唯一从魔鬼海生还的人，而且还有些事情并没有告诉我……"

芬那船长追问道："是关于什么？"

"我不知道，他们俩是调皮的孩子，一直坚持等我们接近魔鬼海的时候才说出来……我并不想逼他们。"

芬那船长颇为遗憾地叹了一口气："或者说他们其实很聪明，担心自己透露得太早会被撵下船去吧。"

克里欧露出一丝苦笑。

格拉杰·赫拉塞姆插话道："那么现在只有硬闯魔鬼海了吗？我得找时间磨一磨我的剑。"

"是的，"游吟诗人点点头，"我们没有退路，只能向前。国王陛下给了我们时间，还有信任。而我们不单是要对他负责，更要弄清楚地下到底发生了什么，这是对所有活着的人负责。"

芬那船长把目光投向墙上挂着的海图："从离开瑟里提斯开始，我们要再航行三天才会进入魔鬼海的外围。"

"那么在此之前考虑一下躲避'章鱼'的方法可能会有效。我是从妖魔的形态来打个比方，而如果真的到了那里，或许情况又会有变化。我只希望在那之前，各位没有先被恐惧打败。"他看了看靠在角落里的菲弥洛斯，"至少……能比我更勇敢……"

大家都看着他，科纳特大公的脸上有些迷惑，只有赫拉塞姆和甘伯特明白，但是他们并没有露出特别的表情。

在房间里陷入了短暂的沉默以后，芬那船长站起来，表示甲板和底层货舱都可以成为练习武器使用的地方，然后又简单地说了一些到魔鬼海的路线情况，昨晚她看了看星空，这两天的天气非常好，风向也没有异常，会在预计时间内到达魔鬼海。

"那么……现在我们唯一知道的就是：在海面出现奇怪白

天幕尽头

雾的时候,要千万小心。"她把询问的目光投向克里欧,"是这样吗,伊士拉先生?"

"按照双胞胎失踪前的说法,是的,所以我们得很小心——"

游吟诗人的回答被突然传来的敲门声打断了,芬那船长提高了声音允许外面的人进来,于是二副有些不安地推开了门。

"有什么事?"女船长板着脸,"我记得我说过现在我很忙。"

"对不起,大人——"二副按照海军中的称呼对长官说,"——仓库里出了一点儿意外,我们抓到一个人,可能是趁着搬运补给时混进来的。"

克里欧突然有种不祥的预感。

芬那船长的脸色更难看了:"是什么人?"

二副侧过身,于是两个水手拽着夏弥儿·菲斯特进来了。

克里欧看见淡黄色头发的少年尴尬地低着头,怯生生地朝他咧咧嘴,然后又飞快地转移了目光。

房间里的人面面相觑,表情古怪地看着原本应该留在岸上的人。

芬那船长朝水手点头示意,于是他们放了"犯人",鞠了一躬才退出房间,并且随手关上门。

芬那船长严肃地盯着少年。"我想您应该留在瑟里提斯,菲斯特先生。"她质问道,"我们留给您足够的生活费,您可以暂时在那里找到工作的,甚至要回萨克城也没有问题。"

少年紧张揉搓着双手，涨红了脸，他用乞求的目光看着科纳特大公，似乎想得到一点儿支援，然而亚麻色头发的青年则非常局促地低下头。

夏弥尔终于挺起胸膛，结结巴巴地说："对、对不起，先生——我是说，夫人。我……我只是不想离开你们……你们救了我，是我的恩人——"

"所以你就给我们添麻烦？"芬那船长毫不客气地说，"菲斯特先生，这太让人难以接受了。你以为混上船我们就只有带着你了吗？"

夏弥尔慌乱地摆摆手："不，先生——我是说，夫人……我并不想给你们添麻烦——"

"很遗憾，您已经这样做了。"芬那船长转向科纳特大公，实际上却看着克里欧，"我建议把菲斯特先生先关在舱房里，等我们返航的时候再将他放出来。"

"啊，这样……这样好吗？"青年贵族有些犹豫，"我们还不知道在'魔鬼海'那里究竟会发生什么呢。"

"魔鬼海！"少年惊叫起来，"你们要去魔鬼海？那地方从来没有人活着回来！"

"现在害怕已经晚了，或者你可以表演得更生动点！"菲弥洛斯幸灾乐祸地开口，然后走到游吟诗人身边，"这样吧，主人，反正现在已经不可能再掉头把这小鬼送回去，你们也不会又把他丢进海里，再关着他更是毫无意义，不如把真实的情况告诉他，让他跟着我，我会保证好好地看着他的。"

夏弥尔对高大的黑衣男人有些畏惧，但是他明白自己现

天幕尽头

在的立场。他迷惑而又忐忑不安地看着周围的人,仿佛一只待宰的羊羔。

克里欧对于菲弥洛斯的主动有些意外,他没反对,只是询问妖魔这样做的原因。

"因为啊,我最讨厌自以为是的小骗子了。"菲弥洛斯这样对游吟诗人说。

✦

"暴风女神"顺着风驶向施特拉海,也就是"魔鬼海"。

就如同芬那船长预计的那样,他们的行程比之前要顺利许多,风鼓动着三角帆,推着船如飞梭一般地在海面上滑行。蔚蓝色的海洋平静而安详,甚至偶尔还能看到跃出水面的鱼和海豚,温暖而又毫不刺眼的阳光照在甲板上,有点夏天的感觉,海风吹过时,又不会让人感觉过于炎热。

可惜船上的人并没有心情来享受这些,水手们一天比一天严肃和沉默,芬那船长则在船长室内看很多海图,用尺子比画个不停,偶尔也请赫拉塞姆去商量一些事情。希尔小姐和巴奇顿先生则在仓库和甲板上勤奋地练习,他们都刻意地增加了武器的杀伤力。而科纳特大公一天到晚地检查他的箱子——他从萨克城带来的一个大皮箱,里面装满了稀奇古怪的玩意儿,有一次克里欧看到他用一种戴在手臂上的小圆筒连续发射出钢球打中了海面上的浮标,第二天就有三个这样这种小圆筒戴在了大副他们手上。

其实科纳特大公曾经要把其中的一个给克里欧,但是游吟诗人却拒绝了——对于无论如何都不会死的他来说，一柄长剑都算得奢侈的配置了。

这两天克里欧一直待在船头，看着前面无垠的大海。他就像着迷一样地在上下起伏、颠簸的"海洋神女"塑像身边，盯着那些翻滚的波浪。他什么也不想做，在其他人那么认真地准备时，他却更加地无所事事，就好像单纯地在等待未知东西的降临。

甘伯特也没有去练习自己学会的咒语和法术。

这两天跟在克里欧身边的不是菲弥洛斯，倒换成了年轻的五等祭司。他安静站在游吟诗人身后，既不多话，也没有表现出担忧，只是在克里欧提问的时候回答一两句。当克里欧第一次询问妖魔贵族的下落时，他忠实地告诉他菲弥洛斯一直待在船舱里，"和夏弥尔·菲斯特在一起。他不允许那孩子到处乱窜。"

"这很好！"

游吟诗人笑了笑，然后不再说话。

第三天的时候，大约就在傍晚，除了必须坚守岗位的水手，所有的人都来到了甲板上。大海仍然和之前一样，波浪连绵起伏，一层又一层地涌向船头，拍打着船身，夕阳的金色倒影让海面闪闪发亮。但是看着这片海的人都脸色凝重，没有人说话，甚至没有人动一下。

因为按照芬那船长的海图标识和测量结果，"暴风女神"已经驶入了魔鬼海的海域。

此刻它呈现在所有人面前，显得无辜而又宁静，仿佛一

天幕尽头

片最最平凡无奇的海洋,每一滴水,每一个波浪都和别的地方没有不同,甚至更加乏味。这景象让克里欧的心里有种无法说出的感觉,仿佛一直在等待着恶狼,然而出现在眼前的却是一只野兔。不过,或许这一切都是假象,野兔下一刻就会突然变成怪兽,张开血盆大口。

"伊士拉先生,"芬那船长轻声问道,"现在我们应该怎么办?"

"暴风女神"的目的地就是魔鬼海,而到了以后该往哪里走,应该是游吟诗人给出答案的问题。克里欧很明白这一点,他原本的计划是在从瑟里提斯离开以后就再次询问双胞胎隐瞒的事情……

"等着吧。"他对芬那船长说,"现在我们能做的就是一直等待。"

"等到白雾出现吗?"

"是的,娜娜说的'白色幽灵'……或者是别的什么东西发现咱们。"克里欧看了菲弥洛斯一眼,高大的妖魔贵族站在船舷边,旁边站着那个淡黄色头发的少年。菲弥洛斯向游吟诗人眨眨眼睛,然后伸手揉揉那少年的头,夏弥尔完全没有表示出不满,反而讨好似的冲他笑了笑。

克里欧觉得这种刻意炫耀宠物般的举动实在是有些幼稚。他回头向芬那船长说:"现在别掉以轻心,也许太阳完全落下去的时候,就是一个危险的时刻。"

芬那船长叫来一个水手,让他把这样的警告传达给船上的每一个人。

金红色的太阳缓缓地开始下降了,在接触到水面的时候就仿佛融化了一般,缓缓地将一种如血痕般的颜色扩展到整个海面。

所有人都盯着那个刺眼的圆渐渐消失,他们的手中握着武器,却不知道会针对什么。这个时候,科纳特大公突然尖叫起来:"啊,那里……那里有东西。"

他的手指向太阳消失的方向,就在深红色的地方,突然出现了一条白线。很细很细,如同一条蚕丝,却笔直地对准"暴风女神"延展了过来。

"是白雾吗?"赫拉塞姆努力地辨认着,"可是又不太像。"

克里欧从七弦琴中拔出了剑:"别忘记警戒周围,它们可能是在吸引我们的注意力!"

手执弓弩的水手在船舷处将箭头朝下,全神贯注地戒备着。

那条白线越来越清晰,越来越粗,它之前如同从太阳中发出的射线,直直地向"暴风女神"奔来,而在前进的过程中,它不停地扩展着,好像一匹展开的地毯。太阳越是往下沉,它就越宽越厚。

"'白色幽灵'!"克里欧叫道,"娜娜他们描述的就是这种白雾。"

一些火药填充的石弹被发射出去,在白色幽灵上方炸裂,但是似乎没有对它产生任何影响。它仍然飞快地加厚加宽。黑暗跟随着这些白雾铺天盖地地包围过来,水手们将船上所有的火把点燃,把灯挂满了桅杆和楼梯。就在太阳完全

天幕尽头

沉入海面的时候,黑暗的夜晚和白色幽灵已经把"暴风女神"整个儿包住了。

海浪的声音仿佛被隔绝了,霎时间整个船上什么声音也没有。

漩涡、漩涡!

克里欧在脑子里拼命回忆克拉克斯双胞胎告诉他的那些细节——在白色幽灵升腾起来之后,魔鬼海会形成漩涡,然后他们听到了船碎裂的声音。可是,为什么会有漩涡呢?这片海什么时候会开始攻击船?

周围的人呼吸粗重,额头都冒出了冷汗,白雾在他们的身边缭绕,抚摸着他们的脸、手、脚、身体……但是他们都没有出声,仿佛一开口就会让死灵嗅到生人的气息。火把和油灯的光在白雾中显得无比孱弱,甚至要被阴冷的雾气扑灭了。

"甘伯特!"克里欧说,"祈祷'凯亚明灯',快!"

年轻的祭司点点头,迅速用双手在胸前做出一个圆形,口中喃喃地念着祷词,随着他的声音,一个微小的光点从圆形中浮起,慢慢地越来越大。甘伯特将它举向空中,那个光点变成了一个金色的球,放射出太阳一般的炽热光芒。

这是来自于主神殿的神圣魔法,顷刻间就将白色雾气驱散了,露出一个围绕着"暴风女神"的巨大空洞。

也就是在这样的光芒下,他们看清楚了海面——

无数个漩涡密密麻麻地包围着他们,有大有小,就好像一只只窥视的眼睛。漩涡的中心是黑色的,并且如同发芽的枝条一般，缓缓地探出一根根扭曲的、柔软的腕足。

他们就仿佛是身处在一片田地里，到处都是灾难的苗头，任何一株都足以让他们粉身碎骨。

娜娜和杰德乘坐的船就是在这样的环境中被不知不觉地绞碎的吗？为什么这些妖魔会在这片海域对人类下手呢？那瑟里提斯的海岸为什么也会有白雾，妖魔也出现在那里？地下圣殿的入口到底在哪儿？或者说，其实他想的完全错了……

克里欧混乱的脑子里杂糅着各种想法，手心中渗出了冷汗。他知道如今无论如何都无法抵御这些腕足的袭击，他们就好像笼子里的老鼠，外面围绕着成百上千只贪婪的猫。

"怎么办？"赫拉塞姆向克里欧问道，"这些怪物太多了，我们能抵挡吗？或者说，即使有您的'仆人'……"

"要立刻开始进攻！"克里欧打断了他的话，又提高声音，"等那些怪物一动就立刻射击，不要等它们靠近！要么坚持到天亮，要么死在这里！"

他的话让甲板上的人都神色一凛，接着芬那船长第一次抽出了她的指挥刀："准备！"

水手们把弓弩架好，莉娅·希尔和米克·巴奇顿抽出武器守在科纳特大公身边，而年轻的贵族虽然脸色发青，却仍然哆哆嗦嗦地握紧了他的火药发射装置！

漩涡中的腕足渐渐地开始朝"暴风女神"靠拢，克里欧指着那些黑魆魆的魔鬼，大叫道："攻击！"

箭与钢刺如雨点一般射向腕足们，有些填了火药的流弹

天幕尽头

甚至爆出一簇簇火花!妖魔们有一些颤抖了一下缩回到漩涡里,然而更多的则毫发无伤地朝"暴风女神"扑了过来。

克里欧扭头看着菲弥洛斯,妖魔贵族动也不动地站在原地,一副袖手旁观的样子。夏弥尔在他身边抖得如同一只冬天里剃光了毛的绵羊。

"菲弥洛斯!"克里欧叫着妖魔贵族的名字。

然而高大的黑衣男子却只是耸了耸肩。"没有用的,主人。"他冷冷地说,"即使我出手,这些东西也杀不完,要等到太阳出来才行,不过我看咱们可支撑不了那么久!"

"我不需要知道这个,我要你动手!"

"好吧,谨遵您的吩咐,不过我还是得说,这没什么用。"妖魔伸开双手,两个蓝色的光球出现在他的手掌中,然后激射出去。两个腕足立刻被炸断,跌入漩涡。

但这只是很小的胜利,那些黑色的死亡之手好像割不断的蔓藤,持续不断地向这边涌过来。它们暂时还没有触摸到船体,但是越来越接近,而船上的箭头与弹药却越来越少。

米克·巴奇顿将他沉重的大锤抡了一圈:"让它们来吧,我要把它们砸成肉酱!"

然而他的话音还没落,芬那船长却敏感地竖起了耳朵:"听,有什么声音?"

科纳特大公停下了射击的动作,他苍白的脸上露出更恐惧的表情,似乎快要哭出来了。

克里欧也听到了,有一种闷闷的声音正从甲板下出来,并且伴随着震动和惨叫,带着一种极其绝望的嘶号。

"圈套！"芬那船长凄厉地叫起来，"它们从下面进来了！"

仿佛要验证她的话一般，甲板中央突然隆起，然后坚硬的木料和铁条断成碎片，一条足有四个人合抱那么粗的腕足从洞开的裂口冒出来，高高地扬起。

已经迟了，做什么都迟了！

克里欧看着这死神慢慢地缠住桅杆，如折断竹棍一样将它断为两截；然后又有一条从舵后面突袭，绞碎了船尾。海水从底舱气势汹汹地灌进来，甚至将一些水手的尸体送到甲板上！

水手们手脚发软，已经完全丧失了斗志，但是他们找不到逃生的路，在"凯亚明灯"的照射下，他们清楚地看到黑色的腕足终于爬上了船舷，木头的碎片如萨克城的飞花一般绽开。所有的武器不过是在粗大的腕足上造成一道小小的擦伤，或者在稍微细弱一点的腕足上割开一条口子，即使蓝色的光球不停地将一些腕足轰成碎渣，然而立刻就有更多补上空缺。

克里欧的剑砍在一些腕足上，一种陌生而又熟悉的无力感从剑刃上传来——两百年前他无法做到的事情，似乎今天也同样做不到。

他能够感觉"暴风女神"在倾斜、旋转，身边的水手不断地被腕足卷走，还有人掉落到海中；他能感觉到海水慢慢地浸湿了他的鞋，然后没过腿和腰；他看不到菲弥洛斯，也不知道芬那船长和科纳特大公他们在哪儿，眼前只有不停晃动的黑影和闪动的金属反光；他跌倒了好几次，浑身都湿透

天幕尽头

了，喉咙里呛了海水，剧烈地咳嗽着；他听到人类的惨叫中突然夹杂了几声巨响，仿佛船的龙骨彻底断裂，然后有什么东西缠住了他的脖子，将他拖倒在地——

海水更加凶恶地灌进游吟诗人的嘴巴、耳朵和鼻子，甚至模糊了他的眼睛，他用左手拉扯着缠在脖子上的东西，摸到了滑腻而冰冷的鳞片。

又要死了吗？克里欧在心底想，同时眼前一阵发黑。但是他的右手却更加牢固地握紧了长剑，仿佛要让它变成自己的一部分。

海水持续地上涨，完全淹没了游吟诗人的身体，而这个时候的"暴风女神"已经落入了漩涡，并且开始慢慢地下沉。

幸存者

克里欧·伊士拉记得那仅有的一次溺死的经验。

冰冷的水灌进肺部,口鼻也像是被无形的大手给捂住了,无论如何都呼吸不到一点点空气。他拼命张大了嘴巴,于是水更加汹涌地占领了身体内部。他就像一个沉甸甸的沙袋,缓缓落到了水底下。他的视线开始模糊,手脚不断地抽搐,眼前有浓重的黑暗侵蚀过来,在他失去了意识以后,心脏最终停止跳动。而当"尸体"重新浮上水面时,那复活的滋味比死亡也好不了多少。他首先感觉到的仍然是窒息的痛苦,腹部涨得难受,全身都冰冷,手脚动弹不了,就好像虽然苏醒了却无法活动——这种恐慌令他更加害怕。

现在他又在经历这样的过程,伴随着剧烈的咳嗽,那些肺部和胃部的海水都吐了出来,然后他睁开了眼睛。

克里欧回忆起"暴风女神"的沉没,还有魔鬼海中蜂拥

天幕尽头

而至的黑色魔物，以及船上那些人类的惨叫。但是此刻他发现自己在一个岩洞中，身子底下是坚硬的石头，凹凸不平，硌得他生疼。

他想要起身，但立刻感觉到手臂剧痛。拉开袖子一看，原来左手被撕成了两段，虽然骨头已经愈合，但是仍然有些肌肉还暴露在外面。

游吟诗人深深地吸了口气，勉强站起来。他打量着周围，哪儿都是黑乎乎的，但不远处有一点点光，他扶着岩壁朝那里走去，似乎迈出每一步都特别费力，身上湿漉漉的，带着咸味的海水还残留在舌尖，让他一阵阵地作呕。

这个时候那道光慢慢地变亮了，然后一簇金色的火焰突然从岩壁的拐角处出现。

克里欧有些吃惊，但很快又平静下来。他捂着正在愈合的手臂，靠着岩石站住了。

"菲弥洛斯！"他提高声音说，"是你在那里吗？过来吧！"

一个高大的人影慢慢走过来，手掌上还托着另外一个金色的火球。他淡金色的长发和黑色的衣服全都湿透了，但是脸色如常，完全不像克里欧那样糟糕。

游吟诗人松了口气。

"我建议你休息，主人。"妖魔贵族将手中的火球变得更大一些，然后送到克里欧面前，"你的身体现在破破烂烂的，不久前我把你放在这儿的时候，你的五官还在不停地流血，说不定多走几步就有肉掉下来。"

游吟诗人没有顾及他刻薄的语气，只是贪婪地享受着火球的热量。他借助火光打量周围，看到四周仍然是狰狞的岩石，好像一个原始山洞。

"这是什么地方？你把我救上岸了吗？其他人呢？他们有没有脱险……"

"嘿，嘿！"妖魔皱起眉头，"问题得一个一个来。"

克里欧愣了一下："对不起，我……我想知道大公殿下，还有其他人，他们怎么样了？"

菲弥洛斯的脸上露出一种奇怪的神色："我还以为你最愿意知道我们现在在哪儿？"

"我刚才只是——"

菲弥洛斯突然不耐烦地摆摆手："啊，我对你的想法没有兴趣。出来吧，我让你看看答案。"

他朝克里欧伸出手，游吟诗人困难地挪动着步子，然后把右手交给他。妖魔支撑着克里欧，把虚弱的他一步步地带出了这个山洞。

外面有更加明亮的火光，当克里欧踏出洞口的时候，发现竟然有一大片空地，只是零乱地散落着许多大小不同的岩石。有些人正靠在这些岩石上，面前都有一两个金色的火球。他们的脸色苍白，表情看上去有些呆滞，全都是湿淋淋的。克里欧努力地辨认，然后看到芬那船长，她闭着眼睛坐在地上，一副精疲力竭的模样；科纳特大公抱着双臂缩在火边发抖，莉娅·希尔和米克·巴奇顿似乎正在安慰他……

"甘伯特呢？还有赫拉塞姆队长在哪儿？"克里欧无法辨认出每一个人，他们有些把脸埋进臂弯里，不知道是不是睡

天幕尽头

着了。

菲弥洛斯随意地用手画了一圈:"所有活着的人都在这里了,我还没有来得及一个个去确认——不过那也该是你的工作吧,主人。"

游吟诗人迷惑地看着眼前的情景:"这究竟是什么地方?难道我们被卷上岸了吗?可是……"

"抬头看,主人。"妖魔贵族的手中浮现出一个拇指大小的火球,并且让它向上升。

游吟诗人抬起来,跟随着上升的火球,看到了头顶上的光景——那里不是岩石,也不是黑色的夜空,而是一片墨蓝色的东西,它们距离地面大约两层楼高,均匀地波动着,反射着一点点破碎的光。

"那是什么?"克里欧震惊地看着菲弥洛斯,"难道是——"

"海水?"妖魔贵族点点头,"没错,主人!我们头顶上就是魔鬼海。现在我们站着的地方是海底!"

"什么?'暴风女神'沉没以后我们就直接落到了这个地方吗?"

"是的。有些人在沉没的过程中就淹死了,待在船上的大部分都还好,直接掉下来了,不过还是有人受伤吧。"

克里欧头脑中有些混乱,他看着更远的地方,但那里是一片混沌,除了黑暗什么都没有。他听不到任何声音,皮肤上也感觉不到任何气流的拂动,似乎这个地方没有风,也没有一点生命,是一个完全死寂的世界。

"来看看这边，主人。"妖魔贵族向另一个方向偏了偏头，"也许你很快就明白了。"

克里欧跟着他慢慢地转过洞口，登上了一块倾斜的岩石。菲弥洛斯接连将两个火球抛出去，将不远处照亮了——

在克里欧面前出现了一片坟墓。

无数船只的遗骸从他眼前绵延出去，它们七歪八倒，折断的桅杆和破烂的帆纠缠在一起，有的还能看见木头断口的颜色，有的已经腐朽发黑了。它们重重叠叠，好像战场上的尸骨。两个火球不断朝远处飞去，而这片坟场却似乎没有尽头。

"所有沉没的船都在这里……"克里欧喃喃地说，"'魔鬼海'的秘密就是这个。"

"是的。"菲弥洛斯在他耳边说，"这是只有魔法才能制造的空间。我看过了，没有人的尸体。"

游吟诗人盯着他，银灰色的眼睛闪动着。

菲弥洛斯淡淡地笑了笑："是的，主人，就跟您想的一样。"

克里欧猛地放开他的手，跌跌撞撞地朝那片空地走去。

科纳特大公第一个看见了他，一下子跳起来。"伊士拉先生！"青年贵族朝他跑过来，脸上又惊又喜，"您终于醒过来了！太好了！我真害怕……"

游吟诗人听着他把那些恐惧和担忧的情绪倾泻出来，同时拉着他一起走到了芬那船长的面前。

女船长其实在听到科纳特大公叫他的时候就已经睁开了

天幕尽头

眼睛,但是她没有过来,仍坐在原地。克里欧在她身旁坐下的时候,发现她的脸色发青,即使在火光的照耀下也显得很冰冷。

"您怎么样,芬那船长。"克里欧问道,"有没有受伤?"

女船长摇摇头,声音嘶哑:"我很好……但是'暴风女神'完了……"

"只要人没有事就好,等我们回到萨克城,陛下会将您任命到新的战舰上。"

"如果有那么一天,伊士拉先生。"

克里欧也觉得自己的劝慰很苍白,他看了看周围:"您统计过幸存者吗?"

芬那船长点点头:"大概有十二个人,您和您的仆人,科纳特大公殿下、希尔小姐、巴奇顿先生,还有几个水手都在这里。甘伯特和赫拉塞姆队长也在,不过他们现在去周围搜寻其他人去了。"

"凯亚神保佑。能听到这么多人还活着的消息,我十分高兴。"

"请不要太高兴了,"女船长冷冷地说,"有两个水手受了伤,还不能走路,甘伯特大人的手臂也骨折了,他为自己念了一点儿治愈的咒语,不过看起来仍然有些问题。"

"他们去了多久了?在什么地方?"

"那边。"她指着和沉船相反的方向,"我们都是落在这附近,然后被您的仆人一个个找到的。现在赫拉塞姆队长是第三次寻找幸存者了。如果能带回来一些人就好了,如果没有，那就说明——"

她忽然闭上嘴，什么都不说了。

科纳特大公有些胆怯地拉了拉克里欧的衣袖："伊士拉先生，这到底是什么地方？"

游吟诗人沉默了一会儿，对他微笑道："殿下，这就是我们一直要找的地方。"

科纳特大公的脸上还有一些迷惑，而芬那船长的脸色却更加难看了。她盯着克里欧，压低了声音："难道说……这里就是'九层圣殿'的入口？"

"很有可能。能造出这样的空间，没有强大的魔法是不行的。不过您说错了一点，这也许只是第一层圣殿的入口，剩下的几层圣殿……那是一个更加可怕的地方。"

科纳特大公说不出话来，之前的那场灾难让他惊魂未定，而现在完全是雪上加霜。克里欧拍了拍他的肩膀，把莉娅·希尔和米克·巴奇顿叫过来。

这两位比没有经历过战斗的年轻贵族要好很多，虽然他们一样狼狈，但是仍然保持着警惕。他们都空着手，武器已经不知道掉到哪儿去了，手臂和脸上有些轻微的擦伤。

"很高兴你们没事，"克里欧说，"等下我们就得离开这个地方，赫拉塞姆队长一回来就走。希尔小姐，请你照应着大公殿下，可以吗？"

卷发的女射手点点头："可惜我的弓不见了，先生，不过我还有匕首。"

"那太好了。"克里欧转向大个子的矿工，"巴奇顿先生，

天幕尽头

从现在开始您得跟着我,也许我们得在地下行进了,您对于这种环境的经验是最丰富的。"

米克·巴奇顿点点头,又不由自主地看了莉娅·希尔一眼。

"别担心。"克里欧低声对他说,"希尔小姐会和科纳特大公走在我们后面。"

巴奇顿黝黑的脸膛难得地红了一下,然后对克里欧感激地点点头。

"啊!回来了!"这时远处有人叫起来,"他们回来了!"

游吟诗人站起身,看到有三个人影正在一个特别明亮的火球照耀下朝这边走过来。最前面的那个是格拉杰·赫拉塞姆,甘伯特跟在他身边。当他们走到克里欧面前的时候,克里欧看到那个浅黄色头发的少年夹在两人中间,他的额头上有些擦伤,湿衣服裹在瘦小的身体上,嘴唇冻得乌青。

"夏弥尔,你居然还活着。"菲弥洛斯的声音突然从背后响起来。妖魔贵族无声无息地来到游吟诗人身边,向那个少年打招呼。

夏弥尔·菲斯特哆哆嗦嗦地行了个礼,说不出话来。

甘伯特和赫拉塞姆惊喜地向游吟诗人问候,甘伯特的右手吊在胸前,完全不能动弹。赫拉塞姆则告诉克里欧"没有找到幸存者"。"连尸体也没有。"他解释说,"我们没法走到更远的地方,菲弥洛斯先生说过火球离他太远的话,只能支撑一会儿。"

游吟诗人点点头:"不用再找了,现在我们需要说说接下来该怎么办。芬那船长，请让大家都过来吧。"

浅灰色头发的女船长提高了声音下命令，于是另外几个散坐在别处的水手搀扶着受伤的同伴聚拢到这边来。

克里欧大声对他们说："各位，现在我们进入了一个魔法空间。要想回到海面上去是不可能的，所以目前只有找一找离开这里的路。旁边的沉船上应该有照明的东西和武器，大家找一些带在身上吧。芬那船长，请安排一下受伤的人，我们得尽快出发。"

"那些怪物还会出现吗？"有一个水手突然高声问道。

克里欧愣了一下，老老实实地回答："我不知道，先生。我们只能尽量避开有裂缝的道路——"

"万一有新的怪物呢？"

"如果根本就没有路走出这里呢？"

芬那船长忽然厉声喝道："够了！想一想那些牺牲的人，我们能活下来已经很幸运了！身为国王陛下的士兵，在接受任务的时候就应该有献身的觉悟！难道在离港之前你们没有发誓将生命交给努尔多吗？"

水手中杂音消失了，有些人低下了头。

芬那船长叫了一些人的名字，将伤员们安排给他们照顾，然后告诉克里欧她可以走在最后。

游吟诗人点点头："我和巴奇顿先生走在最前面，大公殿下和希尔小姐跟着我们，赫拉塞姆队长和甘伯特留在中间，伤员们也是……哦，对了，菲斯特先生，"克里欧看着那个淡黄色头发的少年，"您还是跟着菲弥洛斯吧，怎么样？"

天幕尽头

夏弥尔使劲点头："我、我听您的吩咐，先生……怎么样都可以……"

妖魔贵族却笑了笑："那这小鬼可得和我们一起走在最前面了，主人，他什么也不会，只能是个累赘。"

"那也是你负担得起的累赘。"克里欧不为所动地对菲弥洛斯说，"好了，出发吧，我们的时间真的不多。"

❖

十三个人开始排成一列走下了海底的小丘陵。菲弥洛斯让几个火球跟随着队伍，为大家照亮脚下的路。

他们首先去了船的坟场，在一些残骸中找到了几把刀和斧头，还有密封的桐油、火药，在一艘断口簇新的船舱里甚至残留着一些腌制的食物。每个人都随身带了一些可以用得上的，伤员们还得到了几支拐杖。这似乎是个好兆头，于是他们各种各样的担忧稍微得到了缓解。

当水手们在寻找物资的时候，米克·巴奇顿在地面上仔细地查看，找出岩石的特征，然后告诉克里欧："这个地方是被挤压过的，先生，很多石头都断裂开，然后又被推得竖起来。应该是一种很大的力量，比如地震时的那种。以前我在矿山的时候，常常看到很久以前的地震造成这样的情况。"

游吟诗人夸奖他："很好，巴奇顿先生。那么你能判断出这个力量的方向吗？"

米克·巴奇顿用手做了一个倒伏的姿态："应该是朝着相反的方向，这种力量是波浪形的，总有一个中心。"

克里欧看着崎岖不平的地面，眯着眼睛望向远处："朝着您判断的施力方向走吧，巴奇顿先生。"

大个子男人点点头，又朝后面看了一眼，在确认莉娅·希尔和科纳特大公就在不远的地方以后，他继续走在队伍的最前面。

克里欧跟着他，忽然被菲弥洛斯赶上了。

"夏弥尔呢？"游吟诗人第一反应是看看妖魔身旁，追问那个黄头发少年的下落。

菲弥洛斯伸出左手食指，那上面有一根细细的丝线，散发着蓝色的光："您总在操心，我始终不值得信任吗？不用担心，主人。我用这个把那家伙拴住了，如果我想知道他在哪儿，只需要收短就能立刻把他拽到面前。"

克里欧看了看丝线延伸出去的方向，发现那个孩子正在跟科纳特大公说话。

"能问您一个问题吗，主人？"妖魔贵族在游吟诗人耳边轻轻地说。

克里欧奇怪地看了他一眼——他从来没有这么客气地征求自己的意见。

"哦，我是个被驯化的、有教养的妖魔。"菲弥洛斯仿佛看出了他的疑惑，冷笑了一下，"主人，您心里应该在盘算着坏主意吧？"

"你这是什么意思？"

菲弥洛斯把食指竖在薄薄的嘴唇间："小声点儿，主人，你不怕人听见吗？"

天幕尽头

　　游吟诗人瞪了他一眼，但妖魔贵族不以为忤："主人，您这是命令那只老实巴交的大狗熊带着我们去哪儿呢？朝着这可怕的力量的来源？别人不知道，可是您不能把我当傻子。"
　　克里欧紧紧闭着嘴，没有回应他。
　　"主人，您这个阴险、残忍的骗子。"妖魔近乎耳语地对他说，"你知道这坟场中没有人，那是因为他们都被带走了！现在你才不会好心好意地带着这些傻瓜走出去呢，您想把我们都送到'九层圣殿'里去，对不对？"

肉　虫

空气中有腐朽的味道。那是木料被海水侵蚀之后散发出来的。当克里欧走在船的遗骸中间时，这味道就像幽灵一样环绕在他周围，一刻也没有散去。这味道让他觉得恶心，更糟糕的是这个味道令其他人恐惧。而且这种恐惧并不猛烈，只是蛰伏在心底，但如果有一点点的碰撞，就会像火药一样炸开。

金色的火球明晃晃地挂在这列队伍的上方，为他们照亮脚下的路。地面高低不平，坑坑洼洼，布满了尖锐的石头和船的碎片，有些人不时跌倒，但很快又爬起来，生怕自己掉队。仿佛一旦脱离火球光芒的笼罩，就会被随之而来的黑暗吞没。

克里欧跟在米克·巴奇顿的后面，顺着他找到的安全道路往前走。

天幕尽头

在前方,船的遗骸仍然看不到尽头,火球照不到的地方完全是黑色的。菲弥洛斯兴致勃勃地描述着这些人可能会被什么样的妖怪吃掉,而游吟诗人终于忍不住打断了他。

"还记得传说是怎样吗?"克里欧说,"凯亚神封印妖魔的过程。"

"哦,很遗憾我没有亲历,主人,否则我一定会讥笑人类编写的那些愚蠢的赞美诗。"

游吟诗人不理会他的嘲弄,喃喃地回忆道:"'你们的力量太强大,你们的欲望永无休止,你们如果享受阳光,则会对新的种族尽情杀戮!我不能把这个世界交给你们,为了新生儿,暗之一族,必定回归暗之地。'凯亚神这样说,于是他降下了神谕,让大地裂开九个口,妖魔一族必须在九日之内全部进入地下沉睡。同时他派出卡西斯,率领着圣骑士们剿杀违抗神谕的妖魔。"

"是啊,人类宝宝们安稳地躺在凯亚神的臂弯里,等着圣父给他们创造一个乐园。"菲弥洛斯嘲弄道,"你们吃的奶应该是妖魔的血吧?本来人和妖魔是共享这个世界的,却因为你们的孱弱,而让强大的种族被消灭。弥帝玛尔贵族虽然被放过了,但是并不代表我们会赞同这样野蛮的对待。"

游吟诗人仿佛没有听到菲弥洛斯的控诉,继续回忆着:"在自愿进入地下长眠的妖魔都走入那些'圣殿'之后,诗中这样描写:'山岳拱起,江河奔流,森林蔓延,海浪滔滔。九个入口被至高之神隐藏得无影无踪。'从远古开始就没有人再找到地下圣殿的入口了,从诗中只能知道这些入口被隐藏在世界的各个角落,今天我们来到的就是'海浪滔滔'的地方。"

"哦,"妖魔贵族木然地点点头,"您是想说其实我们完全不用出海的,在大陆上随便逛一逛也成,钻钻山洞或者找找河流源头之类的。那我们简直是傻得可笑,跟白痴没什么区别。"

"你还记得圣殿的描述吗?"

"当然了。"菲弥洛斯笑起来,"主人,赞美诗虽然很蠢,但是韵脚却用得不错,谱的曲子也好,特别是杜纳西尔姆人的声音演唱起来,算得上美妙的歌谣,我听过一次就不会忘记。"

克里欧轻轻地哼着前奏,然后又唱出了歌词:

"'那黑暗之地,妖魔的圣殿,寂静无声。

第一层,土中埋,爬虫与飞禽,走兽与毒物;

第二层,火里铸,炎之魔物啊,它们燃烧着沉睡;

第三层,冷刺骨,冰为床,雪为被;

第四层,钢铁笼,铜皮筋骨坐其中;

第五层,泥沼地,绿藻和树妖,有最好的眠床;

第六层,夜魅花,幽幽绿光,万年盛放;

第七层,风暴狂,撕裂肉体与灵魂;

第八层,黑暗地,眼睛无用,火焰无光;

第九层——"

克里欧突然咽下了最后一句,就好像突然被切断了喉咙一样。

天幕尽头

"怎么了?"菲弥洛斯挑高眉毛,抱怨道,"为什么不继续唱,主人?好嗓子可是你唯一的长处。"

游吟诗人摇了摇头:"没有办法唱下去了,关于第九层圣殿是智慧妖魔的封印场所,光是描述就有好几种,每一句都有流传了很久……我无法选择该唱哪一句。菲弥洛斯,你可以给我提一个建议吗?"

"难道你觉得我会知道第九层圣殿里的情况?"妖魔贵族反问道,"我和那些倒霉的家伙没有任何交情,他们不喜欢我,我也不喜欢他们。他们把自己的长眠之地布置成天堂我也毫无兴趣。"

克里欧知道菲弥洛斯说的是实话,弥帝玛尔贵族们厌恶人类,也不愿意见到其他的妖魔,他们只容忍自己感兴趣的东西,此外发生什么事都无法改变他们置身事外的习惯。哪怕是菲弥洛斯憎恨着凯亚神的偏心和人类的软弱,但也没有在那个封印的时刻出现。实际上在卡西斯率部围剿抵抗的妖魔时,只有一个弥帝玛尔贵族明确站在妖魔一边,那是因为她爱上了一只魔狼。

"还记得凯亚神封闭入口的那些传说吗?"他向菲弥洛斯问道,"在诗中的描述还有一段,说的是凯亚神在入口处盖下了印记,光明铭文雕刻其上。"

"我不知道这些传说怎么来的?"妖魔厌倦地皱起了眉头,"不过无论怎样都是为了让天上那位高兴,所以难免有添油加醋的成分。用光之力来震慑暗之力是绝对的,但是具体用了怎样的手段我可不知道。这一点有其他的说法吗?"

"没有，流传的赞美诗在这个部分很一致。"

"那不就结了！"妖魔贵族耸耸肩，"你就相信吧，反正你对那位睡大觉的充满了信心。"

克里欧盯着脚下起伏的地面："如果这里的确就是九个入口之一，那么凯亚神的印记又在哪儿呢？这印记是否已经失效了？"

他的问题没有得到回答，菲弥洛斯也没有开口，似乎对这个毫无兴致。

游吟诗人不再说话，他们跟随着米克·巴奇顿继续朝前走，其间克里欧回头看了看身后——夏弥尔跟随着科纳特大公，像一条忠实的、摇尾乞怜的小狗。其他人的脸上有些疲惫，但是头顶上浮动的火球的光让他们的脸色还不至于太糟糕。

可这能坚持多久呢？克里欧暗暗地想，没有找到凯亚神的印记就不能判定地宫的入口，而他们现在没有粮食，不知道能够坚持几天。即使没有太阳来提示时间，但是人的身体是会忠实记录的。

这支队伍大约休息了两次，让一些人的体力得到了暂时恢复，等到第三次出发的时候，他们已经离开始的地方很远了，船的遗骸终于被抛在了身后。走出这让人压抑的坟场似乎有些鼓励作用，所有的人加快了步子，甚至连地面也变得平坦些了。奇形怪状的大石头不见了，越来越多的细沙铺在

天幕尽头

地上。

走在最前面的米克·巴奇顿停下了脚步,他转身朝克里欧他们做了一个"暂停"的手势,然后便趴下来,拂开地上的细沙,仔细看着什么。

"他怎么了?"科纳特大公慌张地跑上来问道,"伊士拉先生,没有出什么事儿吧?"

"没有,殿下。巴奇顿先生正在观察道路,我想您如果能告诉芬那船长我需要她命令大家先别动,那可就帮了大忙了。"

科纳特大公连忙给身后的莉娅·希尔说了一声,吩咐她把这样的要求传达给队伍末尾的女船长。

夏弥尔非常担心地盯着克里欧,但是后者只觉得没有必要向他解释什么,冷淡地转开了视线。

在其他人窃窃私语的时候,大个头的矿工来到克里欧身边,"有些不对,伊士拉先生。"他这样说。

游吟诗人下意识地走开了一些,和身后的人拉开距离。

于是米克·巴奇顿也跟着走了几步。

"说吧。"克里欧压低了声音。

巴奇顿粗糙的脸上有些困惑,他指了指地面:"这里有纹路,我是说……从这里开始,就有些雕琢过的痕迹了。很明显,天然的岩石层在这里就结束了,似乎又浇铸了更坚硬的东西上去。"

"那是什么?"

"把细沙拂开以后很像打磨过的铁,不过质感又和石头相像，我无法肯定，先生。"巴奇顿指着他刚才待过的地方，"从那边看起来有深深的凹槽，笔直的，一直延伸出去，然后相距十步左右的距离又有一条，我觉得它们指向一个中心。您愿意仔细看看吗？"

克里欧当然没有异议，于是他和巴奇顿数出了七八条这样的凹槽，并且发现继续朝前走，还会找到更多。

克里欧心中忽然有些激动，他提高声音叫了甘伯特的名字，于是年轻的祭司急忙跑过来，来到他身边。

"我需要你往这里灌注一点儿白魔法。"克里欧指着其中一条凹槽对甘伯特说，"不用太复杂，甚至是最简单的祈祷魔法都可以。"

甘伯特的手臂还挂在简单的绷带里，于是他只用左手按住那条凹槽，简单地吟唱了几句。这个时候，一点金色的微光沿着那条凹槽缓缓地延伸了出去，慢慢地越来越远，不一会儿，连带着周围的凹槽也渐渐地亮起来了，光线变得清晰，然后在远处的一个弧线位置被截断。

"光轮！"甘伯特叫起来，"伊士拉先生，这是一个刻在地面上的光轮！"

他的话音未落，菲弥洛斯忽然变成了鹰飞起来，在一些惊呼声中盘旋了几圈，然后落在克里欧面前。"的确是一个光轮，"从高处俯瞰过的妖魔说，"无数根线条连接到中间的圆圈，是最简单的光轮图案。如果没有看错，应该是上古使用的形状。"

克里欧的手握紧了，呼吸变得急促，他知道目前已经靠

天幕尽头

近了想要去的地方，只要跨过去就能触摸到这个世界最古老的禁忌，可那禁忌被解开之后又会呈现出什么面目呢？

"这是代表什么？"甘伯特问道，"为什么这个地方会有凯亚神的标记？"

游吟诗人觉得直接告诉这个孩子在光轮之下就是比"魔鬼海"中的触手更多更可怕的怪物实在太过于残酷。但是他无法选择一个轻松的解释，至少不能坦然地说出"这里就通向出口"这样的谎言。

游吟诗人回头看了看停留在远处的人——虽然他们已经知道了菲弥洛斯的身份，但是看着这样突然的变化，又身处在冰冷黑暗的地方，对异类的恐惧就被放大了无数倍。

克里欧把目光转到菲弥洛斯的身上，仿佛最后下定决心一样点了点头。

妖魔贵族的脸上浮现出冰冷的微笑，慢慢地在右手掌心凝结出一团火球，让它顺着散发微弱金色光芒的凹槽向中心圆圈飘去。

就在所有人盯着这个火球慢慢移动的时候，留在后面的莉娅·希尔突然叫了一声。米克·巴奇顿一下子看去过，发现女猎人在四处张望。

"怎么了？"克里欧高声问道，"希尔小姐，出了什么事吗？"

莉娅·希尔脸色严峻地说："听，先生们，仔细听，有奇怪的声音。"

的确，当所有人屏住呼吸的时候，果然听到了很轻微的沙沙声，就好像有什么东西在地面上摩擦着，并且持续不断地加大。

"我闻到了一股味道。"科纳特大公吸了吸鼻子，"好奇怪的味道，有点甜，但是又觉得不怎么舒服！"

菲弥洛斯也嗅了一下，眉头立刻皱了起来："妙极了！是巴斯杰特！"

他的话让克里欧的脸顿时毫无血色，他向那十几个人焦急地喊道："快过来，快！所有人都过来！"

幸存者们只呆了一下，然后就迅速地回过神，克里欧让他们把伤员放在中间，一个挨一个围成圆圈。

"怎么了，伊士拉先生？有什么不对劲吗？"芬那船长和赫拉塞姆都在问，而克里欧甚至来不及回答他们。

"我们有多少武器？"他向女船长询问。

"能活动的基本上只有剑和刀，还有一些弩！都是在沉船上找到的！"

"很好。"他把科纳特大公推到圆圈中，"您得保护伤员，殿下，在我允许之前您绝对不能出来。还有你，夏弥尔！"

游吟诗人把另外一个手脚都不知道怎么放的少年也丢进了圈子里，又命令手臂受伤的甘伯特进去，然后对赫拉塞姆他们说："现在大家一人负责一个方向，能用弩逼退它们就尽量用弩，如果不能，一定要留心脚下！"

"到底发生了什么事？"格拉杰·赫拉塞姆追问道，"是妖魔吗？"

菲弥洛斯冷笑着回答他："你们很快就会知道了，认识新

天幕尽头

朋友吧!"

他拍了拍手,于是本来悬浮在众人头顶上的火球分裂出了四个,然后又变成了八个、十六个……并且很快地四散开来,让光轮也黯然失色,它们把这片平地的角落都照亮了。

在这火光中,幸存者们看到一些白生生的东西正在蠕动着朝他们靠过来,大约有几十个,每个都如同小牛犊一般大小,不过它们没有脚,没有手,只有触角一般的东西密密麻麻地布满了身体两侧,在头的部位有一个红色的洞,上面也长满了短小的触角,有一些不时地变长,在前方的地面探测着。有些淡淡的红雾间歇地从那个洞里喷出来,然后弥散在空气中,那古怪的甜香就变得更浓了!

芬那船长恶心得快要作呕。"那是什么东西?"她大叫道,"虫子?"

"是肉虫巴斯杰特!"克里欧告诉所有人,"它们虽然是低等妖魔,也不具备智慧,但有很可怕的食欲。它们会把抓到的东西都吃下去,不管是狮子还是人。它们嘴巴上的触角很危险,如果被缠上就麻烦了,那些喷出的红雾有毒,千万别吸进去。好在它们没有眼睛,只是要当心:它们往往一边攻击,一边用身子底下的触角绊倒猎物,然后拖走吃掉。"

"把箭射到它们嘴巴里就行了!"菲弥洛斯轻巧地扔出一道蓝色的光刃,直射进一条肉虫头顶的洞中,只见一股暗红色的血浆从那里喷出来,然后巨大的虫子翻倒在地上,剧烈地扭动,所有的触角都伸缩不停,最后融化,变成了红色液体。

它周围的同伴们似乎感觉到变故，它们昂起肥大的身体，触角霎时间探向四周，顿时如同蜘蛛网一般密密麻麻，连喷出的红雾也更加黏稠了！

这情形让所有人都起了一层鸡皮疙瘩，但是菲弥洛斯却对自己的示范效果相当满意，他朝大家笑了笑："喏，看见了吗？就像这样！"

入口打开

空气中的甜香又浓了一些，火球的光芒下也隐约能看到一层淡红色的雾气。白色的肉虫们在雾气下面蠕动着，触角四处探测。它们很快就感觉到了热量，于是相互触碰，朝中间的人们围拢过来。那柔弱的身体在沙土上摩挲出的声音越来越大，也越来越刺耳。

克里欧感觉到心脏跳得很剧烈，但是更难受的是胃部的抽搐——即使他什么都没有吃。相信别人也是如此，因为他听到了有人干呕的声音。这个时候，恐惧和恶心交织在一起，基本上分不出哪个更严重了。

"注意！"他提高声音，"它们马上就要接近了，重点是它们的'嘴'！千万不要被触角缠住，也不要吸入那些红雾！"

芬那船长抽出了指挥刀，就像在战场上那样用严厉的口气说："挨着的人要相互照顾，别忘了我们身后有伤员！你们一步也不能后退!"

水手们发出响亮的回答,米克·巴奇顿的声音也在其中。

肉虫们越来越快了!它们确定了猎物的方位,就好像突然长出了眼睛一样,急速耸动着身体爬过来,红色的洞狰狞地张开,仿佛立刻就会把人们吞下去!

"就是现在!"

克里欧首先举起了剑——那是他从沉船上找到的武器,然后有一两支箭从他身后疾射出来,一支扎在了某个肉虫的身上,另一支则准确地射进了它嘴巴里。

第二条巴斯杰特死在了他们面前。

这无疑让所有人感觉振奋。水手们大声地喝呼,更勇敢地展开了攻势,他们用刀刺,用矛戳,阻止着肉虫靠近。甜腻的香味不断在空气中扩散,大家眼前的红雾越来越浓重。有些人的眼睛模糊了,身上的力气也变小了,虽然不断地有肉虫死在弓箭和长矛之下,但它们的包围圈也在不断地缩小。

"清醒一点!"芬那船长大声地叫道,"都给我振作起来!手上不要放松!"

然而就在她提醒着众人的时候,有个负伤的水手突然尖叫起来,接着猛地被拉了出去,周围的人还没有反应过来,他已经滑出了几步远。肉虫们的触角缠在他的左腿上,然后在大家的惊呼声中又飞快地缠上了他的胳膊和身体。

在所有人的眼前,这个水手惨叫着被撕成了碎片,然后那些触角拖拽着血淋淋的肉块儿,把它们填进了肉虫们狰狞的嘴巴里。

天幕尽头

这幅场景刺激了每一个战斗的人,恐惧让他们更加努力地对抗着麻醉脑子的红色雾气,然后又不自觉地朝后面退缩,围起来的圈子更小了。

"注意脚下,千万不要被缠住!大公殿下——"克里欧头也不回地命令着青年贵族,"您得帮我们斩断那些触角!"

"好、好的。"科纳特大公心惊胆战地回答,然后趴下来用他的匕首保护其他人的脚踝,看到伸过来的触角就立刻割断。甘伯特也尽量护卫着伤员,而夏弥尔则缩成一团不断地发抖。

菲弥洛斯的作战效率显然比其他人都要高,他双手发出的光刃接连不断地干掉一些肉虫,在他的那个方向,水手们的压力明显减少了。

弓箭耗尽的时候,肉虫们也只剩下了五六只,有些体弱的水手已经倒下昏迷,被科纳特大公和甘伯特拖进了圆圈中,但是这两个人随后也歪倒在地。红色的雾气混合着肉虫的血让整个空间里都弥漫着甜味儿,浓郁得泛腥,让人无法呼吸。

"坚持住!"芬那船长使劲支撑着身体,"那些怪物已经快完蛋了,别睡!"

米克·巴奇顿的双眼通红,他的一只手抱住希尔小姐,后者手中的剑已经掉到了地上,黑色的头颅垂下来,搭在他的肩膀上。

肉虫们对于食物的渴望使它们不惧危险,它们似乎对于敌人的多寡倒不在乎,白乎乎的身体依然像之前那样,蠕动着朝圆圈的方向移动过来。菲弥洛斯看着委顿的人类，冷冷地一笑：现在只有赫拉塞姆和巴奇顿还保持着清醒，而芬那船长和其他人都已经有心无力，甚至得靠着长剑和矛的支撑才能稳住身体。

克里欧打了个踉跄，膝盖跪在了地上，现在能挥动长剑的人只有两个，这实在是很危险。他看了看菲弥洛斯，虽然什么都没有说，可妖魔还是明白他的意思——

"想睡一觉也没有关系，我知道人类有多脆弱。"菲弥洛斯冲他微笑，"我来解决这些家伙。"

他挡在克里欧的面前，迅速发出光刃，肉虫们在急速爬行的过程中被蓝光利落地切开，而当最后一只肉虫已经爬到了克里欧面前，并且张开它红通通的嘴时，菲弥洛斯把它从头部剖成了两半。

周围突然一片寂静。克里欧心里的石头一下子落了地，身体像有了独立意志般，从最高处坠落下来。但是他没有撞到地面，有人稳稳地把他接住了。

他睁开眼睛，看到菲弥洛斯毫无表情的脸，突然有些欣慰。

"笑什么？"妖魔贵族皱着眉头，"这些人都得好一阵才能清醒，而且接连两天都反应迟钝。"

"可是他们活下来了。"游吟诗人真心实意地说，"你帮了大忙。"

妖魔贵族冷笑道："现在救了他们只不过是意味着给下面的妖魔留了新鲜肉而已。"

天幕尽头

克里欧看了看菲弥洛斯,眉宇间的喜悦稍微黯淡了一些。

彻底放松的芬那船长倒下沉睡了,米克·巴奇顿和赫拉塞姆也已经背靠着背坐下来,巴奇顿把完全昏迷的希尔小姐抱在怀里,硕大的头颅也因为支撑不住红雾的麻醉而垂落下来,只有赫拉塞姆仍旧清醒地看着克里欧。

"真不简单啊!"游吟诗人对青年侍卫说,"赫拉塞姆队长,没有想到您居然对巴斯杰特的黏液有抵抗力。"

年轻人疲惫地一笑:"我把毒药和麻醉药当点心一样吃呢,这是身为陛下的贴身侍卫所必需的技能之一。"

克里欧点点头,他觉得自己的眼皮正在不断地耷拉下来,几乎难以集中注意力。面前横七竖八的人让他担心,他想要掐自己一下,但是却被菲弥洛斯拦住了。"没有意义,主人,你以为自己疼一下就行了?这才开始呢!攒点力气吧,况且这里暂时不会有大规模的肉虫出现了。我还可以盯着呢,主人。"

他的话让克里欧觉得自己最后的坚持都显得很可笑,游吟诗人的目光落在了棕色头发的年轻人身上,他也点了点头,于是克里欧放任自己沉入了甜甜的梦乡。

◆

一些模糊不清的声音在周围断断续续地回响着,似乎离得很近,似乎又离得很远……好像有许多的鸟儿在云层后发出尖叫,但是更多的是轰隆隆的雷声。

克里欧觉得这样尖锐而又沉闷的声音让他的头不可遏制

地痛起来,他想要动弹,却感觉到手脚无力,身体也软绵绵的。他咬了咬舌尖,用痛觉来刺激自己,终于睁开了眼睛。

原来那阵雷声来自他自己的脑海深处,是受红色迷雾麻醉后的正常反应,而尖锐的声音则来自于人的争吵。

"我们应该回到沉船那边去!"有个人说,"现在走到这个鬼地方,天知道还有什么怪物!我们已经失去了一个人了!"

"回去能干什么?"一个女人的声音严厉地说,"待在那个地方也不会有人来救我们的!别忘记了,我们肩负着陛下的重托……"

"可被妖魔吃掉是没有办法再回去向陛下报告的!"

……

克里欧坐起身来,菲弥洛斯走到肉虫们的残骸旁边,不知道在看什么。大部分人都已经清醒过来了,只有少数的水手还有些昏昏沉沉的,被同伴们扶着。芬那船长正在和一个脸色苍白的水手争论,而其他人都默然无语。

克里欧咳嗽了两声,于是所有人都转头望着他。芬那船长有些欣喜,并且帮助他站起身。"现在我们该怎么办?"女船长低声问,"有些人动摇了……"

看来肉虫的冲击让芬那船长的领导权也被质疑了。

"他们有理由恐惧!"克里欧笑着拍了拍她的手,然后朝前走了两步,打量着所有人——

米克·巴奇顿已经放开了莉娅·希尔,希尔小姐则再次站到了科纳特大公身边,她依旧牢记着自己的职责;科纳特大公和夏弥尔靠在一起,两张年轻的面孔上都有些茫然,而

133

天幕尽头

浅黄色头发的少年更多的是恐惧，他惴惴不安地搓着双手；甘伯特和赫拉塞姆稍微平静一些，只是甘伯特的脸色非常苍白，似乎那些红雾对他产生的影响更严重；伤员和水手们都惊疑不定，显然还在为那场杀戮而心寒。

"我知道你们在想什么。"克里欧对他们说，"'现在真是糟透了，也许还会更糟！'很抱歉，你们想的是事实。肉虫巴斯杰特不会是我们遇到的最凶恶的妖魔。如果继续往前走，还会有更可怕的东西出现。"

科纳特大公的脸都青了，他紧紧地抓住了衣襟，一个水手甚至开始发抖。

克里欧推开芬那船长："如果有人想要退回去的话也可以，毕竟我们过来的时候一路都很顺利。可是那里不会有出口，同样也是一个魔法的空间，我们又能怎么样呢？"

那个脸色苍白的水手答不出话来，可脸上仍然有些执拗，似乎对于克里欧的话并不服气。这个时候夏弥尔战战兢兢开口了，"请原谅……伊士拉先、先生，"他小声地说，"如果我们继续朝前走，又该怎样呢？我们可以走出去吗？"

"这里有光轮，光轮是一个入口，我们得进去。"

"进入地下？"夏弥尔惊异地瞪大了眼睛，"可是……可是……我听传说里讲，那就是进入……"

"地下迷宫？"克里欧帮他说完，"是的！就是真正封印妖魔的地下迷宫！"

虽然之前有心理准备和一些私下的揣测，可这直白的话还是让所有人的脸色都变了。克里欧又紧接着说："要想出去，只能从地宫里找出口，现在这个地方全都是岩壁，无法再向前，而妖魔却在卡亚特大路上出现，这告诉我们什么？通向地面的出口在地宫中，陛下想知道的事情也在地宫里，那才是我们必须去的地方！"

大家都相互看了看，没有办法反驳，而芬那船长的脸上露出了笑容，似乎克里欧的话让她很安心。但是赫拉塞姆却提出了疑问："伊士拉先生，进入地宫后或许还要花费很长的时间，先不说我们是不是能找到出口，首先我们身上的粮食就没有多少，在沉船上找到的东西只够三到四天的分量。您知道，我一直想死在阳光下，或者是一个美人的身旁，这里让我提不起兴趣啊。"

"对……"科纳特大公嘀咕道，"也许没有找到出口，没有碰到妖魔，就会先被饿死了。"

克里欧还没有来得及回答，菲弥洛斯却提着一块肉虫的尸体回来了，它的腹部和大部分触角都融化成了液体，而背部的一大片皮肉却完好无损。滴滴答答的黏液随着他的步子洒了一路，不少人都用手遮掩着口鼻，露出嫌恶的表情。

"关于食物，"妖魔贵族笑嘻嘻地把虫子的肉块儿提高了一些，"这里就有现成的啊。"

"什么？"科纳特大公首先叫起来，"这个东西能吃？"

"为什么不能？"菲弥洛斯讥笑道，"您难道还指望着有最好的火腿肉下肚？"

科纳特大公委屈地辩解："不……我没有那样的意思，我是说，它、它不是有毒吗？"

天幕尽头

"有毒的部分已经融化了，剩下的都是美味。"菲弥洛斯把尸块丢在地上，然后用泛出蓝光的指甲切割下一小块儿，然后放进了嘴巴里，津津有味地咀嚼着。这个举动让很多人脸色发青，夏弥尔更是一副要吐出来的模样。

克里欧忍不住咳嗽了两声，菲弥洛斯这才仿佛恍然大悟一般。"抱歉，各位，"他很没有诚意，"我忘记了人类是吃熟食的。不过这也很简单。"

他又切割下一块肉，然后用一团火球烧烤它，不一会儿那块肉就变成了金棕色，并且散发出一股诱人的香味儿。

"瞧。只要剥去红色的部分，其他的都能吃。这些肉非常鲜美，口感就和鱼肉差不多，每条巴斯杰特的背部都能切下一堆能吃的肉，烤熟了带上，够你们吃很久了。"

"我才不想吃这个……"一个水手脸色铁青，"这些怪物吃掉了哈米尔……"

他说的是那个被扯成了碎片的倒霉鬼。

菲弥洛斯冷酷地笑起来："所以你们吃掉它们也很公平，还是说，你愿意饿死？"

那个水手不再说话，依旧有些愤愤不平，但在他身边的芬那船长却大步走过来，抽出刀沿着妖魔切割的痕迹，削下一大块肉。

"要我给您弄熟吗，女士？"菲弥洛斯笑容可掬。

芬那船长点点头，于是她当着所有人的面，狼吞虎咽地把那块肉吃了下去。虽然她古铜色的脸上显现出强忍胃部不适而有些扭曲的表情，鼻翼上渗出了汗水，但是最终也没有把那块肉吐出来。

"每个人最好都带上这些肉,否则就自己去找食物!"她说,"相信我,要是真的陷入饥饿,不会有人把自己的口粮和现在固执己见的人分享的。"

克里欧点点头,又说道:"如果还是有人不愿意继续前进,那也不勉强。你们可以考虑拿一些肉,然后留在这个地方或者回到沉船那边去。我并不想吓唬各位,但是我无法保证是否还有肉虫或别的妖魔出现。当然了……可能我们进入地宫会被杀死,但是留在入口之外的人,也不一定会活下来。"

那两个原本胆怯的水手再次动摇了,他们矗立在原地没有动,而赫拉塞姆和巴奇顿都动手去切割肉虫的尸体,加入的人越来越多,连希尔小姐和科纳特大公都动起来,夏弥尔从地上捡起一把刀跟在后面,水手们终于放弃了他们的坚持,表示重新服从芬那船长的命令。

"好了,"女船长松了口气,"至少这场小小的叛乱还不算什么。伊士拉先生,现在怎么办?我们真的要进入地宫吗?可我没有看到任何入口啊。"

"马上就会有了,大人。"

克里欧向甘伯特招手,让他过来。年轻的祭司还负着伤,刚才的激战更消耗了他的体力,他的皮肤上全是冷汗,嘴唇的颜色很淡。

但这里只有一个可以实施白魔法的人。"甘伯特,"克里欧对这个年轻人说,"我需要你念诵一段'光明咒',或者别

天幕尽头

的什么，主要是得有强烈的祈祷效果。"

"是，我明白了。"

青年祭司像之前那样再次蹲下来，将左手按在凹槽上开始吟唱，于是那金色的微光渐渐地扩散出去，地面上光轮的形状愈加清晰起来。光线如同画笔一般慢慢地描摹出光轮的边缘和中心，当中心的圆圈越来越明显的时候，那块土地突然松动了，接着发出巨大的、轰隆隆的响声，渐渐地沉了下去。

大家目瞪口呆地看着眼前的一切，而克里欧则严厉地命令甘伯特不要停止。青年祭司的脸色越来越苍白，但是浑厚低沉的吟唱却一直在持续，于是光轮的金色轮廓越来越清晰，在中心沉没的位置，一块尖角形的石碑如同竹笋般冒出了地面，在石碑的周围是一圈螺旋状的阶梯，一直延伸到地下。

克里欧胸膛中仿佛有人咚咚地打着鼓，他的呼吸异常急促，手心出汗，满心满意都是一个念头——

现在他已经站在了另一个世界的边缘。

黑暗世界

空气中弥漫着一股味道,有些苦,有点臭,但是偶尔又感觉到甜。这味道在不断变化着,混合起来,一丝丝地钻进鼻子,刺激着人们的胃。

克里欧·伊士拉已经很长一段时间没有吃东西了,可这味道仍然让他作呕。他并没有感觉到饥饿,反而是有些呼吸困难。这让他的行进速度受到了影响,有时候走在他旁边的菲弥洛斯会停下来,静静地等他,于是克里欧强迫自己加快脚步。

他们还是保持着最开始的队形安排:米克·巴奇顿在最前面,他和妖魔跟在他身后;科纳特大公和夏弥尔·菲斯特由莉娅·希尔小姐保护着;然后是照应伤员的赫拉塞姆,祭司甘伯特走在他身边;最后是芬那船长和没有受伤的水手。

自从顺着螺旋状的阶梯往下走,似乎属于人类的世界就

天幕尽头

彻底地被抛在了身后。尽管菲弥洛斯在每个人的身边配了浮动的火球，可黑色仍然是这个地底世界的主色调。金色的光芒在这里显得很弱，只是恰好能照亮队伍周围，让大家看清楚他们所在的地方。

大约在几百级阶梯下，又有一个跟入口处一模一样的尖角形石碑，上面刻着一些古体字的铭文。虽然很多字符和入口石碑上的一样都已经风化了，但克里欧仔细地阅读，还是在最后的角落看到了"普罗克斯"的字样，这让他的心跳都漏了一拍。"普罗克斯"是最古老的大陆语言，就是"长眠宫殿"的意思，按照诗歌中的记录，这里就是封印妖魔的圣殿第一层。

在石碑旁有一个狭窄的通道，沿着通道走出去的时候，克里欧他们发现自己置身在无边无际的黑暗中，这黑暗的真身是一个巨大的洞穴，火球能升上去照亮结了石笋的天顶，却无法飘到周围去画出边界——菲弥洛斯在好几个火球消失于远处后，终于放弃了尝试。

地面到处是黑色的泥土，踩上去有些松软，巴奇顿用一根长矛戳了戳，发现原来泥土下有些地方是坚硬的石头，而有些地方则碰不到底，好像堆积的沙子。

"沿着能落脚的地方走。"克里欧这样对巴奇顿说，"这条路也许会通向出口。"

于是他们朝着这片黑暗进发了，四周静悄悄的，除了人们的呼吸和走路时发出的响声，几乎什么也听不到。这里没有太阳和星光，无法辨别时间，沉默和古怪的味道折磨着他们。当很多人感到疲惫的时候，他们会原地休息，吃一些烤熟的肉。

"我们会走到哪儿呢？"芬那船长在一次休息的时候向游吟诗人问道，"这个地方通向何处？"

克里欧无法回答她，甚至连一点可能的猜测也不知道。

食物开始减少，尽管他们在进入这里前将能吃的肉虫尸体都切割带走，但是在漫长的黑暗中前进的时候，这些粮食还是很快地消耗着。

"如果再来点肉虫就好了。"菲弥洛斯这样对克里欧说，"不过这里是第一层圣殿，能吃的东西应该不止一种。"

仿佛是为了印证他的话一般，在他们身旁的泥土中逐渐有些东西鼓动了起来。有一次夏弥尔和希尔小姐同时看到暗绿色的头探出来，随即又飞快地缩了回去，然后奇形怪状的虫子就渐渐出现，几乎每个人都注意到了。有些只有拇指大小，有些像长了翅膀的蜥蜴，它们似乎逐渐由窥探变成了监视，而且数量越来越多，却从来没有靠近队伍，也没有扑到人身上……

"第一层，土中埋，爬虫与飞禽，走兽与毒物……"菲弥洛斯慢慢念着，在克里欧耳边说，"主人，这里是爬虫们的世界，您猜猜它们有多久没有吃到新鲜的人肉了？"

"伊、伊士拉先生……"科纳特大公从后面赶上来，拉了拉克里欧的衣服，"能跟您说说吗？"

"出了什么事情，殿下？"游吟诗人恭敬地问道。

"呃……"年轻的贵族有些羞赧，但更多的却是不安，

天幕尽头

"我不是害怕,真的……但是我觉得有些东西跟在后面……那些虫子,我想它们一直在看着我们,有点儿奇怪……"

"当然奇怪了!"菲弥洛斯毫不客气地说,"这些虫子都是低等魔兽,懂什么叫'魔兽'吗,小朋友?就是说虽然没有智慧,可它们是妖魔的一种,总会有些不同寻常的本事,发起疯来可不简单!"

科纳特大公有些畏惧地看着菲弥洛斯:"它们为什么老是跟着我们,我觉得有点儿毛骨悚然。"

"您看到两只耗子也会毛骨悚然的,殿下。"

"够了。"克里欧有些看不下去地为青年贵族解围,又对他说,"殿下,如果它们没有攻击我们,就尽量当作没有看见吧。遇到危险时我会先发出警告的,您得紧紧地跟着希尔小姐,好吗?"

"我不想给您添麻烦,伊士拉先生。"年轻的贵族似乎有些沮丧,"但我已经不是孩子了。"

他重新回到莉娅·希尔身旁,规规矩矩地融进了队伍里。

"那小朋友觉得受到了伤害,"菲弥洛斯低声对游吟诗人说,"其实他只想告诉你他不是个废物。"

"现在谁都不能轻举妄动。"克里欧冷冷地说,"菲弥洛斯,你不觉得那些虫子的行为很古怪吗?"

"看到食物却没有立刻进攻?"妖魔贵族点点头,"是啊,它们以前可没有这么好的耐心。现在是在等什么呢……"

"低等魔兽大概出现了十几种,开始我看到了好几只食肉蜂,还有噬魂甲虫,现在有些小型那加达兽……也许逐渐会有更大体型的。"

菲弥洛斯笑了笑："其实在这样的地方，最容易让最强有力的统治者脱颖而出，主人，想一想野狼，它们都是等首领吃过了以后才能享用剩下的尸体。"

"那我希望这里的'首领'快一点出现。"

菲弥洛斯又笑了笑："主人，您知道为什么每一层'圣殿'的环境都有所不同？"

克里欧古怪地看看他："因为封印的妖魔不一样。"

"嗯，似乎如此。不过别忘记了，最开始凯亚神可是希望妖魔们自觉走入'地下圣殿'的，所以每一层的设置都是最适宜它们的。这里的泥土还没有让你联想起什么吗？"

游吟诗人突然站住了："你是说这里最得势的应该是地魔？"

"至少在这里它们如鱼得水。"

"等等！"克里欧敲了敲额头，"地魔中体型最大的应该是那加达兽的变种，莫非这里的'首领'是它们？"

妖魔贵族耸耸肩："那加达兽个子虽大，但是脑子小得像蚕豆，它们可很难服众的。我倒觉得应该是——"

他的话还没说完，队伍中间突然响起一声尖叫。克里欧快步走过去，看见格拉杰·赫拉塞姆队长正帮助一个伤员拽下扎在脖子上的一条虫——确切地说，是一条虫的嘴巴，嘴巴后面长长喉管连接在原处的一个球形飞虫身上。

"那家伙突然蹦起来'亲'了他一下！"赫拉塞姆队长对游吟诗人说。

天幕尽头

菲弥洛斯弹出一个小小的光刃，把虫的喉管切断，球形飞虫哀鸣着掉到地上，这时周围的其他虫子和小型魔兽突然一拥而上，把它撕成碎片吃了下去！

人们目瞪口呆地看着眼前的景象，有些不明白为什么它们自相残杀。

但是克里欧的脸色变得难看起来，他看着伤员脖子下血肉模糊的伤口，迅速地撕下布条包扎起来。这个时候芬那船长也从队伍末尾赶到，询问了情况。

"那些东西开始袭击了吗？"她担心地问。

"不，"克里欧摇摇头，"只是一个意外。"他心里害怕的是，这些低等魔兽如此服从，对于率先攻击的同类毫不留情，这说明那个"首领"在它们中间有足够的威慑力。

芬那船长打量着四周的魔兽们，忍不住打了个寒噤："好吧，如果可以的话，也许我们该接着上路。伊士拉先生，还需要多久才能走出这个该死的洞穴。"

克里欧含糊地说："我很难回答您，不过——"

"快了！"菲弥洛斯突然抢过话头，"我想应该很快。"

芬那船长吃惊又戒备地盯着妖魔贵族，紧紧地绷着脸，然后她不再多说话，回到了自己的位置。

克里欧瞪了菲弥洛斯一眼，也照常往前走。

"我记得你的眼睛在黑暗中无法看得很远，"游吟诗人低声说，"刚才为什么要安慰大家？"

妖魔贵族露出嘲弄的笑容："安慰？我可不擅长做那样的事情，主人，而且也没有兴趣。我只是觉得周围的家伙们已经快要忍耐到极限了,所以这条路也该结束了。"

这时走在最前方的米克·巴奇顿又停了下来,他手中的长矛不断地插入泥土,又试探着走了一圈,然后来到克里欧面前。"没有路了,"他对游吟诗人说,"我试了一下,周围都是松软的泥土,可以落脚的地方已经没有了。不过也许是岩层断裂,说不定前方很远的地方还可以继续走,只是现在我无法确定在哪儿。"

克里欧想了想:"菲弥洛斯可以变成鹰,也许能到更远的地方去……"

"安静!"妖魔贵族突然粗暴地打断了他的话,随即又诡异地笑起来:"不用那么麻烦,主人,'首领'已经出现了!"

就好像是要验证他的说法一般,周围的低等魔兽们几乎同时从土中现身,密密麻麻地围拢过来,虫形的用翅膀和口器发出尖锐的嘶鸣。每个人都被吓了一跳,立刻抽出武器,但是魔兽们没有上前,只在火球照得到的地方张牙舞爪。

与此同时,在米克·巴奇顿探不到路的地方,泥土被拱起来,好像突然涌出的泉水,然后在这黑色的"泉水"中心有好几只巨大的墨绿色怪物慢慢爬了出来。它们长得如同蜥蜴,却有比蜥蜴更尖利的牙齿和长长的爪子,虽然足有两个人那么高,眼睛却小得只有豆子一般大。

"那加达兽的变种!"克里欧惊叫道——这种魔兽正是他在阿卡罗亚公国见到过的低等地魔,"原来首领真是它们!"

天幕尽头

菲弥洛斯皱着眉头:"看清楚,主人,注意它们的头!"

在魔兽三角形的头颅顶端,有一个三岁孩童一般高的小怪物,它们长得很像蜘蛛,却有着比蜘蛛更加丑恶的模样,而且只有六只爪子,它们的下半身分成了三条蚯蚓一样的东西,牢牢地植入了变种那加达兽的皮肤,隆起了一大块。

"寄生蚁!"克里欧·伊士拉恶心得想吐。

这种魔兽是低等妖魔中最阴险的一种,因为它们的猎物不光是人类,甚至还包括同族,它们最开始会咬破宿主的皮肤,植入卵,然后从创口长出。它们牢牢地控制着宿主的身体和大脑,直到死去。更可怕的是,它们的肉体虽然非常孱弱,但是对于危险和猎物有极可怕的准确判断和快速反应,因此即使没有智慧,也是相当难对付的。如果不是寄生在变种那加达兽身上,任何人都能轻易杀死它们,但是现在它们有最强大的武器和铠甲,而且……克里欧飞快地数了一下,足足有十头!

"伊士拉先生!"芬那船长叫起来,"现在怎么办?我们不能组成队形!"

是的,现在这片充满了陷阱的黑泥地里,没有办法像在上一层那样围成安全的圆形。克里欧的脑子飞快地思索着,却只能无意义地说着"别慌",要求他们千万不要率先出手。

"那些小的暂时还不会进攻!"菲弥洛斯在手上聚拢他的蓝光,"一般来说在'首领'吃完之前,它们都不会贸然僭越。"

"所以……"

"所以现在最重要的是先干掉前面的家伙！宿主不死，是没有办法杀掉寄生蚁的。"

克里欧看了看身后："菲弥洛斯，只有先靠你了！"

妖魔贵族冷笑："当然了，主人，您别无选择。"

克里欧将米克·巴奇顿调回到希尔小姐身边，他们两个同时把守住了科纳特大公的两侧，夏弥尔也夹在其间。尽管年轻的贵族脸色苍白，却紧紧地握着一只弩，而他身边的少年则用发抖的双手攥着一支剑——当然其实这起不了什么作用。

"瞧啊！"赫拉塞姆在后面兴奋地叫道，"小美人儿骑着大马！也许我们这次可以换种味道的口粮了！"

所有人中只有他兴高采烈，大概作为武官他一直将战斗视为常态。

克里欧屏气凝神，盯着前面的变种那加达兽和寄生蚁，而菲弥洛斯双手上的蓝光越来越亮，几乎要和火球一样刺眼。当第一只变种那加达兽踏出第一步的时候，一个光球从妖魔贵族的手上抛了出去。

那加达兽的身上炸开一个洞，发出了可怕的哀号，但是它却继续朝前走着，寄生蚁在它头上挥舞着六只难看的爪子。

"见鬼！"菲弥洛斯低声咒骂，"那些小怪物让它们宿主的鳞片变得更坚硬了。好吧，让我来看看别的地方。"

另一个光球立刻朝着巨大魔兽的眼部袭去，这次似乎起了作用，那加达兽惨叫着停下了脚步，庞大的身躯蜷缩成一团。但是新的危机立刻来了，倒下的寄生蚁声嘶力竭地叫起

天幕尽头

来,剩下的九只巨兽同时朝他们移动。

"真麻烦!"菲弥洛斯一边抱怨着,一边狠狠地用光刃朝巨兽们的眼睛射去。

但这一次寄生蚁和宿主都有了准备,突然竖起的鳞片阻挡了一些攻势,它们继续踩着泥土朝队伍走过来。

"瞄准它们的眼睛!"克里欧对有弓弩的人说,"必须先干掉大家伙!"

队伍中总共只有三把弩,但是能射准的大概就是希尔小姐了,当然米克·巴奇顿也不错——他用的不是弩,而是用长矛。他用大得离谱的臂力将长矛掷向巨兽,长矛戳穿了鳞片,插入一只那加达兽的眼睛!

科纳特大公在尝试了几次无法射中巨兽极其细小的眼睛以后就改变了目标,他成功地杀死了一只倒在地上的寄生蚁。在宿主死亡以后,这小东西居然爬到了周围一条多足虫的背上,想要苟且偷生。

菲弥洛斯的光刃削掉了巨兽们竖起的鳞片,又干掉了两只。这个时候十头变种那加达兽已经只剩下了六只。

寄生蚁们变得更加愤怒了,但是它们却不约而同地停了下来,站成了一个梯形。

"不好!"

克里欧和菲弥洛斯同时低声说道,然后他们相互看了一眼,菲弥洛斯的双手快速地聚集起蓝光,更多的火球出现在半空中。

"小心!"克里欧叫道,"其他魔兽要进攻了!别让它们靠近!"

果然,他的话还没有说完,寄生蚁便同时发出短促的嘶鸣,接着周围各种各样的低等魔兽也开始喧闹起来,它们兴奋地张着嘴,朝人们涌过来。

半空中的一些火球突然炸裂,分成无数的火种射线魔兽群,最前面的一大片魔兽被烧得吱吱作响,化成了焦炭,但后面的仍然疯狂地踏着同类的尸体朝前面挤,远处的黑暗中似乎还有更多的魔兽在赶来。人们手脚冰凉,即使是拼命砍杀也无法阻挡源源不断的魔兽。

菲弥洛斯狠狠地咬了咬牙:"真是麻烦!"

他在瞬间召唤出几个火球,让它们围绕着长长的队伍形成了一个保护栏。黑暗中的魔兽们被这刺眼的光和灼热的火刺激了,恐惧地徘徊在外面,它们稍微碰一下就被烤焦了皮肤。芬那船长指挥着其他人乘机杀退了一大批魔兽。

"现在好了!"菲弥洛斯向克里欧笑了笑,"让我先去解决那些大个子!"

暂时脱险

寄生蚁们驾驭着那加达兽,就像人类的驯马师催促着胯下的骏马,它们挥舞着手臂,发出难听的嘶吼,同时朝队伍的前端围拢过来。

现在菲弥洛斯站在最前方,紧紧地盯着六头被寄生的那加达兽,它们庞大的身躯慢慢地从泥土中踏过来,仿佛连成了一片厚厚的墙,即使是高大的妖魔贵族,在它们的面前也好像一个小孩儿。

但是菲弥洛斯并没有畏惧的神情,他自然垂下的双手虚握着,蓝色光球在掌心里噼啪地闪着火花。

正前方的那加达兽忽然一下子号叫起来,率先朝菲弥洛斯发起了进攻,当然它也遭到了第一个光球的袭击。菲弥洛斯右手一挥,巨兽的腹部被炸开了一个洞。这并没阻止它扑来的势头,而且另外两只还亮出了黑色的利爪,向着菲弥洛斯的左右同时偷袭过来。

克里欧·伊士拉情急之下，挺起长剑朝着右边的那加达兽刺过去。

菲弥洛斯的光球把左边的那一头巨兽挡住了，而克里欧的长剑却只在巨兽的鳞片上划出一个浅浅的伤痕——寄生蚁不但让那加达兽的身体更坚硬，也让它们的动作更加敏捷。

克里欧被巨兽一掌打开，摔倒在泥土里，他大叫着菲弥洛斯的名字，却看见妖魔突然跳跃起来，然后连续五六个光刃射向巨兽头上的寄生蚁。

那加达兽举起利爪保护头顶的寄生蚁，但是蓝色的光刃不断切开它的手掌，终于没入了寄生蚁的头顶。

那头巨兽和它的驾驭者都倒在了泥土里，翻腾了两下就不再动了。

可这并没有阻止其他的巨兽围拢过来，包括负伤的那两只。菲弥洛斯看了克里欧一眼，"退后！"他叫道，"好好去保护那堆笨蛋，我这里不需要你帮忙。"

克里欧迅速地起身来，来到了科纳特大公身边。他杀掉一些火球围栏之外的魔兽，却不时地会回头注意菲弥洛斯，看着他在五头巨兽中间移动着身体，发出光球和光刃。寄生蚁的围攻虽然很可怕，但是对菲弥洛斯来说，确实不会造成致命的危险。

克里欧希望自己能稍微放心，但是格拉杰·赫拉塞姆队长的话却让他有了更严重的危机感。王宫侍卫队长的腰刀上沾满了绿色和黑色的汁液，他厌恶地甩了甩刀，抱怨道："真

天幕尽头

讨厌啊！我看到蟑螂都会恶心得吃不下晚饭，现在可以节食一个月了。伊士拉大人，您难道就没有发现这些小朋友激动得不正常吗？它们好像越来越不怕死！"

的确，菲弥洛斯的火球围栏保护了这个小分队，让魔兽们暂时不能扑上来，但是它们从开始的畏惧、试探，到现在疯狂地进攻，越来越肆无忌惮。克里欧隐约有种感觉，似乎随着寄生蚁被杀，它们对于魔兽的控制力也在减弱，如果它们全部死亡，那么——

克里欧的手颤动了一下，突然对着菲弥洛斯叫起来："住手！等一等！"

这个时候妖魔贵族又杀死了两头那加达兽的变种，利落地切下了寄生蚁的脑袋，剩下的三只变得愈加焦躁，其中有一个已经被光刃剖开了肚子，却仍然在继续进攻。

菲弥洛斯听到了克里欧的招呼，却没有办法停下来，那些巨兽纠缠着他，没有丝毫空隙。

克里欧咬了咬牙，再次抽身向妖魔贵族赶去，但就在这犹豫的一瞬间，那头负伤的巨兽已经被光球炸掉了下巴，寄生蚁的半个身体也被炸飞了。

最后两头巨兽不顾一切地按住了菲弥洛斯的腿，与此同时黑色泥土似乎变得更加柔软，如同流沙一样拖着它们和同伴的尸体开始往下面沉。克里欧有些惊慌地想要扑过去，却看到菲弥洛斯脸色一沉："当心！"

这时候有一些魔兽已经不顾火球围栏的灼烧和寄生蚁的控制，用自己的身体当作桥梁，让后面的同类可以踩着它们跨越过来，扑向队伍里的众人！

有水手发出了惊叫和哀号，身上顷刻间布满了大大小小的虫子，一些中等体型的魔兽也进来了，一口咬着眼前的猎物，撕扯他们的肉。

"救命！"夏弥尔·菲斯特吓得魂飞魄散，凄厉地叫起来，"伊士拉先生，想想办法吧！快！快！"

克里欧无法抽身去帮助他，因为他感觉到自己的脚背上也慢慢地传来了麻痒，一低头就能看到十几只杏仁大小的噬魂甲虫正爬上他的身体。

难道真的会死在这里吗？死在地下迷宫的第一层。克里欧这样想着，抬起头来看着菲弥洛斯。妖魔贵族的脸上有着他从来没有见过的严肃——

"过来，"菲弥洛斯朝他大声叫道，"到这里来，还有后面的人！"

妖魔贵族正在被那加达兽拖入流沙一般的泥土，但是他却并没有挣扎。克里欧知道他不是在开玩笑，但是这命令却太过于匪夷所思了！没有一个人挪动身体，他们都慌张地摆脱魔兽的围攻。

菲弥洛斯的腰已经完全陷入了泥土，火球的光芒也在减弱。"还愣着干什么？"他愤怒地骂道，"他妈的蠢货！你们都想被撕成碎片吗？"

克里欧愣了一下，突然回头对其他人叫起来："泥土下面可能有出路！"

科纳特大公和甘伯特首先抬头望过来，但是赫拉塞姆队

天幕尽头

长的反应却更加迅速，他利落地砍下一只三眼乌鸦，然后拖着身后的年轻祭司朝道路尽头的泥土地跑来。"土壤可比黏液好，至少洗起来更容易！"他一边朝克里欧大笑，一边踏入了柔软的土地。甘伯特的脸上有些惊慌，但是看到游吟诗人向他点头以后，他变得镇定了一些，只是紧张地抿着嘴唇。

"快来！"克里欧向其他人喊道，"我们抵挡不住的，走吧！"

科纳特大公惊慌失措地看着身边的希尔小姐和巴奇顿先生，后者不停地为他赶走魔兽，却还没有勇气过来。

克里欧自己倒退着走入了黑色的土中，立刻感觉到噬魂甲虫造成的麻痒消失了——它们万分不情愿地从土中离开，爬向另外的人。于是更多的攻击集中在了大公和其他人身上。

游吟诗人用尽全力地向他们叫起来："过来吧，你们没有别的选择了！"

科纳特大公的手抖了一下，终于朝这里跑过来，希尔小姐和巴奇顿先生跟着他。夏弥尔也来了，接着是几个水手，最后还有芬那船长——她极力地砍杀着那些围拢过来的魔兽。

"我相信您，伊士拉先生！"女船长气喘吁吁地对游吟诗人说，"但是我得保证走在最后。"

克里欧冲她笑了笑，带着一些勉强。他觉得自己正在被泥土缓缓地吸入，而转头看看身后，菲弥洛斯和那两头巨兽已经不见了，只有泥土中一个浅浅的洼地。其他人都屏住了呼吸等待没顶的那一刻，只有芬那船长还在奋力抵挡着一些魔兽的进攻。

地下迷宫

克里欧看到那些火球一个接一个地熄灭，围栏的缺口一个接一个地扩大，无数的魔兽从那里如潮水一般地涌进来，他的胸口憋闷，鼻子里已经吸入了泥土，很快就没到了眼睛。在闭上眼的那一刻，克里欧看到芬那船长挥舞着长剑的身影。

"很快……很快……"他在心底默默地想，"很快就能摆脱它们了……"

◆

在过去很多很多种死亡方式中，克里欧·伊士拉也曾经因为在野外洞穴避雨时遇到塌方而被活埋过，那种窒息的痛苦他绝对不会想要尝试第二次。但是现在他正在被迫经历着这样的痛苦——

口鼻塞满了泥土，无法呼吸，双脚仿佛拴着沉重的铁块儿，不断地拉着身体往下坠，四周的泥土好像在拼命地施加压力，要把他挤碎。

克里欧觉得自己的意识开始模糊了，似乎又要走过死亡的深谷。但是这次他并没有真正的死去，就在他觉得自己的心脏几乎要停止跳动的时候，脚下的吸力突然消失了，接着他就像一块石头般咚的一声落到了什么柔软的东西上。

克里欧的头昏昏沉沉的，但是充足的空气包围了他，他一边咳嗽一边贪婪地呼吸着，把泛着腥气的泥土统统吐出来。

他睁开眼睛，打量着周围，看到远处有些蓝色的光闪过，还有一些金色的火球。

天幕尽头

"菲弥洛斯……"克里欧喉头发疼,沙哑地叫着妖魔贵族的名字。

这里仍然是一个岩洞,但是却比上面的那个世界更加低矮,四周都是柔软的泥土,这是一个更加适合地魔生存的环境。寄生蚁和那加达兽们将菲弥洛斯拖入它们的地盘,似乎想要借着这个便利的条件杀死对手,可是无意中却给其他人解了围。

克里欧站起来,借着远处火球的余光寻找着科纳特大公他们。他首先看到了离自己最近的莉娅·希尔小姐,这位女猎人身手利落地站起来,把头上的土摇落。在看到克里欧以后,她关切地问:"您没事吧,伊士拉先生?"

"谢谢,我很好,小姐。"

希尔小姐点点头,然后和他一起找到了不远处的科纳特大公。青年贵族灰头土脸的,好不容易才爬起来,米克·巴奇顿在旁边帮了他一把。体格强壮的矿工几乎没有受伤,他看了看莉娅·希尔,后者会意地传递给他一个安抚的微笑,于是他什么也没说。

"天啊……太难受了……"科纳特大公不断地吐着唾沫,那里面全是土。

"您有受伤吗?"游吟诗人担心地看着脸色发白的青年贵族,"刚才在上面的时候……"

"不,还好……只不过是一些轻伤。"科纳特大公指了指手和脸,还有脖子,那里有些血痕。

克里欧点点头:"现在请您去寻找一下其他人好吗?帮我

确认一下他们是否平安无事。现在我希望希尔小姐和巴奇顿先生能赶快去给菲弥洛斯帮忙。"

"好的……"科纳特大公显然很乐意接受这个任务,一边答应一边离开了。

克里欧向面前的两个人问道:"武器还在吗?"

巴奇顿手上还攥着一把刀,但是希尔小姐的弩却已经没有了。她想了想,从贴身的衣服里摸出了一串小刀,是那种薄如叶片一般的飞刀。

"很好,这就足够了!"克里欧指着远处,"现在还有两头变种那加达兽,我希望您能射中它们的眼睛,或者是削掉那些寄生蚁的脑袋!"

女猎人点了点头。

他们三个人靠近了那加达兽和菲弥洛斯。

在这个地方巨兽们的动作果然变得更加灵活和迅速,妖魔贵族一边利用间歇点亮几个火球,一边射出一些光刃,但是却没有时间聚集起更大的力量。

莉娅·希尔和克里欧他们趴下来,慢慢地接近。"尽量准一点!"克里欧叮嘱道,"如果把它们引过来就很麻烦。"

希尔小姐点点头,摸出一柄飞刀,当一头那加达兽转动身体背对着他们的时候,寄生蚁的头部暴露了出来。她用尽全力投掷出去,只听到咻地一声轻响,飞刀没入了寄生蚁的脖子。那头巨兽立刻转过身来,恶狠狠地寻找伤害自己的人。

"不好!"米克·巴奇顿拉住希尔小姐的手,"它发现了。"

寄生蚁很快就看到这边,它驱策着身下的宿主怒吼起

天幕尽头

来,开始进攻!

"快走!快走!"巴奇顿把希尔小姐拉到自己身后!

"不!还有机会!"女猎人倔强地甩开他的手,又飞快地摸出另外一把刀。巴奇顿着急地想要制止她,但是却被克里欧拦住了。

游吟诗人银灰色的眼睛里透着冷静:"的确还有一次机会,不能放弃!"

巴奇顿黑色的脸膛顿时涨红了,他不再开口,只是盯着急速冲过来的巨兽,然后握紧了刀站在希尔小姐身边。

女猎人死死看着负伤的寄生蚁,就在它离自己十几步的时候,突然扔出了飞刀。

这次刀刃牢牢地插入了寄生蚁的头部,它嘶鸣着浑身抽搐,那加达兽也像突然喝醉了酒一般,打了几个踉跄,摔倒在地,接着抽搐了几下,便一动不动了。

三个人同时松了一口气,感到背后都全是汗水。

这下菲弥洛斯只用对付最后一头巨兽了,这让他变得轻松起来。右手的蓝色光刃更加准确地击中那加达兽的身体,而左手的光球也开始慢慢地聚集起来。最后他扬起手,迫不及待地轰掉了寄生蚁的脑袋。

克里欧看着巨兽倒在地上,而妖魔贵族厌恶地踢了它的尸体一脚,朝这边走过来。

"真是太麻烦了!"菲弥洛斯用厌倦的口气说道,"我从来没有花这么多时间和精力跟地魔纠缠。"

克里欧想说声"辛苦了",但这似乎有些多余。他看见菲弥洛斯淡金色的头发上沾满了泥土，脸上也灰扑扑的，甚至还有些可疑的绿色汁液，但这无损于妖魔贵族一贯的轻松表情。他打量了莉娅·希尔一眼，甚至有些赞许："作为一个人类来说，您干得不错，小姐。"

女猎人微微颔首表示感谢。

菲弥洛斯一边点燃十来个悬浮火球，一边拍打着身上的泥土，向克里欧问道："几个人活着，主人？您不是聪明地让他们跟着我吗？"

游吟诗人没有回答他，转身朝科纳特大公那边走去。

青年贵族已经找到了赫拉塞姆队长和甘伯特，还有一个水手。夏弥尔自己站了起来，似乎没有受什么伤，但是芬那船长却躺在地上一动不动。

克里欧清点了一下，除了两个受伤的水手消失在厚厚的泥土层中以外，其他的人都在，但是多少都有些惊魂未定，他们聚拢在一起，相互慰问，检查伤口。科纳特大公着急地跑到游吟诗人身边，说："芬那船长好像情况不太妙。"

克里欧来到女船长跟前，慢慢地扶起她。她满身泥土，脸色发青，手上还紧紧地攥着长剑。克里欧检查了一下她的身体，发现有很多虫子咬过的伤口，虽然都很轻微，但是密密麻麻的，到处都是，裸露在外面的脸、脖子和手上满是鲜血。克里欧连忙叫甘伯特过来，用最简单的治疗法术减缓了伤势。

芬那船长慢慢地睁开了眼睛，但是有些提不起力气。"我的脚怎么了？"她问道，"我站不起来。"

天幕尽头

"您负了伤。"克里欧安慰她,"不要紧,都是皮肉伤,您只需要休息一下。"

她按住了自己的头,皱着眉:"这是哪儿?咱们安全了吗?"

游吟诗人把战况和损失的人数告诉了她,然后打量着周围的岩壁:"也许是第一层圣殿的下层,最适合变种那加达兽的地方,看起来没有别的魔兽了。我们可以在这里稍微恢复一下体力。"

芬那船长的表情缓和了一些,她转动着脖子,再次确认活着的人,然后对克里欧说:"咱们得休息多久呢,伊士拉先生?下一步该怎么走?"

"我会告诉您的,"游吟诗人回答道,"现在我得先让甘伯特辛苦一下,尽量治疗更多的人。"

"哦……"她点点头,"好吧……是该这样。"

克里欧让受伤较轻的夏弥尔·菲斯特和另外一个水手来照顾她。

一直抱着双臂站在旁边的菲弥洛斯看到克里欧起身跟年轻的祭司说着大致的治疗安排,便走了过去。

"每个有外伤的人都用最简单的治疗咒语消毒、止血,能够愈合当然更好。"游吟诗人对他的学生说,"但你可以适当地降低一些精神力,因为你之前的骨折还没有痊愈,而且现在这样的情况,如果你白魔法的力量用得太过,要恢复也很难。甘伯特,你活着可真算得上大家的运气。"

年轻的祭司笑了笑,虔诚地说:"感谢凯亚神保佑……还得谢谢赫拉塞姆队长,他为我抵挡了很多虫子的进攻。"

游吟诗人看了看那个棕色头发的年轻人,他正在逗科纳特大公开心,克里欧的嘴角也忍不住翘起来,他拍了拍甘伯特的肩膀:"去吧,治疗一个人就稍微休息一下,目前我们的时间还是充裕的。"

祭司向他鞠躬行礼,然后开始去为其他人治疗。

菲弥洛斯在克里欧身后轻轻地笑道:"您刚才的表情好像一位慈祥的父亲,主人,这让我起鸡皮疙瘩。"

游吟诗人并不生气:"他们每个人都是第一次经历这样的情况,你得承认他们都表现得非常勇敢!"

"步入绝境的时候几乎每个人都能焕发出超乎寻常的能力。"菲弥洛斯一副不以为然的模样,"我想,接着往前走的话可以看到他们的临界点到底在哪儿!"

"你知道前面的路吗?"

妖魔贵族耸耸肩:"不,我当然不知道,主人。我是来提醒您另外一件事的。"

游吟诗人望着他。

菲弥洛斯用大拇指朝着芬那船长的位子指了一下:"我觉得,那位女士可能被寄生了。"

尊 严

　　克里欧·伊士拉的眉头皱了一下,看向克罗维·芬那船长躺着的位置,夏弥尔正轻轻地让她靠在水手身上,然后盯着菲弥洛斯:"你这是什么意思?"

　　妖魔贵族耸耸肩:"寄生,主人,难道您耳朵聋了吗?那位女船长,她被寄生了。"

　　游吟诗人的心底浮现出布鲁哈林大公的脸,米亚尔亲王的未婚夫,原本高贵开朗的青年,在被中等妖魔库露附身以后,他变成了一个吃人的恶魔;而年轻的米亚尔亲王肩负起了统治领地的重任,并且抱着渺茫的希望将未婚夫囚禁起来,期望有一天他能恢复原状。

　　难道这样可怕的不幸也真的降临到了芬那船长身上?

　　"你怎么知道的?"游吟诗人的口气带着侥幸。

　　菲弥洛斯点了点脖子的左侧:"您没有发现吗?她这里有

个伤口。"

"她现在全身都是伤口。"

"三角形的伤口，拇指大小，有烧焦的痕迹，如果不是寄生蚁弄出来的，我就把自己的脑袋拧下来。"菲弥洛斯突然抓着克里欧的前襟把他拽到面前，然后压低了声音说道，"别不愿意相信事实，主人，即使您拒绝接受，可那女人已经陷入了危险，她很快就会变异！寄生蚁是低等妖魔，比库露更没有人性，她会变成一个彻彻底底的活尸！"

"不！"游吟诗人忍不住提高了声音，"我得再确认一下！"

有些人朝这边张望，带着担心的神色，克里欧让自己冷静了一下，然后来到芬那船长身边，仔细观察那些伤口。而菲弥洛斯留在原地，冷笑着让一个火球浮到他们上方，提供了更多的光亮。

克里欧很快就看到了妖魔说的那个伤口，在脖子的左侧，靠近下颌的地方，有一个暗红色的伤口，是规整的三角形。虽然其他的伤口仍然带着红色的血丝，但是这个伤口却呈现出一种焦黑的凝固色泽，游吟诗人凑近了一些，甚至看清楚了边缘的锯齿痕迹。

他的心好像被冰凉的手掌猛地捏了一下。

夏弥尔·菲斯特正在用衣服上撕下的布条小心翼翼地擦拭着芬那船长的脸，他担心地问道："怎么了，伊士拉先生？船长大人她……"

"她没事。"克里欧向这个少年勉强笑了笑，然后回到菲弥洛斯身边。

天幕尽头

"看到了吧？"妖魔贵族抱着双臂，"可能是某只寄生蚁临死释放的卵，在下沉的途中刚好依附到了她的身上，过了这么久，肯定已经进入了体内，要挖出来是不可能了！如果您不想接下来遇到大麻烦，就赶快把她的头切下来吧。"

克里欧脸色苍白，却摇摇头："我不能那么做，菲弥洛斯，我们可以想想别的办法……"

妖魔贵族用一种奇异的眼光看着他："您在抗拒什么，主人？您知道我说的是最安全的办法！"

克里欧没有说话。

"哦……我知道了……"菲弥洛斯冷笑道，"您对这些人产生了感情，对吗？您居然有些在乎他们了，这可真不容易。要知道，这将近两百年的岁月里，您早就习惯了身边的人死去。这可不是一个好兆头哦……"

游吟诗人的脸色更加惨白："现在他们是我们的队友，菲弥洛斯，我们还得一起走下去……"

妖魔贵族又笑起来："得了吧，您应该明白在这样的情况下真能走到最后的，恐怕只有我们俩，凡人的肉体能在妖魔世界里撑多久呢？"

克里欧紧紧地捏着拳头，用低沉的声音对那个淡金色头发的男人说道："我绝对不会杀死芬那船长，你也不可以！"

菲弥洛斯冷笑起来："那就让寄生蚁来干吧，卵的孵化还有一周的时间，完全控制身体也需要一周，她至少还能活半个月。您真仁慈，主人，居然给了她那么长的时间来体验慢慢死亡的感觉。"

克里欧把头转开："至少还能有半个月的时间，我不能剥夺她这半个月的生命。"

菲弥洛斯的脸上飞快地掠过一丝阴影，但他最终还是笑着说："随您的便吧，主人，但是别忘了，您没有多余的力气再去在意什么人了，我们的麻烦还很大。"

游吟诗人看着妖魔的脸，点点头："我明白，菲弥洛斯。"

他们同时沉默了一会儿，妖魔首先不耐烦地摆了摆手："好吧，主人，如果我是你，我会立刻去确认其他人的暴露部位有没有同样的伤口。哦，还有，如果要想让那位女士保留最后的尊严，我建议您还是告诉她实情。"

菲弥洛斯不再理睬克里欧，独自带着几个火球去查看周围的环境。他的离开使得游吟诗人面前的光线稍微暗淡了一些，连热度也少了几分。克里欧站在原地，只感觉到心头像压了一块沉甸甸的石头。

他强迫自己深深地吸了一口气，然后朝其他人走过去。

现在活着的人就只有十个了，除了菲弥洛斯和自己，还有科纳特大公、莉娅·希尔小姐、米克·巴奇顿先生、赫拉塞姆队长、甘伯特、芬那船长、夏弥尔·菲斯特和一个水手。克里欧查看了几个人，他们除了一些刮伤之外，倒没有特别深的伤口，只有逗留在后面的芬那船长伤得最重。

克里欧在给赫拉塞姆队长检查完以后，把芬那船长的伤势告诉了他，并且希望他能够代替船长留守在队伍最后。棕发的青年首先有些震惊地看了看芬那船长，然后笑起来："没问题！男人本来就该干点重活儿！我之前就该在队伍最后

天幕尽头

的，啊，可是我也没有办法对一位女士的安排说'不'。"

"服从指挥官是理所当然的，"克里欧说，"现在的情况是，寄生蚁的卵很快会破坏芬那船长的身体，她已经无法再肩负起指挥的责任了。在我们当中，虽然科纳特大公的地位最高，但是他还太年轻，而我和巴奇顿先生必须继续探路，所以您或许是最适合接任的人，您本来就有带领小分队的经验，无论判断力和反应能力都很强。"

"哦，即使您不这样恭维，我也不会推辞。"赫拉塞姆队长的笑容更灿烂了，"不过在所有的理由中您忘记了最重要的：我也是国王陛下的臣子，同样也会为了完成陛下的任务而献出生命！当然，最好是死得不要太难看！"

克里欧愣了一下，郑重地向他说了声谢谢。格拉杰·赫拉塞姆随意地一摆手："哦，完全没有必要，伊士拉先生。我一般只接受女士的谢意，因为那往往会附带一个吻，或者更美妙的东西。"他又看向芬那船长，"我想，或许您现在还应该告诉船长她暂时得休息一下了。"

克里欧点点头，走向另一边。

甘伯特已经处理了大部分的伤口，白魔法的治疗咒语也让疼痛减轻了。克罗维·芬那船长在夏弥尔的帮助下慢慢地转动脚踝，尝试站起来。她看到克里欧的时候关切地问道："怎么样，受伤的人多吗？"

"都是皮肉伤，"游吟诗人说，"我还有更重要的事情得告诉您。"他顿了一下，"单独地……"

夏弥尔和那个水手识趣地到了一边，于是游吟诗人在芬那船长的身边蹲下，看着她浅蓝色的眼睛。

"您想说什么？"女船长用虚弱但却严肃的声音问道，"是接下来的路线吗？如果需要立刻上路，我没有问题的……"

"不、不。"克里欧按住了她的手，"不是这个，是更严重的事情……关于您的伤势。"

"这点小伤不会让我掉队，"芬那船长提高了声音，"伊士拉先生，接下来我们该往哪儿走？前面如果再出现妖魔……"

游吟诗人勉强笑了笑："菲弥洛斯正在查看周围，一有消息就会来告诉我们的。船长，我觉得您或许更应该注意一下自己的伤势，您的伤势非常重……比您想的还要重。"

女船长憔悴的脸上闪现出阴影，她沉默了一会儿："您的意思是……危及了性命？"

克里欧深深地吸了一口气，慢慢地说："您还有半个月的时间，船长，或许长点儿，或许更短。"

浅灰色头发的女性正在揉着膝盖，听到这个话手抖了一下，但是脸上却仍然平静。"为什么？"她盯着克里欧，"我身上都是皮外伤，甘伯特大人为我医治以后我只是有些肌肉乏力……"

克里欧指了指自己的脖子："在这个位置，船长，您有一个伤口。"

芬那船长伸手摸了摸。

"那是寄生蚁的卵留下的痕迹，它已经进入了您的体内……它会逐渐控制您的身体，侵占您的意识。对不起……我……我们目前没有办法把它取出来……"

天幕尽头

芬那船长的脸色没有变,手却用力地按住了那个创口,她的呼吸有些急促,声音也变得嘶哑:"您的意思是,我身上也会长出那些恶心的怪物……我会成为它们的宿主?"

"是的……"

"我会……会攻击你们?"

"比那更糟,船长,寄生蚁是没有智力的低级魔兽,它们最强烈的本能就是食欲。"

芬那船长的眼睛睁大了,随即慢慢地把手放下。"谢谢……"她低声说,"我很感激您把实情告诉我,伊士拉先生。如果您觉得我死了对大家来说更安全,其实可以动手——"

"我不想杀您,船长!"克里欧斩钉截铁地说道,"我只是告诉您实情,我没有权力夺走您最后的这段时间……您对于您的船员和我们每个人来说非常重要!"

芬那船长的蓝眼睛忽然有些温柔的神色,就好像冰封的海洋有一瞬间解冻:"谢谢,伊士拉先生,这是令一名指挥官欣慰的评价。但没有谁是不能被代替的,您应该想到我会造成的威胁,如果可能,您最好还是尽早预防。"

"您至少还有半个月的时间,船长,即使完全失去意识也是在您的肉体死亡以后。"克里欧顿了一下,"我希望您能走下去,直到……您不能走的时候。"

芬那船长把头埋进双手,克里欧不是很肯定她是不是在哭泣,她古铜色的脖子和脸颊都变得通红,似乎在竭力地忍耐着什么。克里欧想向她伸出手去,但是芬那船长很快地抬起头来，除了眼睛里有些模糊的水光之外，她看起来依旧很平静。

"请扶我一把。"她对游吟诗人伸出手。

克里欧照做了，于是芬那船长支撑着双腿，做了一个深呼吸，然后重新挺直了背部。她转过头来，冲着游吟诗人露出一个微笑。"不用担心我，伊士拉先生。"她轻声说，"感谢仁慈的凯亚神，还有海洋之神努尔多，在知道自己会死去的时候，我没有留下太多的遗憾。陛下的恩典让我可以从一个普通的舵工的女儿变成海军里唯一的女船长；而我在临死前能按照陛下的嘱托将您和其他人送到这里……虽然没有能陪大家走到最后，但是您应该可以带着他们完成陛下的吩咐……"

克里欧面对着她，不知道该说什么。

芬那船长用力握了握克里欧的手，笑着说："伊士拉先生，您不必觉得难过，也没有必要有愧疚的感觉……其实我觉得，您虽然看上去对人冷冰冰的，实际上却很温柔，您能走出去的，能回到萨克城……也许多年的从军经历让我不像个女人，但是我的直觉仍然很准。"

克里欧低下头向她致意。

这个时候，在周围查看完毕的菲弥洛斯朝他们俩走了过来，他的脸上带着微笑，好像对芬那船长的伤势毫不知情一般，用轻快的语气说道："好消息，两位，你们有空听一听吗？"

克里欧咳嗽了一声，而芬那船长则面色如常："当然了，

天幕尽头

菲弥洛斯先生,我们很愿意。"

"先生?真是尊贵的称呼,特别是从您嘴里说出来。"妖魔习惯性地嘲弄了两句,然后转向游吟诗人,指着远处,"主人,我想这里应该是第一层圣殿的最下方,要想通过浮土回到之前的地方是不可能了,唯一开阔的道路就是那边。我刚才看过了,那里的土质和周边不大一样,而且地面的石笋不少,如果没有意外,应该是通向岩石层。"

克里欧想了想:"如果有岩石层,那么应该是第一层圣殿的出口。现在待在原地也不安全,谁知道还会不会有虫子和魔兽出现呢?芬那船长,我建议大家从那里出去。"

女船长点点头:"我没有异议,伊士拉先生。现在您最好选择一个代替我的人,这样您可以毫无顾忌地走在最前面。"

"您提醒得很对!"克里欧迟疑了一下,"实际上我已经请赫拉塞姆队长殿后了。"

芬那船长微微愣了一下,随即笑了,"很好,您的判断非常正确……"她欣慰地说,"这样我就可以完全放心了。"

❖

幸存的人休息了片刻,然后重新集中起来,向岩石层进发。

这次的基本队形仍然和之前一样,只不过芬那船长和格拉杰·赫拉塞姆交换了位置,走在中间。甘伯特在女船长的旁边照顾她,而他们后面是最后一个水手。他叫作克鲁·多利尼,身材粗壮,手中牢牢地握着一柄斧头。

就在刚才,女船长用严厉的口气命令他,作为一个忠诚的下属,他应该在发现她的身上长出什么东西时,就立刻砍掉她的头。大个子铁青着脸,虽然很抗拒,可还是遵命了。

克里欧不敢朝后面再多看一眼,便吩咐米克·巴奇顿继续上路。菲弥洛斯走在他身边,啧啧感叹道:"我不得不说,那位女士的勇气可比很多男人都强。如果无论如何都有人被寄生蚁吃掉,我宁愿是可怜兮兮的大公殿下。"

"说这样的假设毫无意义。"

"哦,对,反正死不死都是时间问题。"妖魔贵族耸耸肩,"咱们还是来商量点实际的吧,主人。我发现这些人兜里可没有什么吃的了。只有那位猎人小姐身上还有点儿虫子肉,能供给大家吃一顿。"

克里欧皱起了眉毛。

"还有,"妖魔贵族压低嗓门,做出神秘的模样,"走入岩石层意味着什么,主人,您难道没有想过?下面会越来越热的,热得您恨不得扒光衣服,甚至把皮都扒下来。"

"炎魔……"克里欧从喉咙深处吐出这个词。

菲弥洛斯用低沉的声音唱道:"'第二层,火里铸,炎之魔物啊,它们燃烧着沉睡……'"

"只要我们不吵醒它们,一切都没有问题。"克里欧又顿了一下,"即使有别的路,我们也必须经过第二层圣殿。因为只有那里才能找到可以吃的东西……"

菲弥洛斯的眉毛挑了一下:"难道您说的是传说里伴随炎魔而生的地下湖心鱼?"

天幕尽头

克里欧点点头。

菲弥洛斯忍不住笑了:"要抓湖心鱼吃却不想惊动炎魔,您在说笑话吧,主人。"

游吟诗人看了看他:"我不能让这些人饿死……我不想再有人死在我的面前!菲弥洛斯,我痛恨自己的无能为力。"

炎热地狱

渐渐的，地上松软的泥土越来越少，坚硬的石头越来越多。

克里欧·伊士拉跟在米克·巴奇顿的身后，不断地朝前走。他能感觉到他们已经走出了充满土腥味的第一层圣殿，整个地势开始向下倾斜。曾经当过矿工的巴奇顿找到了最平整的路，落脚很顺利。只不过头上的岩层压得很低，有些时候他们不得不弯着腰走很长时间，甚至四肢着地地爬行。

在寂静的通道中，他们行进了很长一段时间，然后岩层渐渐升高，空间也开阔起来，而地面上的泥土已经完全没有了。一股凉爽的空气让所有人都感觉到非常舒服。

菲弥洛斯制造的金色火球慢慢地飘荡上升，照出了周围的样子——

看上去这是一个空旷的地下岩洞，周围有很多奇形怪状

天幕尽头

的石笋，岩壁上有细细的水流蜿蜒而下，石笋上也滴滴答答响个不停，还有些岩层反射着星星点点的光，非常漂亮。

克里欧打量着这里，脸上有些困惑，而他身后的妖魔贵族深深地吸了口气："有很淡的硫黄味道，没有错，主人，这里应该是第二层圣殿。"

"奇怪……"游吟诗人皱着眉头，"'第二层，火里铸'，为什么感觉不到一点高温？"

"需要我循着这个味道去打探一下吗？也许我会找到几个火山口什么的。反正现在看起来暂时没什么危险，不用我守着你们。"

克里欧摇摇头："如果温度这么正常，说明炎魔还在沉睡，我们最好不要惊醒它们。现在得先找到地下湖……"他的话还没说完，忽然听到旁边有细微的敲击声。

克里欧转过头，看到科纳特大公正用石块敲打着岩壁。

"殿下！"克里欧问道，"您在做什么？请不要这样！"

蜂蜜色头发的青年贵族有些尴尬地停下来，脸上泛红："对、对不起，伊士拉先生。我只是在看这些发光的石头，我从来没有见过……也许我可以敲一点样品带回去。"

"这是碎石英，在阿卡罗亚我们叫它星星石。"米克·巴奇顿走过来讲解道："殿下，它们其实不发光的，只有别的光线很灿烂时，才能反射些光彩。"

科纳特大公睁大了眼睛："真奇妙，斯塔公国可从来没有这些。"

巴奇顿笑起来："不光是斯塔公国，殿下，星星石在很深的地下才存在,即便是在阿卡罗亚,也得进入矿坑的尽头才能看到。而且它们在光线明亮的地方其实没有什么稀奇的,所以也没有大规模地开采过。"

科纳特大公用手摸了摸那些石头:"我可以带一块走吗?一小块就够了。"

巴奇顿用他手中的一把刀轻轻地切入岩层,然后顺着纹路的方向用力一撬,一小块拳头大小的星星石就分离出来了。

"别用蛮力,殿下,它们其实有点脆。"

科纳特大公一边道谢,一边把那块石头装进了口袋里。

这个时候夏弥尔·菲斯特苦笑着说道:"真羡慕您,殿下,这个时候还能对石头感兴趣。我只想要一小块面包就好了。"

克里欧听到少年的话,微微皱了一下眉头,他仔细看了看后面的人,不少人脸色都很憔悴,脚步虚浮。他们之前和低等魔兽的战斗消耗了不少的体力,而直到现在也没有吃什么东西,而食物已经完全没有了,他们能坚持着不叫苦已经算是极限。

克里欧停下了脚步,让队伍里的人都靠拢过来。

"各位,请忍耐一下,"他稍微提高一些音量,"按照我以前听过的传说,这里的魔物是在沉睡,在它们的周围有很多地下湖。我们现在最容易找到的食物,就是这些湖里的鱼。所以不要慌,也千万不要弄出太大的声音。"

其他人相互看了看,脸上混合着吃惊、庆幸还有畏惧和担忧。

天幕尽头

  菲弥洛斯笑嘻嘻地拍拍手,声音回荡在岩壁之间:"不用担心,至少这样程度的响动没关系。不过捉湖心鱼的时候可得千万小心,水声如果太大的话,很容易就会惊醒炎魔了。"
  众人没有开口,表情上又带了些谨慎的戒备,只有殿后的格拉杰·赫拉塞姆队长仍然一副轻松的模样。
  克里欧咳嗽了两声,示意米克·巴奇顿继续向前走。

❖

  接下来每个人都不由自主地放轻了脚步,连说话的声音都压低了几分。
  他们从崎岖的斜坡进入了平地,然后看到石笋渐渐地少了,一些圆形的水洼开始出现。开始就像一口井那么大,但是慢慢地就变多了,连成了一片,好像一眼还望不到头。路面高高低低地淹没在水中。不能再继续往前了,只能沿着地下湖的边缘弯弯曲曲地行进。
  "看,看呐!"夏弥尔·菲斯特小声地叫道,然后吃惊地指了指水面。
  一条大鱼正从水面游过,它足足有人的小腿那么长,不过身体却是半透明的,能隐约看到内脏和骨骼,在头部两侧只有细小的孔,里面装着灰白色的眼珠。
  "这就是湖心鱼,跟描述的一样。"克里欧说,"以前我的老师告诉我,它们都是瞎子,什么也看不见,但是触觉很灵敏,要捉它们的话必须动作快。"

"我来试试。"

莉娅·希尔小姐走到湖水边蹲下来,握紧手上的长剑,眼睛一眨不眨地盯着那些时不时浮上来的鱼。就在几条鱼慢悠悠地游时,她飞快地刺了下去,接着立刻挑上来一条最肥大的。

鱼剧烈地扭动着身体,它余下的同伴们四散逃开,发出一阵哗啦啦的水声。

大家用喜悦又谨慎的目光看着希尔小姐手上的鱼,又担心这声音太大而惊醒了魔物。

克里欧安抚道:"很好,小姐。您把声音控制在最小的范围内了,看来我们可以安全地捕捉一些鱼。"他把那条鱼从剑尖上取下来,拿给米克·巴奇顿:"你可以和其他人把这些鱼刨开、烤熟,然后填饱肚子,再带上一些当干粮。"

魁梧的矿工点了点头,芬那船长叫了科纳特大公和另外几个人来帮忙,只有赫拉塞姆队长和克里欧这样身手比较敏捷的人负责捕鱼。

菲弥洛斯让两三个火球浮在水边照亮,然后又分了两个给烤鱼的人。

湖心鱼被烤熟以后变成了奶白色,散发出一股鲜美的味道,引得饥饿的人们发出一股股吞咽唾沫的声音。芬那船长把最先烤好的几条鱼分给科纳特大公他们,几个年轻人狼吞虎咽地吃了下去,又很不好意思地抹了抹嘴,然后接过了烤鱼的工作,让巴奇顿和船长他们填饱肚子。

希尔小姐他们大概一共捕捉到了二十多条鱼,然后坐下

· 177 ·

天幕尽头

来和大家一起吃。饿坏的人们一口气吃掉了十几条，剩下的则烤得干干的，包了起来。而菲弥洛斯则独自捉了一些活鱼，慢条斯理地把它们生吃掉。

"这里的鱼抓得差不多了。"克里欧一边看着远处深黑色的潭水，"我们可以再换一个地方，最好能尽可能多地带足口粮。"

大家满足地站起身，接着往前走。

在饥饿的感觉消失以后，每个人的脸色稍微变得好了一些。夏弥尔·菲斯特还因为忍不住一个饱嗝而惹得周围的人笑起来。

克里欧提醒他们继续保持安静，于是大家又变得小心翼翼起来。

"似乎还不错，但我总觉得会出事。"菲弥洛斯在克里欧耳旁压低了声音说道，"如果他们能保持这样走到第三层圣殿的入口，我愿意输给您十个银币。"

"这样的打赌太不合时宜了。"克里欧毫无兴趣，"还是把力气用在警戒上吧。"

妖魔冷冷地哼了一声。

在这黑乎乎的洞穴里，这两个人的笑容似乎在火球的光线中变得和睦起来，但这和睦只持续了一会儿，当他们走过一个独立的小水潭时，看到一些零星的光点儿朝着这边飘了过来。克里欧皱起眉头看了一会儿：它们就好像萤火虫一样，歪歪斜斜地飞着，大约有十几个，水面上倒映出它们的影子，有点像之前看到的星星石。

"真漂亮……"莉娅·希尔小姐忍不住问道,"伊士拉先生,那是什么?虫子吗?"

克里欧也盯着那些光点儿,却没有那么多欣赏的心情。"也许是吧,小姐。"他干巴巴地回答,"我也不知道,但是在黑暗的地下总会有些能发光的动物和植物。如果它们没有干涉到咱们,最好就当没有看见。"

但是那些虫子却越飞越近了,在擦过行进的队伍时,它们腹部发出的金色亮光让大家清楚地看到了它们圆滚滚的身体和有些尖利的尾巴,两对翅膀急速地闪动着,就好像陆地上的蜜蜂一样。

夏弥尔·菲斯特看着那些虫子,满脸的好奇。他有些惊异地说:"它们好像没有眼睛,就跟那些鱼一样。"

"也许是地下生物的共同特性。"在一旁的科纳特大公搭话道,"没有光的时候什么也看不见,它们要眼睛来也没用。以前父亲告诉我,有些生物会在黑暗的地方发光,然后引诱别的生物靠近,再吃掉它们。"

"真神奇!"夏弥尔看着在自己眼前飞舞的小虫子,心里痒痒的。

这时候克里欧心中突然产生了一股不祥的预感,他飞快地转过身去,正好看到夏弥尔朝着一只虫子伸出手!

"别动——"

克里欧急促地阻止道,但是他话音未落,浅黄色头发的少年已经把一只金色飞虫抓在了手心里。

这个时候,那十几个飞舞的虫子就像同时感应到什么一

天幕尽头

样,突然都停在了半空中,它们尖尖的尾部突然长出了银色的丝线,一直朝着潭水的中心延伸过去。接着在遥远的水潭中央,隐隐约约地也有了一些亮光。那些小虫一下子被丝线拽了回去——只"嗖"的一声,统统从人们面前消失了!

"快走,快!"克里欧脸色变得惨白,"快离开这里!"

夏弥尔不安地松开了手,放了那只飞虫,但游吟诗人已经顾不上训斥他了。他催促着大家跑步前进,那模样比之前面临魔兽围攻的时候更紧张。这情绪很快就感染了其他人,他们仿佛意识到了危险,于是跟在火球的照耀下飞奔起来。

潭中心的亮光在渐渐扩大,而这一队人在潮湿的岸边拼命奔跑,似乎想尽量离得远点儿。但是在这弯弯曲曲的岩洞中,似乎无论怎么努力,也只能在一个个地下湖的夹缝中找到几条狭窄的路。远处的光亮在逐渐扩大,就仿佛在水面上浮起了一大朵金色的云朵,霎时间照亮了整个洞穴,连菲弥洛斯的火球都变得黯淡无光。

"该死!"妖魔贵族恨恨地骂道,"我就说要安全地从炎魔眼皮底下走过是不可能的?"

"炎魔?"科纳特大公停下来转过头,对着那边惊呼道,"那些小虫是诱饵?"

"没错!它们会把我们都烤熟了吃的!"菲弥洛斯回转身来在他屁股上踢了一脚,"快点儿,殿下,没有时间发愣了!"

科纳特大公脸色微红,却并未指责菲弥洛斯的无礼——或者说,他也发现没有时间了。

金色的云朵贴着水面移动过来,并且越来越大,越来越快,一股灼热的气息扑到了每个人身上。那些云朵是由无数只金色飞虫组成的,但是它们的尾部的银线却汇集成一股很粗的绳索,一直延伸到水面下,似乎要把什么东西拉出来。

"怎么办?"芬那船长向克里欧叫道,"我们跑不过它们!它们移动得太快了!"

游吟诗人飞快地在四周一看,然后指着一个岩壁上狭窄的缝隙:"到那里去!先躲进去!"

那是一个低矮的岩石裂缝,上宽下窄,刚好能让人爬进去,里面黑黝黝地看不到底。跑在最前面的莉娅·希尔小姐在洞口停下来,顺手抓住了夏弥尔,把他推进去。甘伯特固执地要让女士先走,却被芬那船长塞进去了。

"快点,殿下!"船长朝着落后的科纳特大公招手,却看到青年贵族摔了一跤,口袋里的星星石滚了出去。科纳特大公着急地要去捡,这时那金色的云朵更近了,水面甚至开始剧烈地荡漾!

"别管那个了!"芬那船长急得跺脚,但是青年贵族还是把石头抓在手里,连滚带爬地钻进了岩缝。

菲弥洛斯和克里欧都留在了最后,看着希尔小姐、巴奇顿,和其他人依次进去,只剩下芬那船长和赫拉塞姆,后者坚持必须留守在最后。

这个时候,"云朵"的尾巴已经把水面下的炎魔带了出来,水面上冒出了蒸汽,就好像一团云雾。在水蒸气中,一人高的炎魔显出了形状,它全身都泛着金色的光芒,看起来像一头直立行走的熊,但是每根绒毛都燃烧着火苗,眼睛更

天幕尽头

是如血一般地鲜红。

它看着面前的几个人,发出咕噜噜的声音,仿佛是在笑,接着那些金色的飞虫忽地一下散开,在半空中织出了一张密密的大网。

克里欧不顾一切地把芬那船长推进缝隙里:"没有时间礼让了,告诉大家尽量到里面去!"然后他抓住了赫拉塞姆的手臂,压低了声音叮嘱道:"无论发生什么,在我没有发出安全的信号前,你得守住洞口,不能让任何人出来!"

一直笑嘻嘻的棕发青年绷紧了脸,然后点点头。

直到赫拉塞姆也进入了岩缝,克里欧才回过头。他看着已经爬上了岸的炎魔,对身旁的菲弥洛斯说道:"别和它硬碰硬,如果你能变成鹰,或许躲避会更灵活些。"

妖魔贵族冷笑了两声:"我懂您的意思,主人,不过这家伙似乎已经给咱们准备了网。"

"我们不会死!"克里欧盯着炎魔越来越狰狞的脸,"大不了被烧伤一些皮肉,这就是我们的胜算!"

"好吧,主人,您站在这里当一个堡垒,可得坚持得久一点!"

菲弥洛斯变成了黑鹰冲到岩洞的顶上,金色飞虫织成的网擦过尾羽,立刻有半片羽毛变成了焦黑的粉末。克里欧心中有些惊惧,慢慢地退到岩缝前,用身子挡住了入口。

炎魔看到菲弥洛斯的变形稍微愣了一下,似乎没有想到会遇见同类,接着很快便因为猎物之一逃走而勃然大怒!它发出沉闷的吼声,身上的火苗陡然蹿高了一倍!它挥舞着上肢，脚使劲地踏着地面，溅出一簇簇的火花！滚滚热浪让潮湿的地面立刻干燥了，游吟诗人的身上开始出汗，甚至连发尾也卷缩起来。

这个时候黑鹰鸣叫了一声，扇动着翅膀，无数根蓝色的光锥射下来，霎时间把金色飞虫钉死在地上，那张银色的网也破了，就好像融化的冰一样，很快消失。剩下的虫子嘶嘶地尖叫着，一下子扑到炎魔身上，被吸了进去！

这让炎魔的怒气更加炽热了，它张开嘴，猛地朝面前的人喷出一股烈焰。

克里欧飞快转身，张开双臂趴在了洞口。火焰烧到了他的背上，瞬间便舔净了衣服和头发，皮肉也发出焦味，甚至能听到嗞嗞作响的声音。

克里欧觉得好像无数把刀在同时刮下了自己背后的皮肤，他的指甲深深地抠进了石壁，眼前一阵发黑，但是这个时候他却借着一点点透入的火光看到面前赫拉塞姆队长的脸——

这个棕发青年咬着牙，脸色发白地按着手中的剑，几乎要冲出去。

"不要紧……"

克里欧用尽力气，只能说出这句话。

吞下去

火焰在克里欧·伊士拉的背上舔舐着,他紧紧地咬着牙齿,不允许自己丧失意志——为了不让火苗扑进洞口,同时也给菲弥洛斯更多的时间。

黑鹰在炎魔的头顶盘旋,每一次扇动翅膀都射下更多的蓝色光锥,炎魔吃痛的时候会发出怒吼,它狂乱地甩动着头,火焰如同喷溅的水流射向周围,把岩壁都烤得发烫了。

克里欧额头上的汗水大滴大滴地滑落下来,他痛得眼前发黑,只觉得整个身子都在烈焰的包围下逐渐地干枯。但是他仍然挺立着,只希望肉体再生的速度能延缓他的死亡。

"快一点儿,再快点儿!"他在心底叫着妖魔贵族的名字,"菲弥洛斯,快点儿杀了它!"

黑鹰第五次射出了光锥,在反复的攻击下,即使是强壮凶猛的炎魔也承受不住,变得狂躁起来。

它昂起头来，把火焰射向空中的敌人。尽管这攻击非常可怕，不过黑鹰灵活地翻卷着身体，避开了烈焰。

炎魔的自尊心受到了严重的伤害，它把注意力从克里欧的身上挪开，开始全力对付菲弥洛斯。然而开始的那一连串攻击已经让它受了轻伤，现在的狂暴更让它失去了理智。因为黑鹰巧妙的闪避，不一会儿，它就开始感觉到了疲惫，喷出的火焰很快就开始减弱了，间歇也长了。

就在它的头因为长时间仰起而不得不低下来的时候，黑鹰如同剑一般地俯冲下来，全身都发出强烈的蓝光。只听得炎魔发出一声高亢的惨叫，接着脖子那里炸出一篷火光，就仿佛一朵突然盛开的硕大的金色玫瑰，然后花蕊的部位陡然窜出一簇蓝色的光箭。那箭头落在地上，慢慢变成了一个黑衣男人。

炎魔疯狂地甩动着头，捂住脖子上的伤口，但是那里却不断地流出液体——如同岩浆一样的金红色液体，那是它的血。这些滚烫的血液落到地上，融出一个个的小坑。随着血越流越多，原本嘶吼的声音喑哑了，扭动着的身体也渐渐地软倒了。它身上的光线和火焰都慢慢地熄灭，显露出丑陋的黑色躯体。

菲弥洛斯喘着气，紧紧盯着垂死的炎魔。他淡金色的长发有不少被烤焦了，卷曲起来，身上的黑衣也有些破损，但是皮肤上只有个别发红的轻伤。

等到炎魔完全不动弹以后，他转过身来，把站立在岩洞口的游吟诗人扶住。克里欧已经失去了意识，当菲弥洛斯的

天幕尽头

手触摸到他僵硬的身体时,他就像被抽了线的木偶一般倒了下去。

菲弥洛斯让他俯趴在怀里,看着他的背部——

游吟诗人的背部就好像被巨大的烙铁烫过,原本柔顺的黑发几乎都烧光了,从肩到大腿、小腿都是焦黑的,衣服裹在皮肤上变成了炭,不少地方直接迸裂,露出红色的肉来。

格拉杰·赫拉塞姆和其他人先后从岩洞中爬出来,他们看着炎魔的尸体和克里欧的伤,都倒吸了一口凉气,脸上露出难以忍受的表情。

妖魔贵族托着游吟诗人的头,叫他的名字。克里欧慢慢张开了银灰色的眼睛,朝周围看了看,然后虚弱地笑道:"……不用担心……我很快……很快就会……恢复……"

科纳特大公眼睛里涌出一股眼泪,他慌张地脱下外套,想给游吟诗人披上,但又犹豫着不知道该怎么办。希尔小姐按着他的手,摇了摇头。

赫拉塞姆队长看向远处,紧紧地皱着眉头,"我好像听到了什么声音……"他捏紧了手中的剑,"伊士拉先生,现在咱们还是赶快离开比较好,这样的大熊肯定不止一只吧?要是它的亲戚们要报仇,那我们可就完蛋了!"

"那些炎魔已经来了!"芬那船长指着水潭的方向,所有人都看到了很细小的光点,就和当初炎魔的诱饵飞虫一模一样,但是数量要多几倍。

"怎么办?"科纳特大公叫起来,"我们现在就跑吧,伊士拉先生,我能背着您!"

"往哪儿跑？"赫拉塞姆队长反问道，"前面就没有炎魔在水潭里等着我们吗？"

飞虫们的光点显得更加明亮了，它们正在朝这边靠近。

克里欧努力地想支撑起身体来，但是伤势复原的速度并没有他希望的那么快，抬头看向菲弥洛斯，妖魔贵族脸上有些难看。"我即使再神通广大也只能同时对付三头炎魔，"他在克里欧耳边轻声说，"请原谅，我很难分出手来保护这么多人……"

就在这个时候，站在岩壁洞口的夏弥尔·菲斯特怯生生地说道："对、对不起……也许，也许我们可以躲进洞里去！"

所有人都望着他，那个水手首先喊起来："洞里只能塞几个人，这次我们守不住洞口！"

夏弥尔吞了口唾沫："不……其实里面应该还可以走……我是最先进去的，我发现洞里有风吹出来……最窄的地方，我们得弯着身子朝前走——"

"然后把入口封起来！"赫拉塞姆队长接着说，"至少我们可以争取到一些时间。"

"就这么办吧！"芬那船长果断地点点头，"这一次我在最里面，如果有不测，你们就立刻停下来。"

希尔小姐张了张嘴，还没有出声，芬那船长已经钻进去了。接着按照体型的大小，其余人陆续进入岩壁的缝隙。甘伯特顿下来对克里欧念了几句治疗咒语，便被赫拉塞姆队长推走了，然后这个男人要求妖魔带着游吟诗人进去。

"不。"菲弥洛斯拒绝了，"我们走最后。你的力量不能封

天幕尽头

闭这个入口,我才行!"

赫拉塞姆这次居然没有油腔滑调地反对,他点点头,非常干脆地钻进了岩缝。

菲弥洛斯轻手轻脚地将克里欧背在背上,然后倒退着进入了岩缝。他看见远处的水潭中陆续出现了三只炎魔,它们朝这边发出兴奋的吼叫声,然后飞快地奔跑。一股热浪顿时扑面而来,比之前的更加可怕。

"快……"克里欧在菲弥洛斯耳边低哑地说,"是时候了,动手吧。"

妖魔贵族朝着岩缝中又退了好几步,然后突然扔出两个光球。光球撞上了岩缝口的顶端,只听得一阵巨响,碎裂的岩石坍塌下来,顷刻间就将入口全部堵死了。所有人都听到了外面的炎魔发出怒吼,但是它们喷出的烈焰对坚硬的岩石没有造成什么伤害,只有极其细小的孔洞中灌进了一些热气。

菲弥洛斯笑了笑,从掌上幻化出几个指头大小的火苗,然后让它们悬浮在上面的缝隙空位中。前面的人都转过头来看着他,妖魔贵族小心翼翼地在狭窄的岩缝中转过身来,又调整了一下位置,让克里欧能够完全伏趴在自己背部,并且看到前面的情形。

游吟诗人抬起头,对其他人勉强一笑,然后贴在妖魔的耳边喃喃地说:"走吧……"

❖

这是一条很窄的岩缝,窄得只能允许一个成年人通过,而且头和身子还不时地蹭到岩壁。但是正如夏弥尔·菲斯特所说的，这尽头一定有个出口，因为风不断地擦过，带来一股淡淡的湿气。

克里欧·伊士拉被菲弥洛斯驮着，艰难地在岩缝中行走。妖魔贵族高大的身材现在成了阻碍，每次都要特别小心地弓下身体，避免尖锐的岩石棱角刮到克里欧身上。但这伤害依然难免，每当克里欧吃痛地闷哼一声时，就能感觉到妖魔又伏得更低了。

"这样其实非常费力……"游吟诗人在心中默默地想，他感觉到长出来的头发刺到了裸露的皮肤，于是用手拂过一些。长长的发丝夹杂在妖魔贵族的淡金色头发中间，垂落到他们眼前。

"看来您快好了，主人。"妖魔用戏谑的口吻说道，"还好您没有断气，否则我得驮着您走更长的时间。"

"等我腿上的伤口愈合了，我就能自己走。"

"是的，您也必须自己走。"妖魔抬抬下巴，"前面越来越窄了，也许要爬着过去。"

克里欧的视力绝对比不上可以化出鹰眼的妖魔贵族，所以他并没有认真地去看。"这地方通向哪里？"他低声地跟妖魔说，"会是第二层圣殿的出口吗？"

菲弥洛斯不屑一顾："猜这个完全没有意义，反正我们是不可能回头去让那三头火炉子烤熟了吃的。"

这是实话，所以克里欧并没有反驳。他把头靠在妖魔贵族的肩上，暂时没有力气继续讨论，他得留着精神休息，让

天幕尽头

自己复原得更快点。

菲弥洛斯对克里欧少见的温顺有些意外,但这绝对不会因此而让他少些刻薄。"瞧,主人,"他对游吟诗人说,"这些人撑不到出口,如果真的有出口的话……要不要咱们打个赌,看看他们会在第几层圣殿死光?"

克里欧闭上眼睛,不准备回答他的话,却握紧了拳头……

岩缝果然越来越窄了,开始还能低头弯腰地走,到后来就只能四肢着地了。菲弥洛斯变出的火苗仿佛有意识一样贴着岩壁,那股湿润的风还是吹得它们如同跳舞似的扭动身体。

大家都累了,虽然空气足够,可是接连不断的行进毕竟很消耗体力。米克·巴奇顿粗略估算了一下,他们大约前进了一个钟点,已经深入了这个岩层的腹地。

"前面更窄了,得费点劲儿。"这个大个子抹了把汗珠,"不过风势一直没有减弱,这通道尽头应该有一个巨大的空洞。"

菲弥洛斯漫不经心地摆摆手:"那就继续朝前走吧!让我们快点儿出去,我最讨厌这样活棺材似的地方了。"

"伊士拉先生的伤势怎么样?"甘伯特开口问道,"前面的高度可能两个人叠加着无法通过。需要我再念一些治疗咒语吗?"

菲弥洛斯把背上的人慢慢挪移到胸前,仔细看了看他的背部——

焦黑的伤口正在愈合,大片的斑块已经没有了,只有新生的红色的肉还有些暴露在外,不过皮肤正慢慢地把它们覆盖起来。

克里欧抬起头来看了看甘伯特,那张年轻的脸只能从人与人的缝隙中露出一半,但是他还是冲他笑了笑:"不用担心,我已经快好了,等一下爬着过去也行。"

菲弥洛斯把自己的外套脱下来,然后盖住了游吟诗人。"您的衣服可不能再生,主人,"他说,"光着身子爬可真是酷刑,对吧?别把烂乎乎的肉摆在我眼前。"

克里欧有些难堪,但也有些惊讶,他沉默地穿上了那件外套,又把自己衣服上残破的布料都裹在了膝盖和手肘上。

他们只休息了片刻,就继续朝前走。

就如同巴奇顿说的那样,最后他们都只能紧贴在地面上,如同蚯蚓一样在洞穴中前进。只要稍微一抬头就能碰到凹凸不平的岩石,每个人都多少撞了几下,好在没有受什么大伤。

因为害怕烫着其他人,菲弥洛斯把火苗都熄灭了,只留下唯一的一个悬浮在芬那船长旁边照亮。

克里欧除了背上还有些疼痛以外,腿部已经能够自己移动了。他跟在赫拉塞姆队长的后面,在黑暗中挪动。菲弥洛斯正在他身后,一声不吭地跟着他,有时候克里欧的腿硌到坚硬而倾斜的岩石,妖魔贵族会伸手把他托住。

这一段爬行的路程,竟然比克里欧意料的更加顺利。大约又前进了半刻钟,就在空间重新变得宽敞以至于他们都能蹲着的时候,在最前方的芬那船长忽然叫了起来:"停下!"

天幕尽头

"怎、怎么了？"科纳特大公不安地问，声音里带着掩饰不住的恐惧。

"没风了。"芬那船长阴沉地说，"一点儿风都没有了，连火苗都不动了！"

所有人都顿住了，接着米克·巴奇顿疑惑地说道："怎么回事，难道尽头的那个空洞突然封闭了吗——"

他话音未落，空气似乎又开始流动了，但这次微风的方向却是跟之前的方向完全相反。

"奇怪！"巴奇顿皱起了眉头，"这风从哪儿来的？"

通道里沉静了片刻，随着风越来越大，克里欧突然有一种不祥的预感。他紧张地叫起来："这不是风，是一股吸力！"

的确，那股吸力正在快速增强，连一些小小的石头碎屑都开始移动！

"怎么会这样！"夏弥尔·菲斯特用带着哭腔的声音说，"我们会被吸走吗？"

"那最好现在就开始抓住什么！"赫拉塞姆队长严肃地威胁他，"特别是你，小不点儿，你应该横过来用背和双脚抵住石壁！"

克里欧费力地起身来拉住了赫拉塞姆队长的手臂："现在大家都挽起手，越紧越好！这样也许能稍微抵抗一下！"

人们立刻动起来，统统把身子打横，一个挨一个地挽了手臂。而克里欧却被菲弥洛斯拉到身前，妖魔贵族一边用左手牢牢地抓住他，一手挽住了赫拉塞姆。

地下迷宫

"等下得撑住岩壁,你的背部不能用力,还是我来吧。"妖魔笑了笑,"主人,现在我要您好好抱住我的手臂,要抗议或者要反对,最好等度过了这个紧要关头再说。"

克里欧收回了挽着赫拉塞姆的手,然后抱住了菲弥洛斯的左臂。

只这一会儿工夫,那股吸力已经增强了几倍,细小的石子像是活了一样朝岩缝通道那头跑去,在众人的皮肤上擦出细小的血痕。随着吸力不断加强,最前面的芬那船长已经开始加大力气,但她还是被无形的力量朝着通道深处拖去。

"我们顶不住的!"菲弥洛斯对克里欧大声说,"不如放手,看看这神奇的力量会把我们带到哪儿去!"

游吟诗人被强风吹得睁不开眼睛,但是摇了摇头。

"也许我现在就该放开你!"妖魔贵族一边诅咒着这个人的固执,一边加大了力气拉住他。

坚持了半刻钟后,不知道是谁的脚开始松动了,也许是瘦弱的夏弥尔,也许是负伤的芬那船长。当他们的身体一下悬浮在空中时,就拉动着其他人也猛地往前一冲。这个暴露出的空当仿佛被无形的吸力觉察,它一下变得更加猛烈,于是所有人都被这股狂风席卷着,磕碰着坚硬岩壁,朝通道的尽头飞去,这时那股吸力好像拐了一个弯,消失了。于是所有人又突然落进一个巨大的坑洞里。

克里欧被妖魔紧紧地抱住,觉得他们就好像自动进入了一个巨大怪物的嘴巴里,在经过长长的咀嚼以后,被整个儿

193

天幕尽头

地吞了下去。

　　克里欧只能感觉菲弥洛斯一直都在自己旁边，于是他牢牢地抓住他的手臂，朝着无底深渊落下去……

再见双胞胎

克里欧·伊士拉记不清自己下坠了多久,他的耳边回响着呼呼的风声,身体被菲弥洛斯紧紧地抱住,周围一片黑暗。最后"哗啦"几声,似乎前面的人都掉进了水里,紧接着他也感觉全身撞到了一堵冰冷的无形的墙,整个人被迅速地包裹住了。

水从克里欧的耳朵、鼻子和嘴巴灌进来,他呛了两口,便因为撞击的震动而短暂地失去了意识。

菲弥洛斯浮上了水面,他来不及甩甩头上的水,就接连不断地放出三个火球。

金色的光线瞬间照亮了周围,但是更快的是,它们突然间增亮了无数倍,就好像从地下猛地跳出来一个太阳。菲弥洛斯连忙熄灭两个火球,于是光线变得稍微柔和了一些。

原来这是一个不大的地下水潭,但是周围的墙上布满了

天幕尽头

星星石,而且跟第二层圣殿的不同,这些石头更大更完整,也更加光滑,把火光反射得到处都是,亮得有些让人吃惊。他们从水潭正上方的一个洞穴里掉下来,前面就有一块平整的石岸。

菲弥洛斯低头看了看克里欧,带着他慢慢地游上岸去。

妖魔轻轻地拍拍游吟诗人的脸颊,他咳嗽了几声,清醒过来。

"这……是哪里?"克里欧按住额头,惊奇地打量着岩壁。

"目前我很难回答您这个问题。"妖魔站起来拧干衣服里的水,"该庆幸的是咱们掉在水里,而不是石头上。"

克里欧咳嗽了两声:"还好你拉着我……",妖魔耸耸肩:"我分内的工作而已,主人,你要是真被撞得支离破碎,我们没时间等你复原。"

这个时候其他人也先后从水底冒出了头。甘伯特和莉娅·希尔小姐爬上了岸,除了浑身湿透以外没受别的伤;米克·巴奇顿拉着科纳特大公游了过来,虽然青年贵族脸色苍白,但是那只是被吓着的正常反应;最后上来的是大个子水手,他还揪着夏弥尔·菲斯特的衣服,那孩子似乎因为落水的关系有些惊慌,但依旧很灵活。

克里欧一边起身,一边清点着人数:"芬那船长呢?还有赫拉塞姆队长……他们怎么不见了?"

刚刚从水潭里爬起来的几个人相互看了看,顿时露出古怪的神情。希尔小姐踏上一步:"我再去看看,也许刚才掉下来的时候昏过去了——"

"还是我去吧！"米克·巴奇顿连忙拉住她的手，然后就要往水塘里跳，但是这个时候在远处却突然冒出两个人。

"嘿！"格拉杰·赫拉塞姆用力地朝他们挥手，"来帮个忙，船长女士昏过去了！"

大个子的水手和巴奇顿同时跳下了水潭，帮助侍卫队长将芬那船长带回岸上。甘伯特摸了摸她的颈部，又看了看她的眼睛，对克里欧说："不大对劲，伊士拉先生，芬那船长的脉搏很虚弱，体温很低。"

"大概是落下来的时候受了伤。"赫拉塞姆抹了把脸上的水，"我很愿意为女士宽衣解带，给她们温暖，但是那也需要干衣服。"

菲弥洛斯燃起两个小小的火球，放置在芬那船长的身旁，然后扫了一眼她的脸。"她快死了，"妖魔贵族冷冷地说，"寄生蚁已经开始吞食她的身体，她会越来越虚弱的。"

克里欧紧紧地握住芬那船长的手，没有说话。

"我能把船长背着走！"那个水手说，"只要我活着就没有问题。"

"其实我们可以轮流背。"巴奇顿接着说，"再加我和赫拉塞姆队长，三个人就够了。"

克里欧向他笑了笑："谢谢你们的提议，也许这个方法不错，但现在还是得让她快点醒来。如果大家感觉到冷，可以围拢一些。"

"这是哪儿？"科纳特大公瞪着眼睛打量着那些硕大的星星石，"伊士拉先生，我们掉到了什么地方？天啦，我从来没

天幕尽头

有……没有见过这样的景象,父亲大概也想象不到,他的书里从来没有写……"

"所以您得回去向他描述。"克里欧温和地对他说,"我们现在得好好积蓄力气,如果您要再找一些纪念品,那么我希望您能等一下再去。"

"好的。"青年贵族像小猫那样答应了一声,有些不好意思地在火堆旁坐下。

温暖的火光让湿淋淋的几个人稍微安定了一些,于是菲弥洛斯又多变出两个火球,男人们把外衣脱下来,展开烘烤,他则变成了黑鹰,踱到一边梳理羽毛。

克里欧打量着这个空旷的洞穴,这里虽然宽敞,但是没有任何出路,星星石布满了岩壁,连一个裂缝都没有。

"我们应该已经不在第二层圣殿了,"游吟诗人搓着双手,"也不在第三层圣殿,否则就不会掉进水里,而是直接撞在冰上,全都粉身碎骨。"

"现在怎么办?"赫拉塞姆问道,"我们就像被扣进了罐子的青蛙,想爬出去可没有那么容易。"他又估量了一下:"这水面离我们掉下来的洞口有六个人那么高,即使要按照原路回去也没门儿啊!当然,有翅膀也许能行!"

菲弥洛斯虽然是鹰的形状,但还是抬起头扫了他一眼,并且故意把强壮的双翅大大展开。

"我有个想法……"巴奇顿说,"这些星星石的硬度很低,如果我们能敲碎一些,可以试着挖出通道。"

但希尔小姐摇摇头:"可是能挖多远呢?我们谁也不知道

这些岩石后面是什么。这里的结构可能和上面两层完全不同。而且……那个把我们统统吸进来的力量又为什么突然消失？它也许就藏在这里。看看这地方，连个岩缝都没有，那股力量又是从哪儿来的？"

"这里……有出口……"一个虚弱的声音突然从他们中间传出来，原来昏迷的芬那船长突然醒转了。大家露出惊喜的表情，希尔小姐连忙将她搀扶起来，让她靠在自己身上。芬那船长费力地咽了口唾沫："我昏过去了？"

"是的。"克里欧回答道，"您大概在入水后有一瞬间的窒息。"

"也许是这样……"她按住额头，"我觉得脑袋里昏沉沉的，好像塞满了棉花。"

"只需要稍微休息一下，不过也许平衡感将稍微差一点。"克里欧尽量掩盖了她身体恶化的情况，又转开了话题，"您说有出口，是什么意思？"

芬那船长揉着脖子，说道："啊，刚才我听到了诸位的谈话……其实当我沉下去的时候，眼睛还睁着，这些光线……火光和石头的光……把水面下照得很清楚。我看到了一个洞口……"

克里欧皱起眉头："您说的是水面下？"

"是的。"女船长撑起身体仔细看了看，"我有点儿记不清楚，但是就在我们左边的位置。"

巴奇顿先生立刻站起来："我去看看！"

"等等！"希尔小姐叫住他，"我们一起去吧！"

天幕尽头

巴奇顿粗糙的脸上有些意外,很高兴地咧咧嘴,但却坚定地摇头拒绝:"不用担心,一个人就够了。"

"是的,而且我们现在不能浪费人力。"赫拉塞姆笑嘻嘻地站起来,"不过我想我可以代替咱们的大个子朋友,让他留在您身边,小姐!"

女猎人吃惊地看着侍卫队长,虽然有些意外,但是却有些感激。巴奇顿涨红了脸要反对,却被赫拉塞姆强硬地按住了:"有一个人愿意陪着您一起涉险,而且还是一位女士,多美妙!我这样做是为了希尔小姐,所以您不能阻止我!"

巴奇顿有些笨拙地摇头:"不,队长先生,不行……"

女猎人突然从靴子里拔出一把短小的匕首。"赫拉塞姆队长!"她打断了两个男人争执,然后把匕首递给那个油嘴滑舌的棕发青年,"无论如何,我很感激……但是米克是个矿工,他确实不擅长游泳!"

赫拉塞姆接过匕首,同时在她手背上印下一个吻:"我的荣幸,小姐。"

随即他飞快地跳进了水潭,灵活地朝芬那船长指的方向游去。

所有的人都看着他的身影,克里欧脸上没有表情,却两手交握着,非常用力。

"您猜猜他会发现什么?"菲弥洛斯的声音从他身后传来——妖魔贵族又变回了人的形状,身上的衣服已经全部干了。

克里欧顿了一下,压低声音回答:"刚才我们都没有注意到水面下的光景,你猜猜,那股强大的吸力是不是来自于那儿呢?也许下面藏着东西……"

克里欧的手又握紧了一些,紧紧盯着前面的赫拉塞姆。菲弥洛斯笑了笑,送出两个火球,让它们贴近水面。

赫拉塞姆游到了芬那船长指的地方,把匕首咬住,深深地吸了一口气,扎进潭里。

水面上只荡漾了几下,又恢复了平静,所有人都望着那个地方,一时间整个洞窟中变得非常安静。时间的流逝变慢了许多,科纳特大公咬着指甲,不时地回望克里欧。游吟诗人努力向他微笑,想消除他的不安,但其实他自己心里也很没有着落。渐渐地,连巴奇顿都有些焦躁了,他要求下水,但是芬那船长阻止了他。

"再等一会儿,"芬那船长说,"他找对了地方,应该很快就回来。"

这话也许只对了一半,好几分钟过去了,水面仍然没有一丝波澜。巴奇顿脸色严肃地把已经半干的外套脱下来,准备下水。"再等等,"希尔小姐恳求道,"只需要一会儿!"

巴奇顿摇摇头:"已经够久了,莉娅,这次该我去!"

希尔小姐低下头,闭上了眼睛。

克里欧没有阻止他,甚至连芬那船长也没有。就在大个子矿工准备入水的时候,赫拉塞姆突然从水中扬起头来。

"快!"他用力向岸上挥手,"快来,这里有人!"

大家都愣住了——即使是爱开玩笑的赫拉塞姆也不可能说出这么惊悚的谎言来。克里欧立刻让巴奇顿和水手去帮忙。

天幕尽头

他们三个会合以后,重新潜入了深潭,不一会儿便拉着两个白花花的东西回来了!

"居然真的是人!"

当赫拉塞姆他们把这两个人放到岸上的时候,克里欧吃惊地发现他们穿着的衣服有些眼熟,但是头上却被一层黏糊糊的白色薄膜包裹着,看不到脸。

"天呐!这是什么?"科纳特大公用手背捂嘴,"太恶心了!"

甘伯特上前来按住这两个人的手腕,转头对克里欧说:"他们的脉搏很微弱,但是还活着!"

"如果是美人儿,戴着面纱也是应该的!"赫拉塞姆喘了口气,掏出希尔小姐给他的匕首,"但是现在我觉得还是弄下来比较好。"

他弯下腰,小心地划破那层黏膜,一股乳白色的汁液流出来,散发出一股腥甜的味道。他分别划破了这两个人头上的黏膜,然后巴奇顿帮助他把那东西撕开。两张一模一样的苍白面孔露出来,还有如火一般红的头发。

所有人都瞪大了眼睛——

"娜娜!杰德!"

克里欧有些不敢相信,但是那对克拉克斯双胞胎就躺在自己面前!

"怎么回事?他们活着?"甘伯特也忍不住叫起来,"他们不是在瑟里提斯被妖魔拖走了吗?我亲眼看见——"

"你只是看见他们被拖到地缝里!"菲弥洛斯打断了祭司

的话。

甘伯特没有反驳，还是困惑地看着昏迷的双胞胎。

"不管怎么样，先让他们醒过来！"游吟诗人吩咐他，然后又问赫拉塞姆，"您在哪儿发现他们的，队长？在水底吗？"

"不。"格拉杰随意地朝水潭那边歪了一下脑袋，"这个水潭很深，我潜下去以后看到了芬那船长说的那个洞口，他们的头正好朝着外面，看上去像两个圆形的水母。当然了，我并没有害怕，希尔小姐的匕首可比任何武器都实用。"

克里欧转向芬那船长："您之前看见他们了吗，大人？"

女船长摇摇头："很抱歉，我记不清楚了……我只看到了那个洞……"

"大概有这么宽，可以容纳两个人！"赫拉塞姆展开双臂比画了一下，"就在水面下四五丈的地方，其实要潜入并不难，但是我没进去。那两个小东西挡在入口，得先把他们弄上来。"

"您不进去是对的。"芬那船长严肃地说，"谁知道那地方通向哪儿，里面又有什么东西呢？"

"希望娜娜和杰德能给我们点好消息。"游吟诗人说完，又回到双胞胎身边。

甘伯特正在检查他们的身体。娜娜和杰德还穿着那天晚上的衣服，但是被撕破了很多，露在外面的皮肤完全没有血色，呈现出死尸般的青白色。甘伯特撬开他们的嘴，又翻开眼皮，检查了鼻子和耳朵，没有发现黏膜残留的痕迹。

"这到底是什么东西？"夏弥尔·菲斯特用手拨弄了一下

那两张被剥下来的黏膜,露出厌恶的表情。

"他们泡了多久了?"科纳特大公猜测道,"这东西难道能让他们在水里呼吸?"

菲弥洛斯冲克里欧笑了笑:"说不定还真是……那些腕足妖魔把两个倒霉的孩子拖到了地缝里,然后发现他们很美味,为了保持食物新鲜,就让他们多活了一会儿。"

游吟诗人没有回应菲弥洛斯的可怕猜测,他关心的是双胞胎们能否尽快醒来。

"不用太久,"甘伯特告诉他,"他们几天没有进食,但似乎进入了睡眠状态,没有大碍,只是身体很虚弱。刚才剥掉那层膜的时候,他们的呼吸有些急促,而且还轻微地咳嗽,也许在逐渐恢复意识。我可以用治疗魔法试试。"

他对着双胞胎轻柔地吟诵起康复咒语,不一会儿,娜娜和杰德都咳嗽起来,慢慢地睁开了眼睛。

"醒了!"

科纳特大公和夏弥尔连忙把双胞胎扶着坐起来,靠在自己身上。

娜娜慢慢眨着眼睛,恍恍惚惚地打量周围,渐渐看清楚了面前的人,她张了张嘴,声音嘶哑:"伊……伊士拉先生……"

"是我!"游吟诗人半跪在她面前,握住她的手,"真没想到你们还活着!太好了!"

红发少女流出眼泪,嘤嘤地哭起来。克里欧轻轻拍着她的双手,尽量安慰她。这个时候杰德也恢复了神志,他的喉咙里发出"嘀嘀"的喘气声,听起来很糟糕。夏弥尔用手捧了一些水让他喝下去。

游吟诗人向惊魂未定的少女说道:"好了,娜娜,现在没事了……怎么样?能说话吗?"

红发少女勉强点点头:"我……我们在哪儿?"

"在地下,海的下面。"克里欧简单地解释,"对不起……那天晚上没有能保护你们……我以为你们已经……"

娜娜用一只手遮住眼睛:"神啊……努尔多神啊……那是一场噩梦!"

"对不起,娜娜!"克里欧认真地说,"我不想让你回忆那场噩梦,但是现在,你必须告诉我们那天晚上的事情,就是妖魔们拖走你们以后,到底发生了什么?"

娜娜眼泪婆娑地看着他,还是没有说话。

克里欧凑近她:"你必须告诉我,娜娜,这很重要,并且关系到我们是否能活着出去……"

异　变

　　红头发的少女微微发抖，涣散的目光最终在克里欧·伊士拉身上聚拢了。她费力地咽了口唾沫，似乎同时要消化刚才听到的话。隔了好一会儿，她深深地吸了一口气，拉住弟弟的手。

　　"我做梦也没有想到我和杰德……我们还能活着……"她说得很慢，似乎在极力控制自己直面恐惧，然后整理出散乱的思维，"那天……我们被卷入地下的时候，都快要吓死了……我觉得我们肯定会被吃掉的……除了尖叫什么也不能做……"

　　"我撞到了头……"杰德接上姐姐的话，"那些东西分开了泥土和岩石，我只感觉自己被飞快地拉进了地面，好几次撞到了石头上，最后一次就被撞晕过去了！"

　　娜娜揉了揉弟弟的头："可怜的杰德。我虽然没有昏过去，但是也许那样更好！我被拖到了地下，很快就感觉到被水淹没了。我嘴巴里尝到了咸味儿，便猜想是进入了连接大海的地下暗河。那些怪物拖着我在水里游，我喘不过气来，都以为自己要死掉了……但是我感觉到它们的腕足似乎在我的脸上缠绕了几圈，然后我的头部就被什么东西给包裹起来了……"

克里欧看了看那两层被剥下来的白色黏膜："你们失去意识了吗？"

"算是吧……也不算……"娜娜小心地说，"我只觉得有东西钻进我的嘴巴，身体变得不听使唤，软绵绵的，但是我能感觉到被拖着走。我在水里漂漂荡荡，什么也看不见，我想叫杰德，但是完全没有声音……我也不知道什么时候被拉到这个地方的，还在水里泡了多久。"

"但是至少你们没有被淹死。"克里欧说道，"看起来那层膜能过滤空气，所以你们活下来了。"

双胞胎愣了一下，脸色怪异地看了看地上的东西，杰德捂着嘴："我有点想吐！"

菲弥洛斯朝他们笑了："我猜的有点儿道理吧，你们就是妖魔保存的新鲜肉。"

杰德哇地一声吐出了几口酸水，剧烈地咳嗽起来。

"现在不是开恶劣玩笑的好时候！"游吟诗人不满地看了菲弥洛斯一眼，"我们得先从这里出去。如果妖魔把娜娜和杰德放在这个地方，说不定还会回来，那就更不安全了。"

"从哪儿走呢？"科纳特大公小心翼翼地问，"伊士拉先

天幕尽头

生,这里连条缝隙都没有。"

大家陷入了沉默,芬那船长却突然站起来,捡起了地上的白色薄膜。"我有个主意!既然水面下有个洞口,我就去看看它通向哪里。"她扬了一下薄膜,"我把这个东西戴在脸上,应该能支撑很长的时间!"

"不行!"大个子水手第一个叫起来,"长官,您的身体——"

"我的身体没问题!"船长严厉地打断了他,"而且,我的水性比你们任何一个人都要好!"

水手讷讷地无法反驳,却把求助的目光投向了克里欧。游吟诗人对女船长说:"水下的洞口有多深我们都不知道,里面是不是有妖魔我们也不知道,所以让您一个人去打探除了增加危险以外对我们没有任何帮助。"

"是的,那些都不知道,所以我得去。"芬那船长认真地说,"我善于潜水,也有水下格斗的经验,而且重要的是,我如果遇到什么意外也没有关系……反正我早晚都会被身体里的怪物杀死,你们却还得走出这鬼地方。"

克里欧心头一颤,没有说话。其他人已经开始纷纷反对了,连夏弥尔都鼓足勇气劝阻芬那船长,但是女船长抬起前臂,用她一贯的决绝动作打断了他们,然后她盯着游吟诗人的眼睛,伸出手:"给我一把短剑,或者匕首。"

克里欧的拳头捏紧了又松开,最终还是从希尔小姐那里拿来了一把匕首,交给芬那船长:"希望您能控制体力,如果觉得累,就赶快回来。"

异 变

"谢谢伊士拉先生……"芬那船长满意地把匕首插在腰里,然后要把那黏膜蒙到口鼻处。

"等等,船长。"菲弥洛斯忽然走上来,"如果您要去的话,也许能带上这个。"

他用两只手合拢、分开,拉出一个小小的光球,这个光球闪烁着白色的光芒:"它不怕水,能够漂浮在您的身边,如果有什么危险,只要推一下它,它可以瞬间胀大,发出强光。"

女船长惊异地看着他,说了声"谢谢",似乎为妖魔贵族能突然如此好心感到意外。

"我只是钦佩您的勇气,还有清醒和理智。"菲弥洛斯坦率地说,"人类往往缺乏这个。"

"不不,不是这样。"芬那船长笑了笑,第一次正面看着妖魔贵族,"也许您只是没有看到他们最勇敢的时候,只要有死的觉悟,人人都是勇士。"

她眼睛又从每个人的脸上扫过,然后把那张薄膜牢牢地束缚在口鼻处,跳进了水里。

菲弥洛斯的光球紧紧跟在她身边,如同朦胧的萤火虫,渐渐地向那个边缘的洞穴靠近。

✦

克里欧在水岸边坐下来,眼睛一眨不眨地盯着水下的那个光点儿,他看着它移动到最边缘的地方,然后慢慢地消失了。

天幕尽头

芬那船长已经进入了洞穴,并且朝里面游去。

克里欧两手交握着,不断摩挲着掌心,尽管脸上没有表情,但是却跟周围的人一样担忧。甘伯特在胸前做出如光轮般的手势,口中念念有词,科纳特大公也照着做——毫无疑问,他们在为芬那船长祈祷。而其他人则紧紧盯着水面,甚至连菲弥洛斯都不例外。

"我希望她活着回来……"妖魔贵族轻轻地在游吟诗人身边说,"这个女人虽然适合死在海水里,但是不应该在这个地方。"

"她会的。"克里欧转头看着菲弥洛斯的眼睛,"还有……谢谢你。"

妖魔笑了笑,不再说话。

时间似乎被人为地拖长了,看着一直平静的水面,人们逐渐变得更加不安,大个子水手和巴奇顿先生都叫着要求下水,但是被克里欧阻止了,甚至连赫拉塞姆队长都板着脸反对。

"再等一会儿,耐心点。"克里欧劝着他们,也劝着自己。

他的努力得到了回报,不久,水面下的光点又渐渐地出现了,它伴随着所有人剧烈的心跳,升到了水面,接着芬那船长露出头来。

水手和米克·巴奇顿欣喜地蹚进水里,帮助她上岸来。

芬那船长将那层白色薄膜从脸上揭下,大口大口地吸气。

"这东西的味道就像发臭的鱿鱼。"女船长厌恶地吐了口口水,"不过似乎的确能过滤空气,我下去以后几乎不用憋气。"

"怎么样?"克里欧问道,"您游了很远?"

"是的。"芬那船长抹了一把脸上的水,"这个洞穴其实没有我们想象的那么长,它好像是一个通道,另外一头又是一个水潭,我浮上去看了一下,那边应该有出口,但是我没上岸……我担心没有体力游回来。"

"太好了!"科纳特大公高兴地拍手,"这么说我们可以从水下穿过这层岩壁?"

"必须得用到这个!"芬那船长指着地上的薄膜,"在水里得游二十几分钟,光憋气可不行。每次只能有两个人过去,而且其中一个人得负责传递薄膜。也就是说,平均每个人都得来回游两次!"

"这倒很好分配。"赫拉塞姆插嘴说,"一个水性好的带一个水性弱的,先送过去,再折回来,这样就能陆续过去了。比如船长您可以带着您的下属先过去,然后他拿着两张薄膜回来!"

芬那船长瞪了他一眼:"我可以再游十次,也许大公殿下不介意和我一起先过去。"

"哦,我无意冒犯。"英俊的侍卫队长笑眯眯地欠了欠身,"可是您是一位女士,船长大人,而且您刚才已经辛苦地来回游过了。"

芬那船长紧紧绷着脸,想要反驳,但是却被科纳特大公打断了。"我……我可以最后过去!"青年贵族说,"我的水性也不差。"

天幕尽头

"您和我一起,第二个走!"赫拉塞姆对他说,"我建议巴奇顿先生第一个过去,这样可以担任警卫,然后再是其他人。大公殿下,我先把您送过去,再回来一次。芬那船长留在最后,这样就只需要游一次就够了。"

女船长皱着眉头,似乎对这个安排并不满意。赫拉塞姆露出乞求的表情:"我的好船长,看在鎏金玫瑰的分儿上,您总得听我一次建议。"

"我觉得这提议不错!"游吟诗人也表示赞同,"我和菲弥洛斯都可以游两到三次,我们在中间吧,如果谁的体力不好,我们可以随时轮换。"

"那就这么定了!"

没有人再表示反对,于是大家排好了顺序:第一组过去的是赫拉塞姆和米克·巴奇顿。然后赫拉塞姆回来将科纳特大公送过去,他的体力允许他再游一次,和甘伯特一起来到洞穴对面。之后由甘伯特回来,把薄膜递给下一个人,莉亚·希尔小姐。接下来是夏弥尔·菲斯特、大个子水手、娜娜、菲弥洛斯和杰德,最后一组是克里欧和船长。

当大家慢慢地潜入水中,游过洞穴的时候,一切都算得上顺利。每个人来去都在三十分钟以内,往返回来的人必定回报说洞穴那头的人平安。

游吟诗人陪着芬那船长坐在岸边,看着周围的人越来越少。他们俩都没有说话,直到克里欧将杰德送到对面,又重新回来时，芬那船长才舒了口气一般，眉头稍稍松开。

"您觉得怎么样？"克里欧问道，休息了那么久，船长的体力应该恢复了。

"我很好。"她说，"这次是单程，完全没有问题。"

克里欧本来想扶着她的手下水，但是他又觉得那样对好强的女船长有些不尊敬，于是他稍稍退开，用手中拿着的光球为她照亮。他们戴上了薄膜，滑入水中，并行着向洞口潜入。

然而在进入那不算宽阔的水下洞穴后，克里欧似乎感觉到身旁的芬那船长越来越落后，她铁灰色的头发在水中漂浮着，好像一丛海草，海草丛中冒出了一缕缕可疑的暗红色丝线。克里欧回头看了看，发现她的手和脚在不自然地抽搐着。游吟诗人突然有了很不祥的预感，他奋力靠近她，拉住了她的左手。

菲弥洛斯的光球发出更明亮的白色暖光，清楚地照亮了他们周围的水域，在光亮中，克里欧分明地看见一条细细的触角从芬那船长后脑伸了出来，带着尸首一样的惨白，警觉地刺探着。

克里欧心头突然一痛，似乎那触角钻进了他的脑子里。他紧紧抓住船长的手，拼命拖着她向出口游去，那薄膜过滤的空气似乎也变得稀薄，让他因为呼吸困难而心跳加剧。

无论如何也要把芬那船长带出去！克里欧咬紧了牙对自己说。

他拖着失去意识的女船长奋力划水，然而身后却突然有

天幕尽头

闷闷的声音传来。他努力回头朝来的地方看,发现一阵烟尘弥漫过来,似乎是塌陷而引起的。

为什么这个洞穴会突然塌陷?难道会被活埋在这里吗?克里欧的脑子里闪电般地想到。他的速度慢了下来,但始终没有放开芬那船长。他们已经拖延了一会儿了,克里欧希望岸上有人能发现这一点,然后来帮忙——可是在这样深深的洞穴中,谁能突然觉察到这头的变化呢。他并不怕自己会死在这里,大不了经历一次难耐的复活,但是芬那船长……

克里欧能感觉到水中的泥沙和碎石已经激荡到了他的眼前,浑浊的水遮盖了魔法造出的白光,就好像希望在慢慢消亡。他继续朝前划着,忽然前面出现了一个黑影,接着有人猛地抓住了他。一股强大的力量拉着他和芬那船长向前游去,飞快地出了洞穴,拽着他们上浮,一下子冲了出去。

"菲弥洛斯……"克里欧拉下薄膜,叫着妖魔的名字,在他面前喘粗气,"是你……"

"不然还会有谁?"妖魔贵族甩了甩湿淋淋的头,"你的动作太慢了,主人。"

克里欧狂跳的心慢慢地平复下来,他低头看着昏迷在臂弯中的芬那船长,为她取下了口鼻处的薄膜:"水下的通道垮掉了……船长的情形也不妙……"

"先上岸。"菲弥洛斯说,"这位女士身体里的虫子现在应该很喜欢水。"

他们游向岸边,其他人也看出了不对劲,连忙赶过来帮忙。

· 214 · 异 变

克里欧小心地让芬那船长俯趴在岸上,那只白色的触角似乎感觉到自己被暴露在空气中,不安地贴近宿主的脊椎。夏弥尔·菲斯特第一个发现了船长身上的变化,他惊惶地叫道:"那是什么?是虫子吗?"

菲弥洛斯狠狠地瞪了他一眼,淡黄色头发的少年悻悻地闭上了嘴。

甘伯特在芬那船长身边蹲下,"是寄生蚁吗?"他对游吟诗人说,"伊士拉先生,如果我用治疗魔法可以暂时压制一下吗?"

克里欧摇摇头:"寄生蚁的触角长出来,说明它们已经侵入了脑部,任何治疗魔法都只能医治皮肉上的伤口,不能对寄生蚁产生影响,说不定反而会促进它们生长。"

科纳特大公难过地捂住嘴,眼睛里浮出了泪水,巴奇顿先生他们则默然无语,双手紧紧地握成了拳头。没人能帮助这个勇敢的女性,什么也不能做。

"芬那船长可能支撑不了多久了。"克里欧困难地咽了一口唾沫,"但是在她的意识被寄生蚁彻底吞噬之前,我们不能放弃她。"

他又指了指水下:"刚才的通道彻底塌陷了,我们除了在这里找到出路以外别无办法。"

"发生了什么事?"赫拉塞姆队长奇怪地问,"刚才我们过来的时候一切正常,洞里的那些石头看起来能坚守岗位100年呢。"

"我也不知道为什么会这样……"克里欧烦恼地揉着额

天幕尽头

头,"塌陷是突然发生的,一点儿征兆都没有,还好大家都顺利过来了,我还以为我会死在里面。"

"哦,死亡对您来说没有什么大不了的,主人。"菲弥洛斯插了一句嘴,"但是或许您该想一想,为什么塌陷是发生在最后?说不定是谁觉得我们没有必要再走回头路,所以帮我们下个决心,对不对?"

他的话有些模糊,但是却无端地让人害怕。大家都安静了片刻,地底的凉意一下从湿透的衣服直接浸入了心底。

克里欧打了个冷战。"我们得先离开这个地方。"他对赫拉塞姆队长说,"如果真的是岩石不稳而引起的塌陷,说不定也会牵连到地面上。"

棕发的队长点点头:"是的,傻瓜才站在要倒塌的房子里,我们可都是聪明人。我刚才已经看过了,这里有三条支路,两个大洞,一个小洞。小洞里有些微风,或许我们可以从那里走。"

克里欧顺着他指的方向大致看了看,三个洞口隔得不远,走势差不多,但是有风的才说明有出口。

"这次我走第一个吧!"赫拉塞姆拍了拍胸膛,"女人担了太久的重担,作为男人可真过意不去。"

菲弥洛斯变幻出五六个火球,悬浮在小洞穴周围,赫拉塞姆慢慢地走进去,催促其他人跟在身后。那个大个子水手留在后面,轻手轻脚地将芬那船长背在背上,然后犹豫了一下,鼓起勇气对克里欧轻轻地说:"谢谢你救了她。"

他的脸膛黝黑,头发很短,皮肤上有许多伤痕。克里欧突然发现自己还不知道他的名字,看着他默默地跟在巴奇顿身后出发了。

克里欧愣在原地,有些出神,然后被菲弥洛斯拍了拍肩膀:"您难道想走在最后,主人?哦,垫底的差事还是我来吧。"

克里欧回过神来,忽然问道:"刚才……为什么你会出现在水里?"

妖魔贵族皱着眉头:"这还用问吗?你耽搁的时间太长了。"

克里欧忽然笑了笑:"你的感觉的确是最敏锐的。"

最后的仁慈

很冷，很饿。

所有人都感觉到了这一点——湿衣服来不及烘干，紧紧地贴在皮肤上，似乎把温度都吸走了；食物也早就没有了，虽然不能靠日光来判断时间，但大家都那么精疲力竭，肚子发出饥饿的呻吟，胃部疯狂地吞噬着自己，这让每一个人都意识到他们已经走了很长很长的路。

克里欧·伊士拉拖着双腿往前行进，虽然他的身体不会有死亡的威胁，但是饥饿和疲惫的感觉也不比其他人少。头上的火球放射着暖暖的光，但于事无补，他和很多人都边走边打冷战，甚至瑟瑟发抖。

"这里真冷！"走在他身边的菲弥洛斯嘀咕道，"这鬼地方好像把火的温度都吸走了。"他的衣服早就用魔法蒸干了，按理说应该比其他的人舒服。

克里欧用冰冷的手拉住妖魔贵族的胳膊，低声说："我们迷路了……这样的温度应该是第三层圣殿才有的，但是那儿到处都是冰雪，然而这里却是泥土多得让人——"

"不安？"菲弥洛斯抬了抬脚，泥浆就从鞋底落下。

他们目前走在一条宽阔的下行斜坡上，这是从之前水潭边的洞穴离开以后找到的一条最平整的路，大约能容纳十个人并排走，顶部更是有好几丈高，更重要的是，这条路的旁边有一些苔藓，散发着淡淡的荧光。虽然弄不清楚是否有毒，但是至少提供了找到食物的希望。克里欧担心，如果走到最后也没有看到一个能吃的菌类的影子，他们是不是会有人开始倒下？

菲弥洛斯却一点儿也不担心这个，比起对饥饿的忧虑来，他似乎对于新环境更感兴趣。他会时不时地丢出一个拇指大的小光球，把泥土炸开一个小小的坑，或者把光球弹到岩壁上，看着石屑飞溅的样子。他像是在用做游戏的方法来排解跋涉中的枯燥和沉闷，但是克里欧知道实际上并不是这样。游吟诗人唯一有些担忧的是，菲弥洛斯那散漫而轻松的样子会让其他人心中的焦虑变得更容易外化。

"砰"，又是一声轻响，蓝色的光球在石壁上炸裂，岩石的碎屑迸裂出来，打在了邻近几个人的身上，包括那个水手，他正背着芬那船长走在前方。这突如其来的意外让他忍不住转过头来，皱着眉毛看了看身后的妖魔贵族，并且勇敢地表达了他的不满。

"能小心一点儿吗？"他嚷嚷道，"难道因为你们不怕受伤

天幕尽头

就随便乱来吗？船长大人现在还在昏迷，别惊动她！"

菲弥洛斯似乎有点意外，但立刻加快了脚步赶上了这个水手。克里欧突然感到不安，连忙也跟了上去。

菲弥洛斯和水手并肩走着，火球悬浮在他的身边，把他们三个人都照得很亮。他没有理会水手，却不住地打量着仍然昏迷的女船长。

"她活不了多久了……"菲弥洛斯轻声说，"你看不见吗，她脖子上开始出现了死血，说明寄生蚁已经占领了头部，还会有更多的触角长出来，那时候她可不会感激你背着她走了这么远。"

大个子水手用惊讶和愤怒的眼神看着他，脸上绷得紧紧的。

克里欧忍不住咳嗽了一声。

菲弥洛斯嘲弄地看了游吟诗人一眼，再次转头，叹息道："其实现在对她来说，最仁慈的应该是扼住她的脖子，让她安静地死去，然后割下头颅就地掩埋。"

大个子水手的眼睛瞪得血红，牙齿咬得咯咯作响。他停下了脚步，死死盯着面前的妖魔贵族，好像恨不得给他一拳。

克里欧连忙插到他们中间，想要说些什么缓解一下气氛，但是看着那个水手的脸色却又觉得有些困难。"你要我们杀了船长大人？"水手恶狠狠地说，"你有毛病吗？她不过是昏迷，等我们把那些虫子挖出来，她就会好的！"

"没人能救她，你不能，我不能，恐怕连万能的凯亚神也不能！人类就喜欢欺骗自己，当然了，这是你们的乐趣！"菲弥洛斯耸耸肩，心满意足地踱开了。

水手盯着他的背影，吐了口唾沫，又把芬那船长往上挪了挪。克里欧上前帮了他一把，满怀歉疚地说："请原谅菲弥洛斯的口无遮拦，他有时候确实非常过分。"

水手勉强点点头，然后又犹豫起来，似乎在斟酌该怎么开口，游吟诗人用温和的表情看着他，终于让他下定决心。

"先生……"他一边和克里欧并排走着，一边踌躇地说，"您是一位有真本事的人，我知道。我想问问您……船长她，真的……真的没有办法挽救吗？"

克里欧的口腔中泛出了一股苦味："很抱歉，我也希望船长可以康复，但是我不能说谎。"

水手的眼神黯淡下来，他更用力地托住了芬那船长的身体，声音沙哑："我说嘛，女人不该来当海军……我第一次看到她的时候就知道，她会很辛苦。她早就该乖乖地上岸，教那些菜鸟划船，然后再结婚，多生几个孩子，死的时候孩子们都围着她哭！这可比在船上强太多了……太倔强的女人都没有好下场……"

他有些说不下去了，喉头上下滑动。克里欧默默地跟在旁边，找不到合适的话来安慰他。

或许菲弥洛斯说的是最好的办法，游吟诗人在心里想着，对于芬那船长来说，虽然不能像一个战士一样死在海船上，但是现在还能让她保留着人类的尊严在昏迷中去世，一旦寄生蚁完全侵占了她的大脑……

克里欧犹豫地看了看水手的侧脸，这个男人浓密的络腮

天幕尽头

胡遮住了大部分脸,但是面颊却绷得紧紧的,眼中异常湿润。

翻腾在克里欧舌尖上的那些话又被他咽了下去。"还有一段时间,"他对自己说,"至少让他背着船长走过这一段路吧……"

◆

随着他们不断地朝前走,温度变得更低了。即使菲弥洛斯制造出了不少新的火球,但是人们还是冻得瑟瑟发抖,哪怕克里欧让大家走得紧密一些,也不能从彼此身上吸取多少热量。

唯一值得安慰的是,这条路的尽头开始出现了浅浅的水洼,在那里面有一些透明的软体生物,还有附着在岩石上的苔藓发出荧光。

克里欧从冰冷的水里捞起那些东西放进嘴里,狠狠地咀嚼着,尽管腥臭得令人作呕,他却还是露出了笑容。

"它们能吃!"克里欧对饿得眼前发黑的人们叫道,"这是水母一类的东西!"

科纳特大公发出一声沙哑的欢呼,迫不及待地趴在那个水洼边上就伸手去捞,莉亚·希尔小姐连忙把他拉住了。"殿下……还是等一等!"她劝说道,"既然有火,还是稍微热一下比较好。"

科纳特大公有些脸红,听从了她的意见,乖乖地收回了手。

其他人把一些水母捞起来,串在匕首上,马虎地在火球上烤了烤就填进肚子里。其实这些东西并不多，完全不够九个人吃，但是对于饿了很久的人来说，一点点的热食就可以让身体得到暂时的满足，就好像一小块燃烧的木柴能融化坚冰一样。除了吞咽的声音，几乎没有人说话，连一贯保持轻松模样的赫拉塞姆队长都把注意力放在了手中的食物身上。

克里欧的口中残留着腥味儿，当他觉得胃部没有那么难受的时候，就没有再吃了，只是趴在水洼边漱口。而菲弥洛斯抱着双臂站在一旁，从头到尾都没有动一下。他冷冷地看着狼吞虎咽的人们，眼神中带着一点厌恶。

"他们饿极了……"游吟诗人低声对他说，"他们是普通人，跟我们不一样。"

"哦，别误会。"妖魔贵族笑了笑，"我可没有责备的意思，只是单纯地觉得有些人贪婪的样子很难看罢了。"

"有食物至少代表我们又能活下去了，也许你该宽容一点。"

妖魔贵族似笑非笑地看了他一眼，没有说话。克里欧妥协了，他岔开了话题："我们现在迷路了，菲弥洛斯，也许过了这个地方就很难找到食物，而温度还要继续降低……告诉我，你觉得这里接近第三层圣殿了吗？"

妖魔贵族用手指摩挲着下巴，微微皱眉："我说过我没有来过这鬼地方，主人。如果按照那个莫名其妙的诗歌来说，似乎只有第三层圣殿才这么冷，可没有看到冰雪妖魔有点奇怪……也许还有另外的可能……"

"说说看。"

· 223 ·

天幕尽头

妖魔贵族的脸色变得阴沉，眉间的皱纹也加深了一些："那有点儿麻烦，你最好祈祷是我胡思乱想……"他的眼神忽然闪动了一下，说到一半的话中断了。

克里欧回过头，顺着他的目光看过去，只见那个水手将他的长官放了下来，靠在一块大石头上，小心翼翼地撬开她的嘴巴，想喂给她一些熟食。

"那个笨蛋！"菲弥洛斯嘀咕道，"现在给她吃什么东西都会转化成寄生蚁的营养，除了让它们长得更快，没有任何好处。"但是他并没有去阻止那个水手，脸上甚至没有不耐烦的样子。

这时，原本昏迷的芬那船长似乎被食物的味道吸引，有了一些动作，她的眼睛还闭着，但是嘴部翕动，慢慢地衔住了水手递过去的东西。水手有些欣喜地叫着"长官"，芬那船长却突然睁开了眼睛，一口咬在水手的前臂上。

周围的人大吃一惊，离得最近的赫拉塞姆队长和莉娅·希尔小姐立刻上前拉住他们，但是芬那船长却像疯了一样开始狂乱地撕咬靠近她的人，力气也大得可怕。她的眼睛里出现一种令人胆战心惊的血丝，就好像看到猎物的野兽一样。

"糟糕！"克里欧低声惊呼，连忙跑过去，帮助他们箍住了疯狂的女船长，然后让呆住的甘伯特施展一个安眠咒。青年祭司连忙照做了，于是撕咬着克里欧手背的芬那船长渐渐地平静下来，闭上眼睛，不再动弹了。

被这突如其来的变故惊得目瞪口呆的人还没有明白发生了什么，克里欧出了一身冷汗，手上血肉模糊，而希尔小姐的手指上也有不少擦伤。

"天啊，怎么了，伊士拉先生？"科纳特大公试探着过来问道，"船长大人……她好像……有些不妙……"

克里欧疲惫地叹了一口气："寄生蚁已经控制了船长的大脑，这比我想象的还要快。"

"不是说……至少也要一周吗？"

克里欧摇摇头："这是以前的说法，并不一定准确，而且我们很久没有吃东西，体质也下降了。船长大人又累又饿，更没有办法抵挡……"

科纳特大公伤心地看着躺在地上的芬那船长，在她银灰色的短发下，丑陋的触角似乎又探出了许多。他扭过头，眼圈有些泛红，坚强的希尔小姐也捂住嘴，眼里噙着泪花。米克·巴奇顿扶住她的肩膀，让她靠着自己。

克里欧叫甘伯特再将船长的安眠咒再加深了一些，然后拉了一把坐在地上的大个子水手："你还好吧？伤得严重吗？"

水手的脸色发白，半晌说不出话来，他捧着自己的左臂——在靠近手腕的地方，有一个被牙齿撕裂开的伤口，热血冒出来，弄出了一大片鲜红。

"这伤口挺大的，你需要止血！"

年轻的祭司转过来用魔法为水手治疗，但是那个男人的神色却比刚才更加糟糕。他的眼睛一直盯着芬那船长，表情让克里欧有些担心。

"这不是船长的本意，"游吟诗人一边为他裹上布条，一边寻找着合适的安慰词，"你知道，她不会伤害自己的部

天幕尽头

下……她是一个称职的指挥官。"

水手的目光慢慢收回来,放在克里欧身上,他困难地咽下一口唾沫:"她……真的……没有意识了?"

克里欧没有回答他,于是那个水手的目光渐渐变得绝望,他低下头,肩膀抽动着。周围的人都看着他,赫拉塞姆队长的嘴唇动了一下,最终还是没有说话。他向这个男人走过来,把手中的匕首递出去。

水手猛地抬头,眼中还有些泪光,甚至带着一些愤恨,但是赫拉塞姆队长没有回避,甚至又把匕首往前递出一些。

水手呼地一下站起来,夺过匕首:"我会送她走,但是我也要等到最后那一刻!"

"我没有意见!"赫拉塞姆摊开双手,严肃地说,"你可以等到下一次她睁开双眼,也可以等她再咬掉你的肉,但是……你觉得那样对于她来说,还会有多少尊严?"

水手紧紧地握住匕首,咬紧了牙。

克里欧按住他的手:"你是芬那船长最后一个士兵,请为你的长官做最后一件事吧……"

地下的空洞中安静得可怕,每个人的呼吸声都变得更为沉重,大胡子水手闭上眼睛,忽然在甘伯特的面前跪下,双手做出一个光轮形状。年轻的祭司愣了一下,随即开始唱出了一首低沉缓慢的圣诗。

"这是往生之歌,能引导弥留之人升至高天,归附在凯亚神的脚下……"克里欧低声对赫拉塞姆队长说,"他……大概已经决定了……"

棕色头发的青年淡淡地说:"女人最好的死法,就是能在她的容颜还算安详的时候逝去。"

甘伯特的唱诗声渐渐地接近了尾声,就好像是供奉在神龛前的油灯渐渐熄灭,只飘出一缕青烟,最后无声无息。

大胡子水手站起来,拿着那柄匕首来到芬那船长的身边,他蹲下身,将刀刃放在了船长的脖子上。

克里欧的胸口突然被一股很久没有过的哀痛堵塞了,他觉得自己透不过气来,眼睛酸胀得难受,忍不住转过身去。

"不能永生就必然会有这样一天。"妖魔贵族在他耳边轻轻地说道,"无论是什么原因都会如此,她今天活下去,明天也会死……你应该高兴的是,她的死亡是由自己亲近的人来完成的。"

克里欧眼中热辣的东西涌了出来,他飞快地抹了一把,没有让任何人看见。

这个时候,"哧"的轻响传来,克里欧抖了一下,他听得出是血喷出来声音,但接着发出惨叫的却是那个水手。克里欧迅速转身,看到了可怕的景象——

原本昏迷的芬那船长突然咬住了水手的耳朵,四肢牢牢地攀附在他身上,她的眼睛睁开,瞳孔变成了红色,那柄匕首就插在她的喉咙上。从她后颈和脑部延伸出了六条触角,疯狂地挥舞,并缠住了水手的头,有一条甚至插进了他的眼眶!

科纳特大公被吓得一跤跌倒,手脚并用地朝后退去,夏弥尔·菲斯特也大声尖叫。莉娅·希尔小姐和巴奇顿先生

天幕尽头

迅速冲了过去，但是那个水手却挣扎着吼道："别过来！"

"站住！"菲弥洛斯提高声音叫道，"寄生蚁感觉到宿主死亡的时候会排卵，你们过去也会被寄生的！"

真的，那些触手中似乎有什么东西蠕动着朝水手的皮肤下探去！

"你们抓不住我！抓不住我！"水手狂吼着，反而更用力地抱紧了芬那船长，把她按在地上，然后另一只手握住匕首，狠狠地切下去。血更加汹涌地喷出来，芬那船长的头滚落在一边，身子却激烈地扭动。水手抓住那些触角，把它们从自己身上拔开。船长断落的脖子那里长出更多的触角，接着一个老鼠般大小的虫子探出头，在地上疯狂地寻找着什么。

水手一脚把它踩得粉碎，又使劲地踏了十几下，接着仿佛虚脱了一般，跌坐在地上。

一切都平息下来，芬那船长的尸体躺在地上，大胡子水手靠在石头上，浑身上下都是血，左眼是一个血肉模糊的大洞。他摸了摸脖子和肩膀，那里有几个三角形的伤口，正是寄生蚁的触角植入的地方。

所有的人都看着他，没有人说话，也没有人想到该说什么。他们就如同泥塑的雕像一样，愣在周围，听着那个男人粗重的呼吸声，看着面前血红色的一片。

水手突然笑起来，他起身把芬那船长的尸体摆放好，将她的头放回原位，然后又拿起了匕首。

克里欧惊慌地叫道："不——"

水手的动作一滞，回头看了看他，剩下的一只眼睛里却显露出平静的神色。

克里欧仿佛明白了，他不再说话。菲弥洛斯把手搭在他的肩膀上，用力地握了一下。于是，游吟诗人困难地咽了口唾沫，闭上了眼睛。

那个水手在芬那船长身边躺下，将匕首刺进了自己的喉咙。

过了一会儿，隐约有小声的啜泣传来，克里欧听得出那是科纳特大公和夏弥尔的声音，甚至连莉娅·希尔小姐都忍不住哽咽，但是这个时候，克里欧却没有泪水了。他的身体内部有种钻心的疼痛，让他几乎要昏过去。

"我应该问问他的名字……"他低声对菲弥洛斯说，"我们都不知道他叫什么……"

妖魔贵族的脸上有克里欧从未见过的神情，似乎有些意外，又有些困惑，但最后他沉默了很久，扔出一个巨大的火球，水手和芬那船长的尸体瞬间燃烧起来，发出噼啪的声音。

他转过身来，轻轻地说："走吧……"

强　敌

克里欧没有听到菲弥洛斯的声音，他站在原地，愣愣地看着那两具燃烧的尸体。火光把昏暗的岩洞照耀得一片暗红，布料的焦臭味和肉体的糊味渐渐地散开来，让人几乎要作呕。他银灰色的眼睛被火光染得多了一分血色，干涩的眼眶慢慢地开始刺痛，几乎要流出泪来。

看着一动不动的游吟诗人，菲弥洛斯忍不住抓住他衣服，一把拉到面前。"你想跟他们一起烧掉吗？"妖魔贵族恶狠狠地盯着克里欧，"你见过死亡，自己也死了很多次了，别像个小孩子似的露出一副要哭不哭的样子。"

克里欧想要拨开他的手，却被菲弥洛斯使劲箍住了手腕："还有人活着呢，你给我打起精神来！"

克里欧转向活着的人——科纳特大公和夏弥尔·菲斯特相互扶持着，脸上涕泪交错，希尔小姐站在米克·巴奇顿身旁，紧紧地握着他的手，脸上还挂着泪痕，甘伯特和格拉杰·赫拉塞姆则站得很远，年轻的祭司神色庄严，手上仍然保留着光轮的祈祷姿势，一动不动地看着火葬的烈焰，而赫拉塞姆一贯笑嘻嘻的面孔上却没有任何表情，只是紧紧地握着长剑，双胞胎站得最远，隐没在最黑的地方瑟瑟发抖。

克里欧深深地吸了一口气，灼热的空气烫过肺部，引起一阵抽痛。这种痛让他稍微清醒了一些，他望向这条长路的尽头。

"我们还得继续往前走，"克里欧倦怠地指着周围的水洼，"最好带上点吃的，也许前面又找不到什么能下口的了。"

最开始仿佛谁都没有听见，过了片刻，赫拉塞姆队长首先开始动了，他捞起水母，切碎了，用布包起来，然后米克·巴奇顿也加入他。他们沉默着收集了一些食物，克里欧看他们都忙得差不多，慢慢地往前走去。

菲弥洛斯的火球在克里欧前方照亮，他打起精神感受着迎面而来的风——极其轻微，但是仍然让他感觉到了凉意。

也许前面真的是第三层圣殿，游吟诗人在心底想，这条路的尽头将是冰天雪地，足以冻结身体里每一滴血液。他们单薄的衣服是无法抵抗那样的寒冷的，即便是菲弥洛斯用火球围着他们前进，也难保不会被冻伤。更可怕的是，那里的冰层中会有喜欢热血的雪虱，还有通体透明、能像液体一样流动的普多路，只要一碰到高温的东西就会包裹起来，消化掉，吸收掉……

克里欧真的怀疑他们是否能穿过第三层圣殿，即使想一

天幕尽头

想,他都忍不住打了个冷战。但是他没有停下来,只能继续往前走,身后还跟着八个人排成一支短短的队伍——菲弥洛斯为什么没有在他身边?

游吟诗人突然觉得有些不祥的预感,他回过头,却看见菲弥洛斯站在原地没动。妖魔贵族扭着头,直勾勾地望向后面几丈远的地方。克里欧顺着他的目光望去,脸上立刻失去了血色:

就在芬那船长和水手的尸体燃烧的地方,有两个人影正伸手从火中扒拉出什么东西拼命往嘴里塞。

克里欧失声叫道:"娜娜!杰德!"

他的声音像刀一样,把悲伤和凝重的空气陡然割开,让所有人回过来头。

双胞胎的动作停住了,直愣愣地看着他们——

娜娜和杰德的面孔在火光下显得诡秘又陌生,似乎变成了完全不认识的人,眼睛却闪闪发亮,身子像野兽一样躬着,手张开像爪子,大张的嘴中含着焦黑的肉块儿。

夏弥尔发出惊恐的尖叫,很快被旁边的希尔小姐捂住了嘴。

肉块从杰德的口里掉了出来,他想捡起来,似乎又觉得不合适,只能结结巴巴地说:"我……我有点儿饿了……先生……我很饿……"

"这可不是饿吧!"菲弥洛斯冷笑起来,"应该说真的忍不住了,顶着这个躯壳,还得多久呢?"

米克·巴克顿和赫拉塞姆一下子握住长剑,做出了防卫

· 232 · 强　敌

的姿态，而希尔小姐和甘伯特则把科纳特大公和夏弥尔挡在背后。"他们……"科纳特大公声音发抖，"他们怎么了？伊士拉先生……这是怎么回事？"

"他们不是人……"甘伯特咬着牙说，"是从一开始就不是，还是因为那一次在海滩上……"

双胞胎慢慢地站起来，靠在一起，他们的眼睛似乎变大了，盯着对面的人。

"好了，好了！"菲弥洛斯笑起来，"也真难为你们拘束了这么久，不能吃不能变形，人类的身体还是很不好用吧？"

杰德没说话，而娜娜却突然张开嘴，几条黑色的触须猛地射出来，缠在菲弥洛斯的左手臂上，妖魔贵族猛地一抬右手，一道蓝光把几条触须割断了。

这个时候红发少女的脸上半部还保持着人类的模样，但是下半边却裂开了，形成了一个花瓣形的开口，被割断的触须缩了回去，在开口外面张扬地舞动。

克里欧拨开前面的人，大声地问道："你们到底是什么东西？娜娜和杰德呢？"

红发少女笑起来，声音还是像从前一样甜美，她转头朝着"杰德"点点头，两个人便靠在了一起。他们的下半身贴在了一起，衣服里钻出了更多的黑色触须，这些触须如同丝一样将他们从脚到腰都包成了一个茧，接着不断地膨胀，变长，杰德的喉咙里发出"嚅嚅"的叫声，紧紧地将"姐姐"抱住，把脸埋在她的肩膀上。

"大家小心点！"克里欧叫道，"当心他们嘴里的东西！"

天幕尽头

　　片刻过后,"双胞胎"从腰部以下合成了一体,变成了如同蝮蛇一般的粗大尾巴,而上半身还像是人的模样,只是嘴部裂开,伸出了更多的黑色触须。

　　"这是什么妖魔?看上去真是恶心!"赫拉塞姆队长在游吟诗人身边低声问道,"算一个还是两个?"

　　游吟诗人摇摇头,他从来没有见过这样的妖魔,更不知道面前的怪物究竟是窃取了双胞胎的肉体,还是那对活泼的孩子从一开始就是妖魔变化的。

　　"我来回答你的疑问,先生。"娜娜笑着对赫拉塞姆说,话里夹带着一阵嘶嘶的响声,她拍了拍弟弟的头,"杰德"仰起脸来,花瓣一样的下半个脸张开来,对着他们挥舞自己的触角,"嘴"里还露出密密麻麻的、锯齿一样的白牙。

　　"我们是一个人,也是两个。"红发的少女抱着弟弟,头挨头,触须相互交缠了一下,"不过我们和您认识的那对双胞胎有一点区别,我们更亲密,我们是一体的。"

　　克里欧脸色铁青:"你们不是娜娜和杰德,你们把他们怎么了?"

　　"沙尔萨那带回来了好东西,我们舍不得丢掉!"那两个妖魔一起叫起来,弟弟的一根触须变得很长,高高地扬起,上面坠着一颗淡红色的发光体:"我们很难得到一对这么好的身体,而且灵魂也很漂亮!所以我们把两样都保留下来了!"

　　游吟诗人在心里飞快地回想着可以窃取肉体并提炼灵魂的高级妖魔,但是这些迹象都指向一个非常可怕的结果——

　　"难道你们是……斯卡拉和斯卡提拉?"

两个妖魔发出尖锐的大笑，黑色的触须舞动得更加剧烈，似乎非常开心！"真没有想到还有人记得我们！"他们欢快地说，那种难听的嘶嘶声更加刺耳了，"多了不起，伊士拉先生，多了不起！您真不愧是杜纳西尔姆人！"

赫拉塞姆向克里欧问道："名字倒是好听，可惜我还是不知道他们是什么来头。看样子他们一定不如娜娜和杰德会跳舞。"

游吟诗人却没有兴致来配合侍卫队长的玩笑："斯卡拉和斯卡提拉是极为高等的妖魔，他们是双生子，斯卡拉是姐姐，斯卡提拉是弟弟，他们两个都是妖魔王的属下。"

"听起来像是大麻烦！"

"不是麻烦的问题，在凯亚神没有封印妖魔之前，他们是妖魔王的将军！"

赫拉塞姆没有再说话了，他似乎感觉到眼前的这两个连体儿比之前见过的任何一个妖魔都要可怕。

"你们想做什么？"克里欧提高了声音对那两个妖魔说，"为什么会跟着我们？"

连体妖魔移动了一下，他们走路的姿势像一条蛇。"啊，伊士拉先生，我们睡了很久，所以很久没有吃过肉了。"斯卡拉用伤感的口气说道，"我们只想要吃点东西，您这里少一两个人其实没什么要紧的，对吧？给我们留下两个吧，我们会放您继续往前走的！"

这话让所有人都觉得背后冒出一阵寒意，岩洞里好半天没有声音，只有尸体燃烧迸裂时油脂的噼啪作响。

天幕尽头

"怎么样?"连体妖魔移动着身体,挥舞着触角。他们交替着说话,就好像一个人。

"决定留下谁了吗?"

"没有用的就给我们吧。"

"那个黄色头发的就很好。"

"什么大公的也不错。"

"贵族的肉会很嫩,以前我们吃过。"

"留下他吧。"

……

"够了。"克里欧冷冷地打断了他们的一唱一和,"谁也不会留下,让你们吃尸体已经是额外的宽容了。"

斯卡拉和斯卡提拉的嘴同时闭了起来,他们的眼睛里闪烁着诡秘的光芒,手却垂在身旁。

"真的那么小气吗?"

"我们可是好说好商量的,如果这么小气……"

"那就别怪我们了。"

他们蝮蛇一样的下半身扭着慢慢朝克里欧移动过来,花瓣一样带着尖牙的嘴翕开,慢慢地伸展开触须。他们缓缓地挺起了身子,霎时间就有两人多高,顿时充满了一种无形的压迫力。

赫拉塞姆队长向前迈了一步,警惕地看着妖魔,他的脸上没有惧色,但是却流露出一些紧张。克里欧心中也有着同样的担心——即使是杜纳西尔姆人,也很少和妖魔王的将军有过正面交锋。斯卡拉和斯卡提拉的力量究竟有多强大,流传着各式各样的说法，而最可信的就是，双胞胎妖魔曾经在一夜之间毁灭了一座城市。

现在他们只有七个人，而且又累又饿，还有两个完全没有进攻的能力，最为可靠的就是同为妖魔的弥帝玛尔贵族。

游吟诗人把目光投向菲弥洛斯，那个男人一直默不作声，当看到克里欧注视着自己的时候，他笑了笑，终于从手指上弹出一条蓝色的光刃，激起飞溅的石屑，让连体儿停下了。

"啊，"斯卡拉笑起来，"菲弥洛斯，弥帝玛尔贵族，这几天来我们还没有正正经经地打过招呼呢！很久很久以前我们见过，你还记得吗？"

"让我想想。"菲弥洛斯慢慢地踱着步子，挡在了克里欧的面前，他比连体妖魔还要矮半个头，不得不仰头看着他们，"我见过的同类可都是些讨厌的家伙，记不住的太多了……对不起了。"

斯卡提拉也笑了，嘶嘶地吐出触须："如果让您记住，那可是无上的荣幸。菲弥洛斯啊，陛下对您也非常赞赏。妖魔中，除了陛下，大概只有您能够引出骸卵了吧……"

"很好！"菲弥洛斯有些不耐烦地挥挥手，"很高兴你们还记得我是什么样的人，那么我希望你们管住自己的嘴。要吃肉的话，那里有，已经烤熟了，我们还要接着赶路，不能奉陪了。"

斯卡拉和斯卡提拉相互看了一眼，忽然一起捂着嘴笑起来："菲弥洛斯大人真是干脆，但是我们俩饿了好久了。"

天幕尽头

"一千年?"

"三千年?"

"五千年……"

"就是一万年也不行!"菲弥洛斯的手指上发出蓝色的光线,渐渐地凝聚成一个光球,他像玩金币一样让光球在五根手指上滚来滚去。那个光球虽然小,却越来越亮,甚至发出了"吱吱"的响声。

斯卡拉和斯卡提拉的笑声都停下了,脸上轻松的表情也渐渐消失,他们的嘴合拢来,里面的触须拧成了一股。

"要动手吗,菲弥洛斯大人?"

"您只有一个人,我们有两个。"

妖魔贵族轻蔑地笑了起来:"你们?算一个半吧,也许我可以帮你们重新把身子剖开。"

连体双胞胎的脸又发生了一些变化,他们额头上的皮肤裂开了,两个尖锐的角慢慢钻出来,并且长出像树枝一样的分叉。

"我们很生气!"斯卡拉和弟弟用尖锐的声音叫起来,"菲弥洛斯大人,即使您是菲弥洛斯大人,也不能让这些人都离开!"

"那就试一试!"妖魔贵族猛地把手上的光球朝双胞胎妖魔扔过去!

克里欧和赫拉塞姆还记得法比海尔村的那场爆炸,都不约而同地朝后退了一步。

但可怕的爆炸并没有发生,那颗光球突然被一匹黑缎子包裹住了，原来双胞胎妖魔的触须变得又细又密，舞动中形成了一圈交织的围栏，那光球被一股力量托在其中，根本碰不到他们分毫。

菲弥洛斯的脸色一变，大声叫道："快闪开！"

赫拉塞姆队长反应很快，他拉住克里欧的身子望旁边一扑，刚刚倒下，那颗光球就被连体妖魔用力掷回来。

菲弥洛斯伸出手想要拦住，但投掷的力道却非常迅猛，即使他运力挡了一下，却仍然分裂成几块。光球落在克里欧身后，顿时发出了巨响，把地面炸出好大的坑。

莉娅·希尔小姐、夏弥尔和科纳特大公都被气浪抛到了后面，而米克·巴奇顿和甘伯特则撞向两侧的岩壁，他们的身体和石屑灰尘一起落到地上，没有一个人爬得起来。

克里欧咳嗽了两声，感觉到赫拉塞姆握着自己胳膊的手松了，他心头一惊，立刻抓住那个想要起身的人。

"不，别去！"游吟诗人焦急地说，"你没有办法对抗斯卡拉他们！"

赫拉塞姆灰头土脸，英俊的脸上露出少见的狂怒。克里欧更用力地按住他："听着，你得保护科纳特大公，现在去他那里！这里交给菲弥洛斯，去吧，快去！"

年轻的侍卫队长咬了咬牙，来不及抖落身上的碎石子和沙土，回头向后奔去。

克里欧身上很痛，有些挫伤，还有几颗石子嵌入了腿和背部，但他顾不上这么多，挣扎着站起身来，向着一动不动的甘伯特跑去。

天幕尽头

他没有对菲弥洛斯说什么，甚至连看也没有看他。现在他必须把受伤的人移开，尽量让他们挪到远一点的地方。

斯卡拉和斯卡提拉已经和菲弥洛斯针锋相对了，要想从这恐怖的双胞胎手下逃走，除了菲弥洛斯获胜以外，几乎没有别的办法。

克里欧明白这一点，他相信菲弥洛斯比他更清楚。

在这一片混乱之中，克里欧的心里仍然掩不住那个冒出头的疑问：斯卡拉和斯卡提拉为什么会变成娜娜和杰德，他们忍耐了这么久，仅仅是为了吃肉吗？

落入深渊

斯卡拉和斯卡提拉慢慢地移动着他们蛇一样的腹部和下肢，坚硬的鳞片在地面磨出沙沙的响声。他们的黑色触须比先前更多，更张扬，似乎还因为得意而挥舞得更加起劲。

克里欧一面扶起甘伯特，一面回头看着背后——

菲弥洛斯和双胞胎妖魔正面对面地站立着，前者的双手上聚集着蓝色的光球，却缓慢地在掌心里旋转。游吟诗人明白，之前的那个光球被斯卡拉和斯卡提拉反弹了回来，再次发起同样的攻击是非常不明智的，菲弥洛斯在等待机会。

"快走，就趁现在，跑得越远越好，火球会跟着你们！"克里欧搀扶着苏醒的甘伯特，在他耳边说，"你和赫拉塞姆队长带着大公殿下退到安全的地方……岩石后面，或者隧道的深处……别留在这里！"

年轻的祭司因为爆炸有些头昏，但是他用力拉住克里欧

天幕尽头

的手,拼命摇头:"伊士拉先生……不行……那个妖魔非常可怕,我可以帮忙……"

"能帮我保护大公殿下就非常好了!"克里欧用力地拖着他往后走,"不要回头,给受伤的人做急救,包括你自己!我的身体不会死亡,只有我能留在这里!"

"可是——"

"服从命令,甘伯特!"游吟诗人怒气冲冲地朝他吼道,"现在不是你跟我争论该怎么做的时候!"

年轻的祭司闭上了嘴,跌跌撞撞地和游吟诗人跑到了赫拉塞姆队长的身边——他正把昏迷的科纳特大公抱起来,叫着他的名字。

"检查他们的伤势!"克里欧向甘伯特命令道,"无论怎么样,要让他们的腿能动!"他又把目光移到格拉杰·赫拉塞姆的脸上:"一切都交给你了!"

"就是拖也会把他们拖走!"侍卫队长斩钉截铁地说,"但是希望您的仆人……他能支撑得久一点!"

克里欧的嘴唇绷得紧紧的,拍了拍甘伯特的手:"走吧,快!"

菲弥洛斯变幻出的火球在空气中燃烧着,斯卡拉和斯卡提拉的影子变得极为巨大,那些触须像无数条细小的蛇,各自扭动着身体。他们的嘴里发出嘶嘶的声音,仿佛在发笑,眼睛盯着面前的菲弥洛斯,偶尔又扫过克里欧的脸,却完全不看更远处的人。

"我们不怕肉会跑掉!"斯卡拉好心好意地向菲弥洛斯解

释道,"反正你们都要死,只不过早一点儿或者迟一点儿。"

妖魔贵族看了看身后的游吟诗人,突然笑起来。"喂!"他冲着克里欧叫道,"我要死在这两只虫子手里吗,主人?"

"不行!"克里欧提高了声音,"我们还有很多事要做。"

菲弥洛斯回过头来,露出抱歉的表情:"瞧,我的主人不允许,所以还是请你们去死吧!"

斯卡拉和斯卡提拉的呼吸渐渐地粗重起来,似乎被菲弥洛斯的态度激怒了。他们的触须渐渐地挺直,尖端上弹出了针一样的刺。

克里欧听到了身后渐渐远去的脚步声,心底稍微觉得欣慰,他捡起一把掉落的长剑,站在正对着双胞胎妖魔的地方。

"有趣,真有趣!"

"一个人类!"

"一个妖魔!"

"居然站到了一起!"

斯卡拉和斯卡提拉冷笑起来,异口同声地叫道:"既然如此,那么就让我们统统吃掉吧!"

他们弓起身子,突然向菲弥洛斯冲过来,像蛇一样收缩的下半身猛地向前一弹,便蹦出很远的一段距离,顷刻间便来到妖魔贵族的面前。

黑色的触须像一张细密的大网,一下子向菲弥洛斯包围过来。他手上的蓝色光球立刻变成了熊熊燃烧的火球,准确地扔到双胞胎妖魔腹部。

斯卡拉和斯卡提拉发出一声惊叫,张开的触须猛地缩了

天幕尽头

一下，菲弥洛斯趁机退后几步，双手不断地发出几个光刃，闪电般朝双胞胎妖魔的脸上划去。好几簇触须被光刃削落，斯卡拉和斯卡提拉不断地发出惨叫，捂住了脸。

这一连串失利让他们的怒火更盛了，斯卡拉的上半身躬下来，裂开的下颌涌出更多的触须，他们飞快地游动着，瞬间就缠绕上了菲弥洛斯的双脚和双手，而斯卡提拉则高高地扬起身子，触须抛得更远，落在了游吟诗人的面前。

克里欧抡起长剑，狠狠地砍落了几条，但是无法阻止他们以更加凶猛的势头裹住脚踝，然后爬上了腰部，勒紧他的脖子。

菲弥洛斯的双手开始着火，那火焰如同附着在他的皮肤上一样，缓缓地延伸到整个身体，斯卡拉的触须被烧焦了很多，空气中弥漫着一股令人欲呕的焦臭。

"你那玩意儿有多少我都能烧掉！"菲弥洛斯对双胞胎妖魔中的姐姐说，"现在离开我，你让我恶心透了！"

触须被灼烧的痛苦令斯卡拉的脸更加地扭曲，但是她仍然忍耐着，竭力收紧着捆绑在菲弥洛斯四肢上的"皮绳"。"我喜欢黏着你，大人！"她嘶嘶地说，"我想碰碰弥帝玛尔贵族想了很久！你们都是假清高的家伙，似乎觉得自己比我们高贵很多，不是吗？可你现在是人类的一条狗，多可悲！"

菲弥洛斯冷笑着，火焰顺着一些触须开始往斯卡拉的身上蔓延，她的眉头扭曲，但是却更加疯狂地笑起来。

"看看这里！"斯卡提拉把捆得结结实实的克里欧拉倒在地，拖到了菲弥洛斯的身旁。他把游吟诗人吊起来，缠住他脖子的触须不断收紧。"我劝您老实一点儿！"斯卡提拉对妖魔贵族说道，"您的主人随时都可能被我拧断脖子！"

"早就听说双胞胎中肯定有一个要笨些，真是没错！"菲弥洛斯嘲弄道，"我以为你知道他是无法被杀死的！"

斯卡提拉没有接话，斯卡拉却嘀嘀地笑起来："时间禁咒，高级的魔法，牺牲的魔法，完全没错！但是我们是谁？"

"斯卡拉和斯卡提拉！"她的弟弟狂妄地笑起来，"我们喜欢肉体，但是灵魂是更加美味的东西！"

克里欧的眼里流露出了极为少见的焦急和恐惧，但却发不出任何声音，他想要拉开扼住脖子的触须，可双手连一分一毫也动弹不得。斯卡提拉的一条触须从嘴巴里摇摇晃晃地伸出来，它比其他的触须更粗更黑，在顶端有一个尖刺。那条触须慢慢地延伸到了克里欧的面前，然后突然刺入他的双眼之间。

克里欧没有感觉到疼痛，却发现眼前的一切都开始变得扭曲、模糊，四肢的力量在流逝，内心深处有种冰冷的感觉。他在被抽取灵魂，这算得上另一种形式的死亡吗？

"肉体虽然不会损坏，但是分离灵魂却是完全没有问题的哦！"斯卡拉恶意地盯着菲弥洛斯，"学着低头吧，大人！"

妖魔贵族紧咬着牙，火焰却在一寸寸地熄灭。

斯卡拉和斯卡提拉满意地笑着，后者的触角上已经开始聚集起了白色的光芒——那是克里欧灵魂的颜色。

但是就在这个时候，菲弥洛斯的身体突然缩小了，一阵烟雾过后，黑色的鹰摆脱了触须冲上半空，双翅张开的时

天幕尽头

候,一道极薄极明亮的蓝光从半空中射出,竖着切入了双胞胎妖魔中间,深深地没入他们的下半身。

伴随着一阵刺耳的嘶叫和一阵腥臭的黑血,斯卡拉和斯卡提拉被分成了两半。

他们摔倒在地,痛苦地抽搐、蜷缩,血水在地面上飞快地浸润开来,形成一大片黏糊糊的肮脏泥浆!

克里欧被甩到了一边,他的意识重新变得清晰,但是身体却一点儿也不听使唤。黑鹰落到他的身边,重新变成了人的模样,将他扶了起来。

"……快走……快!"菲弥洛斯将克里欧抱起来,在地上画出一道火焰的隔离线,朝着其他人撤离的方向跑去。

在火焰的另一头,斯卡拉和斯卡提拉仍然在痛苦地翻滚着,这突如其来的伤害令他们顾不上追击敌人,但是他们伤口的出血量开始渐渐地减少,原本保持着一点点人形的头部开始变化:红色的头发脱落了,皮肤裂开,一种类似于硬壳的黑色东西露出来,最后变成了巨大的甲虫脑袋。

他们安静下来,触须在地上不断地试探,发现了彼此,然后他们拉住双手。

所有的触须像听到了命令一样,全部扎向地下,深深地钻了进去。

"真可恶!"斯卡拉一边说,口部的尖牙一边发出摩擦的锐响。

"绝对不能饶了他们!"斯卡提拉深深地吸了一口气,全身都颤抖起来。

地下迷宫

菲弥洛斯抱着克里欧朝黑暗的地方奔跑,他来不及变出火球照亮——只不过对于他来说,那原本就是多余的。现在幸存的人类已经逃到了远处,他所感知的只有怀中的那个人。

克里欧已经两百年没有受过这样的伤害了——

以前任何的伤都能够瞬间痊愈,但是今天却差一点被抽出灵魂!对于他来说,肉体和灵魂分离虽然不能使两者的任何一个消亡,但是仍足以让他变成一具毫无知觉的活尸。

他把头靠在菲弥洛斯身上,感觉到因为灵魂受损而引发的一种无法用语言描述的钝痛,那就好像是头脑中有一个泉眼,源源不断地将冰水输送到全身的每一条血管中,把整个人都冻结。

在这样的时刻中,他只能把自己全部交给菲弥洛斯,完完全全地依赖他。

"别睡着,主人!"妖魔贵族的声音在他耳边响起,奔跑让他的语气有些不连贯,"等你稍微好一点儿,还得自己走路!"

克里欧突然想笑,但是连脸上的肌肉都没有办法活动。他想转头看一看前方是否有科纳特大公他们离开时带走的火光,但是也很快就意识到这是个妄想。

这个时候,菲弥洛斯忽然稍微顿了一下。

虽然他很快又重新跑起来,但是克里欧敏锐地发现了这一点,他费力地仰起头,张了张嘴,却只发出急促的喘气。

· 247 ·

天幕尽头

"那两个讨厌鬼恢复了!"菲弥洛斯紧紧地绷着脸,"真是的!妖魔王就喜欢用一些杀不死的作战机器,他们从来不知道会给其他人添多大的麻烦!"

话音未落,地面上突然开始颤动,接着有些沙土被掀了起来,菲弥洛斯打了个趔趄。

"见鬼!"他高声骂道。

原本坚硬的岩石土地此刻开始裂缝、塌陷,缝隙中冒出的黑色触须不断地从两个人身边闪过,竭力想要抓住他们。

"滚开!"菲弥洛斯怒气冲冲地扬起手,于是两条火焰从他身边延伸出去,画出了一个通道。

这虽然赶走了一些触须,但是地面的塌陷仍然没有停止,并且渐渐地变得更加剧烈。菲弥洛斯已经不能奔跑了,必须跳跃才能前进。因为抱着克里欧的关系,他甚至无法变形。

终于,火焰长廊在远处断裂成了两截,而且裂口飞快地加大,菲弥洛斯只能紧紧地将克里欧抓住,然后落进了这可怕的裂缝当中……

克里欧在不断下坠的过程中,只感觉到不断砸在皮肤上的土块儿,耳旁呼呼的风声,还有菲弥洛斯的手臂。

他发现,其实他一点也不害怕。

◆

"五月花海"。

这是杜纳西尔姆人的一个传统庆典,是每年索比克草原

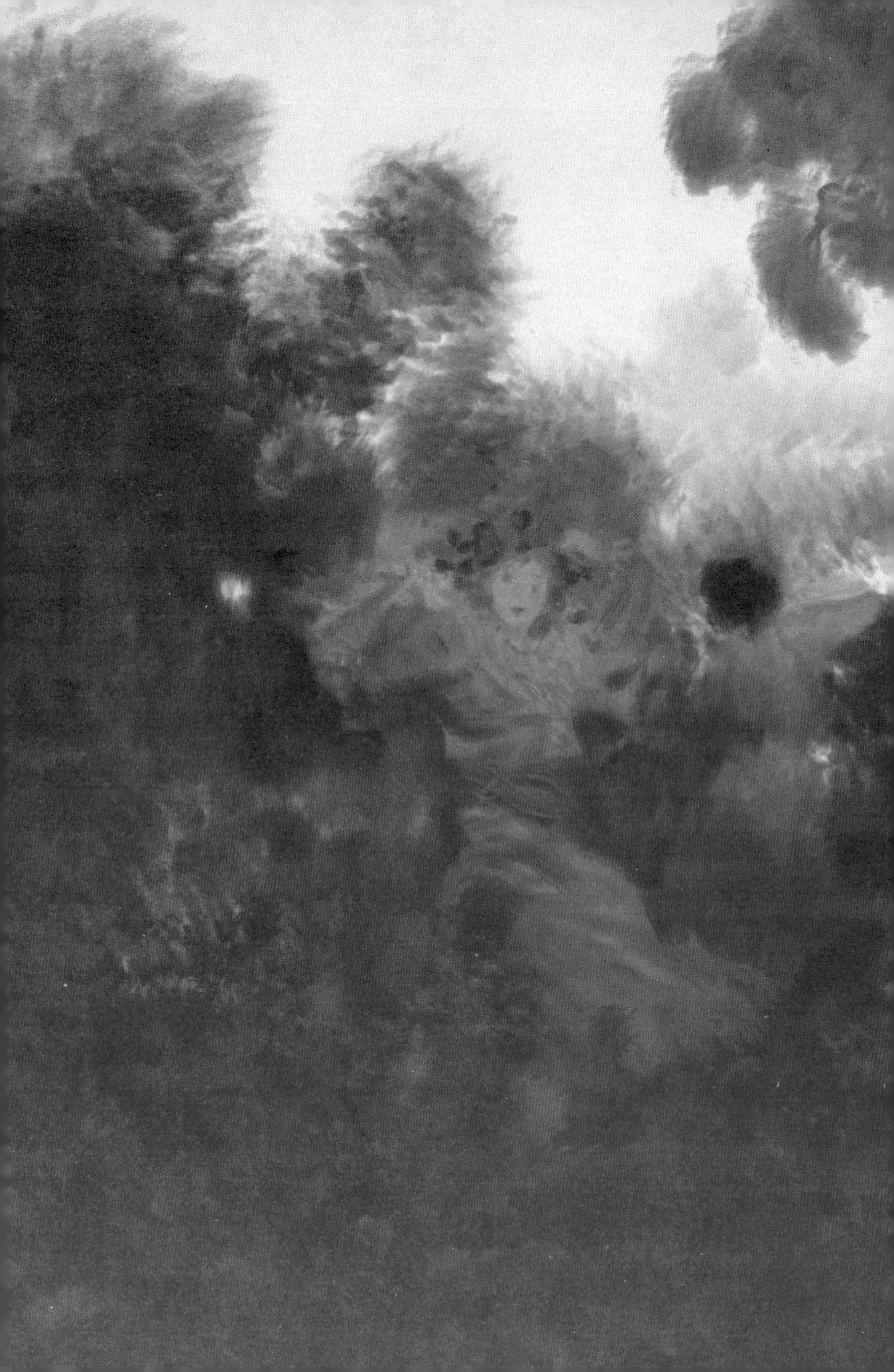

天幕尽头

卷二 FALLING SKY 地下迷宫（珍藏版）

花开得最繁茂的时候举行的。除了在远处扫除妖魔不能回家的男人以外，其余的青年，特别是女人，都会按时参加。

杜纳西尔姆的妇女会摘下紫星花，编制成花冠，然后搭建起祭台，唱歌跳舞，赞颂河流之神伊萨克——因为拥有永远不老的美，他也被颂扬为艺术之神。

作为王子，也作为杜纳西尔姆最好的歌手，克里欧每年都会和少女们表演《紫星华史诗》中的一个片段，那是整首叙事长诗中极少的咏叹段落，他记得歌词是这样的：

"娇艳的紫星花啊，

你们为什么不开放得更美呢？

春天已经远走，

夏天快要过去，

秋的风和冬的雪就徘徊在门外……

到底什么时候才愿意

让我看到你们最美的脸？

给我一天，只要一天。

让我看到你们最美的脸。

我愿意倒在异乡的泥土中，

流尽我最后一滴鲜血……"

那个时候，克里欧的鼻端会闻到少女们衣服上的熏香，看到她们头上美丽的紫星花花冠，并没有发现最后一句话中富含着多少的悲哀，他一直唱得那么欢快，沉醉于所有人热烈的掌声。

但是后来，就是开始漂泊的岁月以后，他却几乎不敢再

天幕尽头

去唱这个段落，因为曾经开满紫星花的草原早就是荒芜一片了。

当克里欧隐约地闻到了紫星花的香气时，他并没确定是不是回家了，只是单纯地认为一定是睡着了，还沉浸在梦里，直到有人向他走过来，非常清晰地在他耳边发出了笑声。

克里欧的脑子里霎时间回忆起陷入昏迷之前的一切：强大的双胞胎妖魔、被抽离灵魂的危险、塌陷的道路，还有菲弥洛斯……

他醒了过来，猛地睁开眼睛。

"哦，醒了呀，我还打算叫你呢！"一个七八岁的小男孩儿蹲在他面前，笑吟吟地说道。

克里欧猛地撑起了身子，他惊异地看着他，更惊讶地发现自己能动了。

"要喝点儿水吗？"男孩儿友好地说，手上端着一个透明的水晶杯。

克里欧满脸震惊，说不出话来，他打量周围——

这是一个类似于宫殿的地方，地板上铺着平整的青石板，四周是笔直的立柱，在正中的高台上有一个长桌，旁边有七个座位，每个都是石头雕刻而成的，点缀着繁复的花纹。周围的墙上有几扇窗户，但是都被带铜钉的木板盖得严严实实，连宽敞的大门也同样紧闭着。十几个火盆靠墙排列，把这里照得非常明亮。

"喏。"小男孩儿把水晶杯朝他递过去。

他长得很普通，有一头黑色的短发和一双黑色的眼睛，皮肤白皙，鼻梁有些塌，还点缀着不少雀斑，身上穿的是一套深蓝色印花的外套，手腕戴着一圈小小的石头链子。克里欧觉得和他比起来，也许被留在帝都萨克城的索普还更可爱一些。

但是这个普通的孩子却让克里欧警觉万分，他没有接那杯水，反而谨慎地问道："这是什么地方？你……是谁？"

男孩儿耸耸肩，收回了杯子："真是无趣，我以为你会有个新鲜一点儿的开头。"

他自己喝掉了杯子里的水，站起来走开了。

但当他这样做的时候，克里欧感觉到一股极其微小的风吹拂到了面颊上，那风里有着紫星花的清香。虽然这香味转瞬即逝，但是仍让他清楚地捕捉到了。

游吟诗人盯着男孩儿的背影，心中的疑问就好像野草一样疯狂地冒出地面，并飞快地延展着：为什么他落下了双胞胎妖魔制造的裂缝以后会在这个地方醒来？这到底是什么地方……难道已经不是地下的妖魔圣殿了么？那么菲弥洛斯在哪儿？

克里欧在心底默念着妖魔贵族的名字，心底里有难以抑制的担忧。

科纳特大公、甘伯特还有赫拉塞姆队长他们怎么样了？

克里欧的双腿已经恢复了知觉，但是他仍然疲倦得有些乏力，他不知道自己现在该怎么做，而唯一可疑的、能够询问的对象，却是一个古里古怪的孩子。

那个男孩儿慢吞吞地走上高台，在长桌旁边坐了下来，

天幕尽头

他用手支着头,打量着呆坐在地板上的游吟诗人。

"克里欧·伊士拉。"他提高声音说道,"我以为你比我想象的要强一些。为什么见到我却站都站不起来?"

"你到底是谁?"游吟诗人皱着眉头,那男孩儿的口气和那张长桌让他突然想到了什么,但是这念头因为太过于可怕而又被他下意识地忽略了。

男孩儿笑起来,甚至还有一对酒窝儿。

"我?"他指着自己有雀斑的鼻子,"我是妖魔王普利斯多。"

◉━━━妖魔王━━━◉

妖魔王是凯亚神创世时从虚无中诞生的黑暗之力的象征，他们虽然被人类和神厌恶，却不能被消灭，即使凯亚神为了保护他的造物——人类，而大规模驱逐妖魔，也只能将妖魔王们封印。因为对于从混沌中分离的世界，黑暗的力量就好比沉重的浊物，必须有他们存在，才能让整个世界保持稳定的重心。

在传说中，妖魔王一共有五位，分别是普利斯多、格拉克佩、昆基拉、瑟尔和图鲁斯坎米亚，如果按照远古的大陆通用语翻译，就是"窥测""多疑""遗忘""诱惑"和"永恒的沉默"。

在封印妖魔之初，凯亚神就将这五个妖魔王分别嵌入了地下深处的岩石中。那是被凯亚神所祝福过的岩石，摒弃了有可能被利用的元素，是最坚固的牢笼。

天幕尽头

克里欧·伊士拉从之前被俘虏的妖魔娜科身上已经觉察到了地下迷宫中法力泄露的端倪，猜测封印的岩石或许已经溶化，而到了这可怕的地下迷宫以后，他更相信妖魔王的力量早已经开始溢出。但是无论如何，克里欧都不会想到，妖魔王会以这样的方式突然出现在自己的面前。

"你愣着干什么？"那个自称为普利斯多的男孩儿敲了敲桌子，"来，坐下吧。"

克里欧仍然没有动，他的全身都没有力气，随着意识的清醒，酸痛也回来了。普利斯多似乎明白了他的处境，朝他伸出了一根食指，指甲上飞快地闪了一道银光。

克里欧感觉到身体中的痛感迅速消退了，力量重新回到了身体中，他慢慢地伸展开四肢，站起来。

男孩儿高兴地指着身旁的石椅："来，来，坐下。"他又拍了拍桌子，几盆水果、烤肉和面饼浮出桌面，还有一罐飘散着香味的蜂蜜酒，"吃点儿东西吧，你一定饿了，那些软体生物吃起来口感可真糟糕，对吧？"

克里欧移动着双腿走上了高台，在男孩儿指定的位置上坐下来，他仔仔细细地打量着这个妖魔王，仍然没有从他的脸上看出特别的地方：任何一个男孩儿都会有他那样的眼睛、鼻子和嘴，都会有那样可爱又俏皮的雀斑。甚至连他发笑时露出的虎牙，都带着很常见的天真的味道。

"妖魔王普利斯多？"克里欧用嘶哑的声音问道。

"对，对。"男孩儿点点头，"就是我。怎么了，觉得很奇妙？很不可思议？"

克里欧点了点头。

"哦,"妖魔王耸耸肩,"这可是我最喜欢的模样,我想你看了应该会减少很多抵触的情绪。"

克里欧没有说话——普利斯多的名字是"窥测",所以他无法确定妖魔王是否已经探入了他的内心。"这是什么地方?"克里欧没有看面前的美食,仍然盯着笑嘻嘻的男孩儿。

"你想问这里是不是九层圣殿之一?"

克里欧点点头。

"哦,有点想象力吧,伊士拉先生。这里是我和朋友们的领域,其他的低级笨蛋是没有办法进来的。"妖魔王哈哈大笑,转动着手指,"瞧——"

他指向一扇关着的窗户,带着铜钉的木板一下打开,让克里欧吓了一大跳——在窗户的外面,密密麻麻地挤满了丑恶的妖魔的脸,它们聚集在一起,似乎拼命地想要钻进来,但一层无形的屏障把它们隔绝在外。一张张奇形怪状的面孔被挤得更加扭曲、狰狞,让人毛骨悚然。

普利斯多又动了动手指头,窗户重新关上了。

克里欧觉得自己的掌心在出汗:"难道这里……是第十层圣殿……"

"聪明!"普利斯多拍拍手,"你应该感到荣幸,伊士拉先生,你是第一个踏入圣殿的人类。"

"这对我来说并不是什么幸运。"游吟诗人冷冷地说,"为什么我会在这里?其他人呢?你到底想要做什么?"

普利斯多用手撑着头,饶有兴趣地看着克里欧。"很不错

天幕尽头

哦，"他满意地说，"不愧是杜纳西尔姆的王族遗孤，很会抓住重点！如果你的族人还在，你或许会是一个很不错的王。"

"请回答我的问题吧，普利斯多陛下。"

"我喜欢有礼貌的人。"妖魔王笑眯眯地说，"其实坦白地说，我也没有想到斯卡拉和斯卡提拉那两个笨蛋会这么早露出原形。按照原来的安排，你们会有一个漫长的旅程，但是现在半途中就被打断了。"

"你这是什么意思？"克里欧皱起眉头，"难道说你早就给我们设下了陷阱？娜娜和杰德吗？"

妖魔王点点头："虽然猜的不完全正确，倒也差不多吧。让我想想从哪里开始说呢？"他摸了摸下巴："这对双胞胎很漂亮，第一次在魔鬼海里沉没的时候，斯卡拉和斯卡提拉就想要他们，但是我觉得只当作玩具就太可惜了，所以我把他们送到了瑟里提斯，并且给了他们一点点魔力。他们就像一个饵，你懂吗？饵抛下去了，早晚都有鱼儿上钩。你不是在卡亚特大陆游荡吗？碰到他们的机会很多呢！"

"这个饵后面接着就是瑟里提斯，就是魔鬼海。"

"然后你们就会进入地下迷宫，而我……"普利斯多把身体靠在椅背上，摊开双手，"我在这里等着你们。"

"娜娜和杰德的身体什么时候被那个双胞胎妖魔换掉了？难道就是在瑟里提斯吗？"

"对啊，斯卡拉和斯卡提拉一直很惦记那两具身体，所以沙尔萨那就把他们带回来了。"妖魔王笑着说，"但正好让你看到的话，不也更坚定了你继续前往魔鬼海的念头吗？"

克里欧又听到了那个词,之前双胞胎妖魔也曾经提到过:"沙尔萨那?那个……难道就是在瑟里提斯袭击过我们的东西……甚至是袭击索比克草原的……"

"没错。"妖魔王兴奋地点点头,"它是很听话的小可爱,无论什么任务都能完成,不管是掀翻大船,还是带回两个娇嫩的人类,当然了,也包括毁掉整个除妖部族。"

克里欧仿佛被狠狠地刺了一刀,感到胸口一阵剧痛。

妖魔王似乎乐于享受他的痛苦,干脆手舞足蹈地炫耀起来:"我可从来没有告诉过别人啊,伊士拉先生,那是多么了不起的创造!谁知道呢?除了你,还有那些死人。我想总有一天,所有的人类都会认识它,他们会为之惊讶的!"

"那到底是什么?"克里欧压下了怒火,低声问道,"是妖魔吗?为什么从来没有听说过?"

"是我的孩子!"普利斯多陶醉一般地闭上眼睛,"不光是我的,也是其他人的,我们共同创造了它……我们给了它无与伦比的力量!"

"你是说,你和其他的妖魔王一起制造了那个怪物!"

普利斯多没有为克里欧的用词而生气:"你不喜欢它我可以理解,伊士拉先生,但是你无法不承认它的强大。多美,多可爱!凯亚神能创造人类,能创造这个世界,我们也能造出别的东西!"

克里欧只觉得一阵冰冷的感觉从背后传来,汗水已经浸透了他的衣服。那样可怕的怪物,竟然是五个妖魔王联手创造的,难怪连整个杜纳西尔姆族都没有办法抵抗!但是更可

天幕尽头

怕的是,这意味着两百年前,甚至更早,妖魔王们就已经从封印中苏醒过来!他们创造这个怪物的目的,恐怕不会是单单为了从地面上捕猎。

游吟诗人的眼睛慢慢地扫过这高台上的石桌,还有那些空着的椅子。"格拉克佩、昆基拉、瑟尔和图鲁斯坎米亚,他们又在哪里?"克里欧问道,"除了制造那恶心的怪物,让我们进入陷阱也是你们共同的决定吗?你们到底想要做什么?"

普利斯多为克里欧斟满了一杯蜂蜜酒:"先吃点东西,边吃边说。我会告诉你你该知道的事。"

"那么其他人的下落是我应该知道的吧……"游吟诗人并没接受妖魔王的殷勤,"菲弥洛斯在哪儿?也被你们带到这里了?还有科纳特亲王,甘伯特……他们在哪里?"

"啊啊!"普利斯多皱起了鼻子,仿佛一个耍脾气的小孩儿,"伊士拉先生,您真是对于他们的处境非常担心啊,我以为别的事情能分散您的注意力呢!"

"陛下,我想知道一切,但你在遮掩。你不是也把吞吞吐吐当作乐趣吗?"

普利斯多摩挲着手腕上的石头链子,似乎在考虑他的话。"好吧。"他终于点了点头,"反正慢慢地说和一次说完都是为了一个结果,让你看着那几个家伙,也许你会更耐心点儿。"

他跳下椅子,走到高台边,用手指点了点地。

一道银光从他点的位置延伸出去,在大厅的正中央扩散开来,接着大门打开了。外面同样挤满了各种丑恶的妖魔,

·260· 妖魔王

它们张着嘴嘶吼,却没有发出半点儿声音。接着一根细细的蔓藤从拥挤的妖魔中间慢慢地探入,不断地生长着,一直来到银光的中心。

它开始变粗,变大,分出七个红色的蓓蕾,然后其中六个不断地生长,在主干的两旁成了一边三个对称的格局,而中间的那个蓓蕾长在主干的顶端,它缓缓地绽放,露出花蕊中间一张美丽的女人的脸。

"葛洛芬……"克里欧喃喃地念着这个妖魔的名字,那是一种寄生在植物中的妖魔,常常潜伏在森林中吞噬各种动物和猎人。

蔓藤顶端的人脸笑了笑,然后低下花冠来,对着普利斯多行了一个礼。

"好了,尼尔特。"妖魔王叫着这个妖魔的名字,"快把我们的客人放出来。"

植物妖魔又行了一个礼,开始抖动身体,六个花苞慢慢打开,露出里面的人,克里欧一下子跳了起来——

在巨大的花苞中,科纳特大公、甘伯特、赫拉塞姆队长、夏弥尔、希尔小姐和巴奇顿先生都蜷缩在其中。他们的身体被粉红色的黏液包裹着,一动不动。

克里欧虽然早已经预料到他们会落入妖魔王的手中,但是真正看到猜测变为现实,还是震惊得有些手足无措。

"别担心,他们只是睡着了。"普利斯多安慰道,"我没有让尼尔特吸干他们。"

克里欧来不及计较妖魔王的话,他仔仔细细看了一遍,

天幕尽头

脸色阴沉地问道:"菲弥洛斯呢?他在哪里?"

"哦……"普利斯多摸摸鼻子,"对于一个弥帝玛尔贵族,这样做太失礼了,我为他准备了特别的招待呢!"

"让我见他!"克里欧盯着妖魔王。"现在,陛下,现在我就要见他!"

普利斯多背着手,摇了摇头:"放轻松,伊士拉先生。他一点事也没有。实话说,虽然弥帝玛尔贵族们和我们并不亲近,但毕竟是同族。哪怕你用诡计降服了菲弥洛斯,可是论血缘,他还是我们这边的。"

克里欧压下狂乱的心跳,重新坐回去,然后喝了一口冰凉的蜂蜜酒。香甜的酒水顺着干裂的喉咙滑到胃里,让游吟诗人胸口的痛稍稍消减了一些。

"你到底想做什么呢,普利斯多陛下。"克里欧对妖魔王说,"花费了那么多的时间,放了那么长的饵,让我们走到你的圣殿里,到底是为了什么?"

他的提问让妖魔王的心情更好了,那个男孩儿的指尖欢快地相互碰撞着,嘴里哼着小调儿回到石桌旁边。他坐在椅子上,拿起一个橘子开始剥皮,然后把橘子瓣儿放到克里欧面前。"你说的可没有错。"普利斯多这样说,"当然了,请你来到这个地方是绝对有原因的,我们一直在等待,我们浪费了太多的时间,但是这一切都有回报。"

克里欧对他的热切毫无反应,妖魔王又摸了摸鼻子,突然笑起来。这个笑容和那张男孩儿的面孔极不相称,是一种带着疯狂神气的笑,他的眼睛因此而隐约透出了红色,小小的虎牙也变得尖锐，竟如同是野兽的獠牙。

"我们需要你，克里欧·伊士拉！"普利斯多压低了声音，如同是从喉咙中抽出的细细的丝线，"听着，你很重要，非常重要！对于妖魔来说，你就是新的创世神！两百年前我们浪费了一次机会，现在终于重新抓住了！"

克里欧的胸膛中仿佛被一柄尖锐的冰锥刺入，然后整个人都给钉住了。他木然地看着普利斯多，脑子里却好像沸腾了一般，所有的往事都被翻卷出来，可惜他无法抓住任何一个细节。他想分辨清楚妖魔王话里的含义，但是又下意识地觉得，也许那会是一个让他也无法面对的答案。

"怎么了，伊士拉先生？"普利斯多挺直了身子，又变回那副天真无邪的模样，"您的脸色真糟糕，也许该再吃点东西。喏，尝尝这个，上好的燕麦饼，还有烤鹿肉……加了不少香料，全是帝都的口味，我想您应该喜欢。"

克里欧对那张男孩儿的脸生出了无比的厌恶，他焦躁起来，一把将堆到自己面前的东西都推开。"你是什么意思？"他冲妖魔王嚷道，"你刚才说的……什么'创世神'？什么机会？我不明白！告诉我到底是怎么回事？"

普利斯多揉搓着双手，满脸歉意："还不到明说的时候，伊士拉先生，请耐心一点。"

"见你的鬼去吧！"

克里欧猛地把桌上的东西统统扫到了地上，他急促地呼吸着，在经过了刚才的愕然以后，混乱的脑子中有一个猜测越来越清晰！这让他无比恐惧，他能感觉到理智的缰绳正从

天幕尽头

手中滑出去,身体控制不住地发抖。

普利斯多显得更加愉快了,他抿着嘴,注视着游吟诗人的脸。他的眼神让克里欧不寒而栗,瞳孔中似乎红色又要溢出来,好像充满了鲜血。

"窥测"。

克里欧知道,普利斯多正津津有味地查探着自己的情绪,越是恐惧和慌乱,越是能让妖魔王吸收到力量。他深深地吸了一口气,重新坐下来,闭上眼睛,既不看被葛洛芬控制的同伴,也不再去看妖魔王的眼睛。

普利斯多发现游吟诗人冷静下来,有些无趣地耸耸肩。"好吧。"他委委屈屈地拍了拍被食物弄脏的衣袖,"也许我的表达始终不能让您满意,我得叫人来帮忙。"

他敲打着桌子,口中吐出古怪的咒语。

克里欧睁开眼睛,看见长桌旁的石椅上聚集起了几团浓黑的雾气,它们是从地面上溢出的,爬上了椅子后开始凝结成了模模糊糊的形状,最后雾气完全消散,变成了几个"人"——或者说,妖魔王。

"我得向你介绍我的朋友们,也许你听说过他们的名字,不过我们今天说不定可以澄清一些过去的误会。"普利斯多扬起手,"在我身边的是昆基拉,接下来是格拉克佩和瑟尔,还有图鲁斯坎米亚……啊,图鲁斯坎米亚没有来,这家伙又在搞什么?"

克里欧对他的装模作样已经没有了任何兴趣,他的注意力完全被此刻现身的其他三位妖魔王吸引了过去。

遥远的往事

克里欧·伊士拉对于妖魔王的印象还停留在远古长诗中的模糊描绘。那些吞吞吐吐、迷迷蒙蒙的文字结合着雷电、雪暴、狂风和鲜血的意象,带给了他无边的恐惧想象。但是所有的想象,都被眼前具体存在的"人"打破了,他们离"可怕"有很远的距离,但是却让克里欧从心底感觉到了战栗——或许光是"妖魔王"这样的身份,就已经带来了足够的黑暗。

坐在普利斯多旁边的昆基拉,象征着"遗忘",她是一个身材窈窕、面容娟秀的女子,但是却没有一根头发,在光秃秃的头顶上,一个硕大的眼睛正望着天,不时转动,她的另外两只眼睛静静地注视着克里欧,露出了淡淡的微笑。

格拉克佩则是一个笑呵呵的胖子,他就好像是一个小餐馆里的厨师,或者是一个烤羊腿的小贩,光滑的脸上满是油

天幕尽头

腻,眼睛细成了一条缝,又短又肥的手指敲击着石桌,好像时刻都非常兴奋。任何一个路过他身边的人都会多看他一眼,他的笑容甚至会让迎面走来的人感到愉快。"如果他们不看他的眼睛。"克里欧在心里说——这个妖魔王的眼睛是一片灰色,没有眼白,没有瞳孔,只有一片灰色。

和普利斯多一样最接近人类的就是名字为"诱惑"的瑟尔了。克里欧分不清楚这个妖魔王到底是化身为男人还是女人,它的身体纤长,有一头金色的长发,面孔圆润又俊秀,瞳孔是美妙的黄色,呈现出完美的杏仁般的形状;鼻梁高挺却又小巧,并且有些俏皮的雀斑;嘴唇是纯洁的粉红色,虽然有些薄,但是却总带着一种似笑非笑的神气,这让它的整张脸都变得异常吸引人。

"你跟我想的一样可爱,克里欧。"首先说话的是瑟尔,它的声音同样雌雄难辨,"看到你真是非常高兴,我一直想象着你的样子,想了很久了……你没有让我失望,孩子,这真是太难得了。"

游吟诗人面无表情地看着它:"难道我要为此说谢谢吗?"

"哦。"瑟尔笑起来,顿时让人感觉到好像一朵玫瑰瞬间绽放,"我没那意思,亲爱的,我们不用那么客气。"

"我们希望你放轻松。"格拉克佩愉快地舞动着他笨拙的手指,"别板着脸,孩子,笑笑,笑一笑。"

"虚伪的客套现在已经没有任何意义了。"游吟诗人对妖魔王说道,"你们把我们费尽心机地弄到这里来,到底是为了什么,直说吧!"

"你很性急啊，克里欧。"瑟尔柔和地说，"我们现在有时间，慢慢地说清楚，也许应该纠正你的一些错误观念。你知道，那些很陈旧、很固执的观念……"

"你指的是什么，我听着呢。"克里欧盯着他的眼睛。

"瞧……"普利斯多耸耸肩，"漂亮的人说话总是有用。"

瑟尔冲他笑了笑，重新把注意力放到游吟诗人身上："对于我们，你怎么看，亲爱的？我是说，你知道些什么？"

克里欧盯着他，仿佛斟酌了一下——但是在这里他的两百年岁月相当于无关紧要的尘埃，任何思考都会被这些从混沌诞生开始就存在的怪物所洞察。于是克里欧松开了握紧的拳头。"你们是黑暗，"他低声说道，"永远不会被消灭，也不会死亡的存在。你们……是妖魔的初始创造者……你们的力量会让世界陷入混乱，整个人间都可能因为你们而毁灭。人类害怕你们……而凯亚神……他憎恶你们……"

瑟尔轻轻地鼓掌，它的手洁白修长，好像比例匀称的雕塑品。"说得不错，"瑟尔对克里欧说，"但是，这不是我们的问题，我们只是一种力量的代表，而这股力量是一些人并不喜欢的。如果有白天就会有夜晚，有善良就会有邪恶，有光明就会有黑暗。想一想，回忆一下杜纳西尔姆人的祖先拉加提，伟大的光明之神！就像你所说的，我们是黑暗，为什么光明之神只有一位，而我们却有五个呢？窥测、多疑、遗忘、诱惑和永恒的沉默，为什么会有五个？"

"猜对的话，会有奖励哦！"普利斯多笑眯眯地插嘴，用手支撑着小小的头颅。

天幕尽头

克里欧冷漠地看着他:"你们就是黑暗的力量……有什么区别吗?光明的力量要强大得多,你们如果只有一个,就会被光明压制,世界会失去平衡。"

"也对,也不对!"瑟尔耐心地说,"我们是五个,也是一个……光明之神存在,其实也有黑暗之神。光明和黑暗力量相同,甚至如同双胞胎一般亲密。光明之神的力量散逸在人间,成全了凯亚神的安排,而黑暗之神在这里……因为凯亚神的诅咒,他分裂成了五个。"

克里欧吃了一惊,他皱起眉头,仿佛在考虑什么,随即又甩甩脑袋,不可置信地看着瑟尔的面孔——完美的面孔,就好像神族一样。

瑟尔宽容地顿了一下,继续说:"就是这样,我们诞生了。我们分散了黑暗的力量,变成了五个独立的个体。这样,伟大的凯亚神在封印我们的时候就方便得多了……你明白了吗?亲爱的克里欧……你所崇拜的创世神不但是个偏心鬼,还是一个狡猾的家伙呢!"

游吟诗人从来没有听说过这样的故事,任何传说和史诗中都没有提到妖魔王来自于黑暗之神的分裂。在所有的故事里,妖魔王只是被简单地叙述为黑暗力量的化身,是平衡世界的存在——从最开始到最新近的传说,就没有黑暗之神的存在。黑暗一直都被定位为"邪恶"、"危险"和"令人恐惧",却没有人知道这样的力量的集合体,原来也被冠以过"神"的称号。

克里欧忽然隐约猜到了一些事情,对于他来说,有一股模糊的声音从身体内部传来——"这是一个圈套!从很早以前就开始了!"

普利斯多观察着克里欧的表情,谨慎地说:"我们睡了很久,就在被诅咒、被封印以后……我们记不得是多少年了,反正就在这鬼地方一直睡。但是后来我们醒来了,想到外面去透透气。你知道,我们分开了这么多年,要重新合在一起非常不容易,但是我们可以一步一步地来。比如,首先选择一个合适的身体……"

几个妖魔王都看着克里欧。

游吟诗人感觉到毛骨悚然,他慢慢地摇头。"不……不是这样的……"他用低哑的声音说道,"你们……"

"我们需要你的身体。"瑟尔用秀美的十指握住了克里欧的手,"亲爱的孩子,你是我们最好的容器……你的身体的每一部分都可以承受我们的力量。原本我们两百年前想从杜纳西尔姆人中选出合适的,可是傻乎乎的沙尔萨那还不会控制力度,它把一切都毁了。幸好你还在,克里欧,时间禁咒让你显得更加完美了!"

"一个合适的躯体,永远不会死,不会受伤!这可真妙!"普利斯多欢呼起来。

"而且还非常漂亮。"瑟尔用手指轻轻地划过游吟诗人的下巴,"我对你的模样很满意,特别是眼睛。因为你失去了魔力,所以很难找到,但是我们从来没有放弃过,而且你也一直在追查真相。"

克里欧忽然觉得全身发麻,并且止不住地抖动起来。瑟

· 269 ·

天幕尽头

尔的手指仿佛一条阴冷的蛇，让他全身竖起汗毛。他突然一把推开妖魔王，从椅子上跳起来。

"滚开！"克里欧暴躁地叫起来，"你们永远别想碰我！滚开！"

格拉克佩的手突然一下子暴长，抓住克里欧的手臂把他重新拖回来，按在了椅子上。"别激动，孩子。"妖魔王笑眯眯地对他说，"让我们住在你的身体里非常非常美妙。任何东西都不会再伤害你，那些火啊，刀啊，都不会在你的身上制造出伤口。这可比你现在好多了，虽然你能治愈，可总会感觉到疼吧？"

普利斯多赶紧补充道："还有还有，你可以飞翔，可以释放火焰和冰霜，可以徒手把钢铁撕成碎片；你可以读懂每个人的内心，可以控制他们的脑袋和身体，让他们干什么都可以。"

"就像神一样，"瑟尔眨眨眼睛，"相信我，那滋味儿妙极了！"

克里欧摇着头："不！我不能……我绝对不能成为你们附身的躯壳！我宁愿死！"

普利斯多失望地看着游吟诗人，冲着其他的同伴挤了挤眼睛。瑟尔微微一笑，突然从座位上消失了，接着克里欧感觉到自己双臂被紧紧地抱住了，就好像被铁箍牢牢地锁住。

"别着急，"瑟尔笑嘻嘻地在他耳边说，"你知道死亡对于你来说是件奢侈的事情，亲爱的，所以别让我们觉得你有多坚决。既然你来到这里了，难道嘴巴上说一说就能拒绝我们吗？"

克里欧用尽力气挣扎，但是却只能让自己更加绝望——他完全没有办法抗拒妖魔王的力量。

瑟尔轻轻地贴着他的脸："其实不用紧张，亲爱的，一点也不痛。"

克里欧闭上眼睛，世界陷入了一片黑暗……

◆

在天花板上有一个巨大的吊灯，粗糙的生铁弯曲出花瓣一样的形状，每一个尖端都燃烧着火把。光与影在石头表面相互共舞，又好像无数魔物编织成了一幅会活动的图画。

克里欧仰面躺在巨大的石桌上，四肢摊开，他的衣服被解开了，裸露着上身。一幅五角星图案被画在他的胸膛上，呈现出黑红色——那是由妖魔王普利斯多用自己的血画出来的，强大而黑暗的符咒。

克里欧的神志很清醒，也没有丧失知觉，但是他连一根小指头都不能动弹。

他感觉到自己的双手被割开了，格拉克佩似乎在伤口上分别摸了一下，于是当它们开始愈合时，总会有尖锐的疼痛传来，有无形的手又把它们撕开了。血液从伤口滴滴答答流出来，不是很多，但是接连不断。瑟尔和普利斯多各自捧着银质的钵，接住落下的血。

"我不会死的……"克里欧轻轻地说，虽然他感觉到身体的温度在流失，但是却还没有眩晕，"每次流出的血，在开始

天幕尽头

愈合时就会回到我的身体里。"

"嘘……"瑟尔用手指按在他的唇上,"我们知道这个,亲爱的。不过为了能进入你的身体,我们需要一点点血,无论如何也不能让它们溜回去。不过我保证这仪式很快就完成。"

克里欧喘了口气:"你们谋划这个到底有多久了?"

"你是说回到地面吗?"瑟尔苦恼地皱了皱鼻子,看上去俏皮可爱,"实话说我记不清了。你还记得吗,普利斯多?"

"哦……"有着男孩儿外表的妖魔王空出左手,掰指头,"大概有三百年吧,或者是二百八十多年。"

"嗯……也不长。"瑟尔想了想,"如果从我们醒过来算起,还不到四百年。"

"为什么你们会醒来?"游吟诗人顿了一下,他觉得胸部很沉重,好像压着一块石头,"为什么……凯亚神让你们安眠了,你们应该一直沉睡在岩石中。是什么……力量……让你们醒来……"

普利斯多得意地笑起来:"应该说,是谁帮助我醒来!当然咯,绝对不是神圣天的那些家伙!围绕在凯亚神身边的一群狗,他们是不会乐意再看到我们的脸的!"

克里欧的心脏感受到了更大的压力,但是他仍然发现了普利斯多话中的关键:"是谁……谁让你们醒来?"

"你想知道吗,亲爱的孩子。"瑟尔摇摇头,"别打听了!你根本不认识那个人!"

"人?"克里欧瞪大了眼睛,"你说是一个人?不……绝对不可能……人不会有这么强大的力量！"

"你是人，亲爱的！"瑟尔用同情的目光看着克里欧，"所以其实你一点也不了解自己的同类。"

克里欧闭上眼睛，吃力地呼吸，他的胸口越来越闷，但脑子里却拼命地转着：

人？

唤醒妖魔王的居然是一个人？三百多年前的人？谁有如此大的力量？

他记得卡亚特大陆上的民族非常多，自始至终生活在这里的就是杜纳西尔姆人。所以他们的史书能记载最连贯的大陆历史。三百多年前，巫术比现在要繁盛得多，凯亚神的崇拜被很多邪神崇拜包围着，还没有正教树立，其中不乏有崇拜妖魔力量的巫师。难道那个时候真的诞生了极其强大的巫师？

可是，为什么能唤醒妖魔王的巫师却没有被记载？作为熟读史书的杜纳西尔姆族的王子，克里欧几乎没有看到过有可能做到这一步的巫师——他们之中最杰出的也不过是召唤了中等妖魔的遗骨，并制造出怪物而已。

到底是怎样的一个神秘而强大的人触发了地底下的邪恶呢？为什么要这样做？

这三百多年的岁月里，卡亚特大陆的巫术逐渐衰落，而正教渐渐兴起，那个强大的巫师是在做了惊世骇俗的事以后，就消失了吗？

克里欧的头开始疼了，胸口无形的石头也好像是在变大。

天幕尽头

他剧烈地喘息起来，瑟尔冲着格拉克佩叫道："别作弄这小可怜，他快要死了！"

胖乎乎的妖魔王耸耸肩——他一直坐在椅子上看着他们，如同一个看戏的观众——然后打了一个响指，克里欧胸口的压力瞬间消失了，他拼命地吸进空气，感觉到肺部舒缓开来。

"对不起，我只是很无聊。"格拉克佩向他眨眨眼睛，"反正你也不会真的死去，对吧？"

游吟诗人闭上眼睛，渐渐地平息下来，他的确不会死——至少目前不会，他还不允许自己此刻死去。比格拉克佩的法术更让他难以呼吸的，是关于妖魔王口中那个神秘人的真相，还有他们苏醒过来的计划——可以预见那是一个对卡亚特大陆甚至整个人间极有威胁的计划。而且……

游吟诗人费力地用眼角的余光扫了一下大厅中被寄生植物妖魔葛洛芬控制住的几个人，长长地吸了一口气。"放他们走……"克里欧从喉咙里挤出一点声音，"既然你们要的是我，就让他们走吧……"

"你只担心那些废物吗？"瑟尔笑嘻嘻地凑近了克里欧的脸，"你担心的可多了，孩子，还有什么想说的吗？"

游吟诗人看着那张美丽无比的脸，压低了声音："你们会得到你们想要的，让他们走！还有菲弥洛斯……你们不需要一个弥帝玛尔贵族的……让他和他们一起走吧……我留下，这不就够了……"

瑟尔笑起来，冲着其他几个妖魔王挤弄着眼睛。"我们在猜你什么时候会分出一些关心给你的'血盟'盟友。"瑟尔对克里欧说，"对于过去的好奇心和复仇意识，会不会让你忽视一个妖魔的安危呢？哦，等等，其实菲弥洛斯不是简单的一个妖魔对吗？应该说，他是你的同伴，两百年来唯一的一个陪伴在你身边的人。"

"他在哪儿……"克里欧问道，"他对你们没有用……对吧……"

瑟尔烦恼地甩甩头："原本是没有，可你跟他结下了'血盟'，他就变得有些重要了。更何况他还跟你一直要找的东西有关。"

克里欧的心紧缩了一下，回忆起斯卡拉和斯卡提拉的话：除了妖魔王，菲弥洛斯也能引出骸卵……

"他在哪儿！"克里欧挣扎起来，"让我见见他！他在哪儿！"

原本被符咒固定在石桌上的游吟诗人的身体突然挪动了几分，虽然只是手指的痉挛和上身的倾斜，但也足以让普利斯多的脸上微微变色。"我以为没有人能撼动我的符咒！"有着男孩儿外表的妖魔王阴沉地说，面上似乎浮起了一层青气。

但是瑟尔却笑起来："别这样，你应该高兴，看看我们选的多正确，这孩子可以引发很强的力量。哎呀，够了！"

象征着"诱惑"的妖魔王看了看银钵中快满溢的血："现在可以开始了！"

它用手指头蘸了点儿，放进嘴巴里啜了一口，露出满足的表情。

天幕尽头

　　普利斯多也把银钵放下了，当他们同时离开以后，克里欧的伤口的血似乎流得少了一些，但是仍然没有愈合。

　　瑟尔和普利斯多把两个银钵放在石桌上，然后各自割开了自己的手腕，把血滴入其中。他们用古老的语言吟唱起来，那低沉的声音好像沼泽里冒出的气泡，连克里欧也不明白是什么意思。

　　接着他们退开了，格拉克佩和一直沉默的昆基拉上前来，同样滴入了自己的血。

　　克里欧拼命地想要扭动身体、站起来，踢翻那银钵中的血，但是他只能无助地发出了嘶哑的吼声，眼睁睁地看着两个银钵中泛出了红色的微光。

　　普利斯多拍了拍双手："哎，无论如何也得把图鲁斯坎米亚叫出来了，少了他可不行啊！"妖魔王又朝着克里欧挤眉弄眼："顺便，你还能看到你的仆人哦……我想你还从来没有见到他那个模样吧？说不定你会喜欢的……"

永恒的沉默

有着男孩儿外表的妖魔王普利斯多冲克里欧·伊士拉笑了笑，走下高台。他短小的腿似乎连下台阶也显得吃力，但是仍然用欢快的、和普通孩子没有什么两样的步子蹦跳着来到了空地上。

他吹干净地面的浮土，然后用食指画出了一个很大的三角形，三角形的边缘变得像岩浆一样红，接着慢慢地融化，逐渐扩展开，塌陷了下去。

克里欧从高台上能清楚地看到那个三角形变成了红彤彤的岩浆洞，但是他并没有感受到热气，空气也没有扭曲的迹象。

紧接着，普利斯多又用古老的语言唱起了调子奇怪的咒语，克里欧勉强辨认出其中的发音有些很像是"图鲁斯坎米亚"，他知道这是在召唤最后一位妖魔王。不知道为什么，他

天幕尽头

的心中充满了强烈的恐惧,他能感觉到眼前发黑,身体内部在痉挛——即便是被瑟尔和普利斯多放血的时候,他也没有这样难受过。

塌陷的岩浆洞里出现了金色的光,升腾起来,接着一个高大的人影慢慢地出现,他的头、肩膀、身体……一部分一部分地展现在克里欧的眼前。

游吟诗人不用仔细看就辨认出了那个人。菲弥洛斯,他相伴了近两百年的同路人,或许已经不是原来的那个了——他的头发从淡金色变成了更浓重的纯金色,脸上毫无表情,习惯于讥诮和嘲讽的嘴角绷得紧紧的,冷漠地垂着双手。但是他的脸更让克里欧震惊,从额头到右脸颊,他原本光滑的皮肤消失了,取而代之的是一种焦黑的瘢痕,仿佛被炭火炙烤过,凸起的鳞片覆盖在瘢痕上,形成了一条条奇怪的沟壑。而他的眼睛……原本黑色的右眼变得更大更圆了,瞳孔缩成了一条绿色的竖线,像蛇一样。

这样噩梦般的脸足以让人一眼见到就发出恐惧的尖叫。

"图鲁斯坎米亚不喜欢人类,他从来不以人类的模样出现。"瑟尔在克里欧耳边轻轻地诉说道,甚至会用舌头舔他的耳廓,"瞧,他喜欢你的仆人,能让他借用的身体可非常棒呢!"

游吟诗人张着嘴,想要叫菲弥洛斯的名字,但是只吐出两个可怜的音节。

"弥帝玛尔贵族都是自私自利的家伙,"瑟尔仍在自顾自地对克里欧唠叨,"我们都不喜欢他们,孩子们也不喜欢。但是不得不说，他们的能力的确强大。你还不知道图鲁斯坎米亚的挑剔吧，其实也不是他故意的。他的原身有极强的腐蚀力，所以如果他依附在一具身体上，很快就会把那倒霉蛋从肉体到灵魂都浸烂了，而且他又那么讨厌人类，只好去找可怜的普通妖魔们当寄主。能像弥帝玛尔贵族这样受得了他的真是非常不容易呢。"

这时候菲弥洛斯——或者是妖魔王图鲁斯坎米亚——已经完全现身了，他从岩浆洞中走出来，漠然地擦过普利斯多身边，步上高台。

"嘿，至少该说声谢谢。"像男孩儿一样的妖魔王抱怨着跟在他背后。

"菲弥洛斯"来到了游吟诗人的身前，他打量着他胸前的五星图案，又看了看正汩汩流出的鲜血。

"亲爱的图鲁萨。"瑟尔热情地叫着最后一个妖魔王的名字，把他抱住，"哦，看看你，这模样真是太帅了！我喜欢你这个样子，如果可以的话你在这个身体里多待一段时间就好了。"

"菲弥洛斯"不耐烦地推开了瑟尔，俯下身子打量着游吟诗人……

克里欧看着他脸上完好的那只左眼，想从那黑色的眸子里找到熟悉的神色，可是他失望地发现，那里面除了冷漠之外，空洞一片。他感觉到一种难以名状的疼痛从胸口传来。

这个陌生的菲弥洛斯用食指轻轻地在游吟诗人的脸上摩挲了一会儿，突然俯下身子，克里欧觉得温热的东西咬住了

天幕尽头

自己的喉咙,接着血流出来,又被疯狂地吸吮着。克里欧悲哀地想要转头,却被"菲弥洛斯"的双手牢牢地固定住了。

瑟尔的嬉笑在旁边显得更加刺耳,"图鲁萨,图鲁萨。"它拍着手,"你还是有那么严重的洁癖,老喜欢吃最纯净的东西。"

当克里欧放弃了挣扎的时候,"菲弥洛斯"也放开了他。妖魔贵族的嘴角上残留着红色的血迹——因为"血盟"的魔法,进入他身体中的克里欧的血不会再回到原主体内了。

"饱了吗?"瑟尔笑眯眯地看着他,"如果吃饱了就赶快进行下面一个步骤吧!"

普利斯多和格拉克佩都已经露出了不耐烦的表情,而昆基拉也点着头,头顶的眼睛不断地转动着。

"菲弥洛斯"用拇指拭去嘴角的血,然后用指甲在右眼眶那焦黑斑驳的皮肤上划开一条小口子,血液呈现出黑色,仿佛泪滴一样沿着他的面颊流下来。

瑟尔殷勤地捧起银钵,接住那些从下巴滴落的血。

这个时候,银钵中的血液开始旋转、混合,从红色开始逐渐变成黑色,然后冒出了淡淡的烟雾。"行了行了,"格拉克佩催促道,"稍微差不多就可以了,反正只是一个引子。"

瑟尔听了他的话,把银钵放到了克里欧的嘴边。"喝下去!"它温柔地说,"或者是我们灌进去,总之这些东西都得在你的肚子里。"

克里欧紧紧地闭着嘴唇,让痛得近乎麻木的舌尖贴着门齿。

瑟尔遗憾地叹了一口气："我有一千种方法让你开口，亲爱的，别做无意义的事情。"

但此刻一只大手突然拿过了装满血液的银钵，瑟尔回头看了看，笑着说："我知道你有办法，图鲁萨……那么就交给你吧！"

游吟诗人看着"诱惑"退开，"菲弥洛斯"又出现在他身前。他一只手端着银钵，一只手捏住了他面颊。巨大的力量让克里欧的嘴被掰开了一条缝，妖魔王将银钵中的血往里倒。克里欧无法抑制地咳嗽起来，血点喷溅得到处都是。"菲弥洛斯"的脸上露出了一点厌烦的表情，他的力气更大了，让克里欧不得不完全张开了嘴。

瑟尔不怀好意地捅了捅普利斯多："瞧，图鲁萨喜欢这差事。"

银钵中的血液终于见了底，"菲弥洛斯"站起身来，满意地望着精疲力竭的游吟诗人。

"开始吧。"普利斯多沉下了脸，五位妖魔王便分列到了克里欧的四肢和头的位置。格拉克佩和瑟尔把手按在他的双脚上，普利斯多和昆基拉着他的左右手，而图鲁斯坎米亚则站在他的头顶处，用手按住了他的眉心。

他们同时开始唱出咒语，仍然使用那种无比古老的语言。妖魔王们的声音在空旷的大厅中回响着，克里欧只觉得血腥味儿几乎要让他窒息。愣愣地看着上方的图鲁斯坎米亚，那张熟悉的嘴唇正专注地吟诵着古老的语言，变异的右眼被遮住了，他似乎又变回了他熟悉的模样。

天幕尽头

　　克里欧的身体内部有一种空洞的感觉,他拿不准是因为这咒语和仪式的缘故,还是因为意识到菲弥洛斯的"反叛"。身体内部的空洞正在不断地扩大,克里欧觉得似乎再不用什么东西填满,自己就会被吞噬掉。他忍不住开始呻吟起来,痛苦地扭动着身体。

　　这个时候,按住克里欧右脚的格拉克佩突然浑身颤抖,手掌渐渐地化了,肉块好像有自己的意识一般跟游吟诗人的身体融合在一起。这个肥胖妖魔王的身体不断地融化、变小,不断地侵入,但是克里欧的右脚却只是微微地膨胀。随着格拉克佩进入体内,游吟诗人感觉到那可怕的空洞似乎也被填补了一些,他甚至隐约有种期待,盼望着其他的妖魔王也这样做。

　　不一会儿,格拉克佩已经完全消失了,而克里欧的右脚也渐渐地消除了肿胀,看起来和平常没什么区别。他能感觉到有什么东西从脚踝处一点一点地爬向心脏,更可怕的是,那种深入血管和骨髓的麻痒竟然让他觉得很舒服。

　　咒语的吟诵还没有停下来,第二个进入他身体的是普利斯多……

　　接着是瑟尔……

　　克里欧昏昏沉沉的,已经忘记了时间。他只能感觉到体内的空洞被渐渐地充满。虽然心中的绝望一点一点在不断加深,但与理智相反的肉体的愉悦却不能消除。克里欧紧紧地闭着双眼,无法再与妖魔王的力量抗衡。即便不甘心,即便愤怒又恐惧,他也不得不承认,也许他无尽的时间就会在这里终结，接下来就是黑暗之神复活的时间。不光是寻找骸卵会成为一个梦，连重新回到地面也是奢望。他、菲弥洛斯将成为妖魔王的猎物，科纳特大公、甘伯特、赫拉塞姆队长……他们都会死在这里……接下来还有更多的人会死，一旦黑暗之神重生，回到人间，一切都会被毁灭……

❖

就在这个时候，他突然听到了一声奇怪的闷响，然后图鲁斯坎米亚和昆基拉念诵咒语的声音被打断了。

克里欧睁开眼睛，看到一束白色的光，那光线是从包裹着科纳特大公等人的妖魔那里发出来的。葛洛芬的根茎在剧烈地颤抖，顶端花蕊中的女人的脸露出极为痛苦的模样。让她难受的是左边的一个花苞，那里面沉睡的人醒来了，并且挣出了一只手，撕开裹住身体的花瓣，他的全身都散发着白光，就好像一个小小的太阳。从刺眼的光芒中，克里欧还是辨认出了他的模样——

夏弥尔·菲斯特，这个被他们从海中救上来的少年，此刻仿佛变了一个人。他的脸上再没有懦弱和胆怯的痕迹，像上战场的斗士一样严肃，毫不费力地挣脱了身上的束缚。

短时间一连串的意外让克里欧已经无法表达自己的震惊了，他瞪大了眼睛看着夏弥尔折断尼尔特的花枝，然后盯住高台，猛地跃起，双手放射出闪电。

他陡然增亮的白光让昆基拉和图鲁斯坎米亚也禁不住眯起双眼，就在这一瞬间，克里欧感觉到一股强大的力量把自

天幕尽头

己从石桌上掀了下去。魔法的约束瞬间散去，他双腕上的伤口也开始愈合了。克里欧想要站起来，但是双脚和左手都不听使唤，他用仅存的右手支撑着身体向角落爬去。

此时夏弥尔已经跳到了高台上，他的白光更加强烈。昆基拉头顶上的大眼睛也闭合起来了，双手交叉挡在面前，但是图鲁斯坎米亚却迈上一步，向他发出一道光刃。

这和菲弥洛斯以前的攻击一模一样，然而光刃却不再是蓝色，而是黑色。那道黑色的光刃切开了夏弥尔的白光，没入他左肩。

但是少年并没有退缩，他的双手继续释放着闪电，灵活地穿梭在两个妖魔王之间。图鲁斯坎米亚的黑光刃不断地射向他，但是他都躲闪过了，偶尔被击中，似乎也毫发无伤。

昆基拉则闭着三只眼睛，口中喃喃地念诵咒语，地面上探出柔软的刺藤不断地追随着夏弥尔，缠住他的双脚。

克里欧捂着胸口靠在墙上，盯着这三个人的对决。他简直无法相信，夏弥尔能独自对抗两位妖魔王，这即使是杜纳西尔姆的全部大祭司加起来也做不到的。他到底是什么人？

图鲁斯坎米亚很快就发现那些光刃对这个神秘的少年完全没有作用，他用指尖在掌心各画出一个十字血痕，接着突然相对拉开。血痕中间出现了一个黑色的球，接着慢慢变大，伸出无数触须。妖魔王把那个人头大小的黑球扔到空中，它立刻紧紧跟上了夏弥尔，并且用触须去抓他的脖子和头。

这可比蔓藤要管用得多！

只见一根触须碰到夏弥尔的皮肤，立刻想粘上去，整个黑球迅速地拖住了他，一点点接近。他的速度慢了下来，脚也立刻被缠住了。但是白色的光让黑球和蔓藤都发出了吱吱的声响，升腾起一股灰烟，就好像它们正在被炙烤。

妖魔王们不断地增强着法力，这两个鬼东西终于让夏弥尔完全地停了下来，似乎连白光也被黑色裹住了。他抬起一只手，扯开附着在右腿上的蔓藤和黑色触须，但是只听见"哧"的轻响，他的衣服连同皮肤、肌肉一起被撕掉了，白森森的骨头暴露出来。但是往常那哭哭啼啼的夏弥尔却好像觉察不到痛苦一样，又抓住了别的蔓藤。

这个时候昆基拉睁开三只眼睛，用嘶哑得如同乌鸦般的嗓音说道："肉傀儡……"

克里欧第一次听到她说话，但是恍惚的神志却被立刻唤醒了——

他听到她说"肉傀儡"。

那是一种传说久远的巫术，但是却几乎没有人亲眼见过。巫师能利用白骨生肉，制造出新的活物，可以是猫、狗，也可以是人。这些被制造出的生物能被巫师灌注力量，并且听从他们的指挥。那就是肉傀儡。只要巫师的力量存在，肉傀儡就不会死亡。但是巫师把自己的力量通过傀儡施展出来，而力量往往因为距离和傀儡本身的因素遭到削弱。

如今作为"肉傀儡"夏弥尔却能够跟两个妖魔王抗衡，那么操纵他的巫师法力之深厚，近乎匪夷所思。

而且，巫师攫取的是黑暗力量，夏弥尔为什么要对抗黑

天幕尽头

暗力量之源呢?

克里欧的脑子里迅速地涌动着各种各样的猜测,陡然想到了那唤醒妖魔王的巫师。

如果说能造出如此厉害的肉傀儡,那么只有唤醒妖魔王的巫师能有这样的法力,可是那个人几百年前才存在,而且他既然要唤醒妖魔王,为什么此刻又用肉傀儡来阻止妖魔王们合体为黑暗之神?

图鲁斯坎米亚的黑色触须球和昆基拉的蔓藤已经完全裹住了夏弥尔的下半身,少年身上的白色光线减弱了一大半,这个时候两位妖魔王向他走过去,抓住他的头发,把他提了起来。

白色的光线接触到图鲁斯坎米亚和昆基拉时,同样让他们的身体也发出了被灼烧一般的声音,但是这并没有对他们产生什么大的影响。图鲁斯坎米亚撕开夏弥尔胸口的衣服……还有皮肉,露出了肋骨。在肋骨中间,有一颗红色的石头正在转动——那就是肉傀儡的"灵魂内核",让它们保持生命力和服从命令的东西。

克里欧看着图鲁斯坎米亚的脸,那张一半属于"菲弥洛斯"的脸毫无表情,左眼中看不出半点波澜,但是焦黑变形的那部分的右眼中,却散发着绿幽幽的光芒,正无比兴奋地盯着那一枚红色的石头。

"也许那颗石头能够反噬巫师,按照巫术的原理……"克里欧这样猜测着,妖魔王们是不会轻易放过这个机会的。

他突然有些想笑,无论有没有这个肉傀儡,他的身体都保不住！妖魔王们需要重塑黑暗之神。他最终还是会用一个从来没有想到的方式把命赔给菲弥洛斯，而菲弥洛斯却不得不跟他绑在一起。那个人如果还保留着自己的意识，会不会觉得恶心呢？

游吟诗人感觉到前所未有的疲惫，他用右手按着心脏的位置，闭上了眼睛。

苏　醒

图鲁斯坎米亚和昆基拉已经看到了夏弥尔胸膛里的灵魂内核。

作为"肉傀儡"的少年在皮肉被撕开以后只流出了少量的血迹，他被两个妖魔王施放的魔法蔓藤和黑雾绳索牢牢地缠绕着，似乎已经不能反抗了，但是脸上连一丝痛苦和恐惧的神色都找不到，当图鲁斯坎米亚掰断他的肋骨，把手伸向那颗赤红的核时，他突然发出了刺耳的叫声。

随着这可怕的声音，那颗灵魂内核突然发出了炫目的金光，炸裂开来。图鲁斯坎米亚和昆基拉一下子被气浪推出去，重重地摔在地上。昆基拉深深地嵌入了石壁中，而图鲁斯坎米亚落在了高台之下。夏弥尔躺着的地方留下黑色的大坑，他整个身体都已经不见了，四处散落的只有零星的布片和一些碎骨。

地下迷宫

克里欧在角落里，感到细小的石屑和别的什么东西落在脸上和身上，他抬起手来，拾起了一小段指骨。那上面连一丝血肉都没有。克里欧顿时明白了，为什么会在伦德卡加救起夏弥尔——他原本就是沉船上的一具骸骨，神秘的巫师赋予了他生命，让他来到船队，成为了他们的同伴，所以他才会到地下迷宫，一直跟随到了最后。

但是为什么现在才变成他们的保护神呢？

克里欧把那截骨头牢牢地握在手里，他伸展了一下身体，突然发现四肢恢复了知觉。他站起来，踉跄地走了几步。

整个大厅里弥漫着一股焦臭的味道，灰色的烟雾还没有散去，游吟诗人看了看暂时失去意识的昆基拉，然后摸索着下了高台，走到另外一位妖魔王身边。

图鲁斯坎米亚平躺在地面上，似乎没有受什么伤，但是双眼紧闭，不省人事。他金色的头发凌乱地遮住了右脸，看起来就是菲弥洛斯的模样。克里欧几乎要产生一种错觉：妖魔贵族并没有被寄生，只是睡着了。

游吟诗人费劲地蹲下来，把手按在他的颈部，温热的脉动传来，竟然意外地平顺、安详。

克里欧慢慢地拂开妖魔贵族的头发，看着那部分变异的脸，忽然发现有无数条黑色的丝线从眼睛的周围延伸出去，因为混在头发里，所以难以觉察。那些丝线汇集到地板上，渐渐变得越来越多，聚成了一团黑色的、黏糊糊的东西，中央鼓起一个圆形，不断地在移动。它缓慢地探寻着方向，似乎正处于迷乱中。

天幕尽头

克里欧立刻判断出，那或许就是图鲁斯坎米亚的原型——因为肉傀儡的灵魂内核突然爆炸，它被菲弥洛斯的身体弹出去了。

克里欧用力地摇晃妖魔贵族，使劲叫他的名字，尽一切努力让他在图鲁斯坎米亚回来以前醒过来。那黑色的东西渐渐地开始膨胀、变大，朝着他们的方向移动了。克里欧的心底好像有一把火在烧，他更疯狂地叫着菲弥洛斯，甚至夹杂着凯亚神的圣名。

或许是他从来没有过的强烈的祈祷诚意让凯亚神也有了一点感应，在图鲁斯坎米亚几乎快要再次碰到菲弥洛斯的时候，妖魔贵族猛地睁开了双眼！

"快！菲弥洛斯！快起来！"克里欧用尖锐的声音叫道。

妖魔贵族几乎是下意识地朝着旁边翻了个身，坐起来，避开了图鲁斯坎米亚的反扑。

菲弥洛斯的眼睛已经从刚苏醒时的迷惘渐渐地恢复了清明。他看了看抓住他胳膊的克里欧，又看了看那个蠕动着的黏稠的东西，顿时明白了现在的状况，脸上顿时因为极端的愤怒而变得扭曲起来。

"我讨厌任何人在我失去意识的时候干恶心的事情！"他一边说着，一边挥出一道光刃，那颜色又是美丽的蓝色，这减轻了克里欧胸口的焦躁。

光刃没入图鲁斯坎米亚的身体，黑色的黏稠物发出了气泡一般咕噜咕噜的声音，漾起了波纹。他似乎意识到自己没有办法马上就重新占有这个完美的寄主，于是突然掉转了方向想要逃开。他收回了所有的触须丝线，凝结成一个圆球，同时从糊状变得坚硬起来，就好像一块光滑的黑色石头。

菲弥洛斯的手掌上凝结出一个小小的光球，朝着化为原形的妖魔王扔了出去，但是预料中的爆炸没有发生，光球还没有碰到"石头"就熄灭了。

"那混蛋还真厉害！"菲弥洛斯咬着牙骂道，他摸了摸自己的脸，"妈的，这痕迹是治不好的啊，真是太恶心了！"

"怎么办？"克里欧问道，"让他逃走吗？"

菲弥洛斯看着周围的一片狼藉，又抬头看了看大厅的顶上："我们得离开这里！我们杀不了他们，也封印不了他们，但是他们现在很虚弱，正好是个机会！"他又顿了一下，低声说："虽然我之前被那臭虫附身了，但是当时我能清醒地感知外界……"

克里欧没有仔细琢磨这句话，因为此时图鲁斯坎米亚已经滚到了原先的岩浆洞口，沉了下去。克里欧回头看了看昆基拉，她头顶的眼珠还没有睁开。"我们该怎么做？"游吟诗人问道，"这里很明显是一个魔法结界，怎样才能出去呢？"

菲弥洛斯冷笑了一声："妖魔王的结界，自然要用妖魔王的血来打开。不过还是先解决剩下的小垃圾吧……"

他向仍然僵立在大厅里的葛洛芬扔出蓝色的光球，名叫尼尔特的妖魔那张花朵般的脸被炸得粉碎，接着剧烈地抽搐着，委顿在地上。她的花苞全部松开了，科纳特大公和赫拉塞姆队长等五个人滑落出来，身上沾满了透明的黏液。

"你叫醒他们，我来试着打开结界。"菲弥洛斯果断地安

天幕尽头

排,然后朝着昏迷的昆基拉走过去,抓住她的脖子把她拖到了高台下。

克里欧挨个儿叫着同伴的名字,掐他们的手和脸。格拉杰·赫拉塞姆最先醒过来,接着是甘伯特,克里欧一边简单地告诉他们目前的情况,一边努力地弄醒剩下的人。

赫拉塞姆队长的脸色苍白,似乎因为刚从昏迷中清醒而又接受了超乎想象的事实而显得有些混乱,当他看到菲弥洛斯拖着昆基拉走来的时候,不由得盯住菲弥洛斯被毁掉的半张脸,真切感觉到了克里欧说的残酷事实摆在眼前。

"这就是妖魔王?"他打量着昆基拉头顶闭合的眼睛。

"只是其中之一。"菲弥洛斯从指间拉出蓝色的荧光线,把昆基拉捆在了地上。

"还有的呢?"赫拉塞姆队长追问道。

菲弥洛斯阴沉地看了克里欧一眼,没说话。

游吟诗人正在唤醒米克·巴奇顿,听到赫拉塞姆的追问,他转过头来,平静地说:"我的身体里有三个,还有一个刚刚逃走。"

赫拉塞姆露出震惊的表情,而甘伯特脱口问道:"什么?您说什么,伊士拉先生?妖魔王对您……他们附身在您体内?"

"按道理说是这样!"游吟诗人皱着眉头,"但是现在我感觉不到他们的存在,也许因为他们的魔法仪式中途被夏弥尔打断了,所以受到了影响!哦……我们没有时间来考虑更多事情,现在是他们力量最弱的时候,我们得想办法逃走。"

赫拉塞姆的眼神在克里欧身上转了一转，游吟诗人知道他在担心什么。"我还是我，"克里欧解释道，"我也不明白为什么我被附身以后没有失去自我意识，但是能肯定的是我现在还能控制自己身体，你需要验证吗？是不是要说说我们在法比海尔村相遇时的细节。"

"不用了，"王宫侍卫队长摊开手，"我相信您，您的眼神没有变……而且我们也没有太多的时间。"

"这是大实话！"菲弥洛斯冷笑了一下，然后对克里欧说道，"别闲聊了，主人，赶紧把他们都领到一边儿去，我得开始动手了。"

赫拉塞姆队长和甘伯特连忙把仍旧昏迷不醒的科纳特大公和莉娅·希尔小姐移到了大厅的角落里，克里欧也搀扶着醒来的巴奇顿先生跟在后面。

菲弥洛斯用布条把长发绑起来，然后划开掌心的皮肤，将血滴落在昆基拉的双眼上，又绕着她头顶的独眼画了一个圆圈。他口中喃喃地念了几句，昆基拉便猛地睁开了双眼，发出长长的号叫——

她的声音就仿佛是男人、女人和野兽混起来的合唱，让人从心底发抖。

克里欧注意到她头顶上的眼睛仍然是闭合的，却不知道是不是因为菲弥洛斯的咒语。"昆基拉"的名字是"遗忘"，或许那只眼睛是至关重要的。

"放开我！弥帝玛尔贵族……我命令你……"她紧紧地盯着菲弥洛斯的脸，发出诅咒，"你知道我们是永生不灭的，你

293

天幕尽头

知道惹怒我们的后果……你会永远被黑暗缠绕,你再也飞不上蓝天……"

"谢谢!"妖魔贵族不耐烦打断她的话,"你的提醒我会牢记的,感激不尽。"

他托起她的头,食指尖的蓝色光线划开了闭合的眼睛,昆基拉的叫声更加凄厉,鲜血沿着她的后脑流到地板上。她没有停下诅咒,而菲弥洛斯同样没有停下手中的动作,他的指甲延伸出更多的蓝色光线,深深地剜进了昆基拉的头顶眼窝中,接着便在她发狂般的吼叫中,将那颗眼珠挖了出来。

克里欧有些毛骨悚然,但并不是为了昆基拉的遭遇,而是那颗眼珠掉落出来以后整个大厅中骤然减弱的灯光。妖魔王似乎被抽走了全身的力气,软绵绵地瘫在地上,她失去了眼珠的头顶留下一个血肉模糊的小洞。她的双眼死死地盯着菲弥洛斯,诅咒仍然轻声地、不断地泄露出来。

菲弥洛斯蘸着昆基拉的鲜血在地上画出符咒,然后把那颗眼珠放在了一个倒三角形的中央。他吟唱出一阵低沉的咒语,昆基拉的眼珠便从三角形中放出一股白光,直射向大厅的顶部。与此同时,地板、墙壁都开始轻微地震动,并且渐渐地变得剧烈起来。

"起作用了!"克里欧低声说,"妖魔王构筑的结界空间正在解体。"

仿佛是为了证明他的话,那些门窗开始掉落,拥挤在外面的各种各样的妖魔露出狰狞的面孔,它们似乎明白这个"圣域"的围墙即将倒塌,纷纷露出贪婪的表情。

最后几个人都醒过来了,包括虚弱的大公殿下和唯一的女性希尔小姐,他们被那些门窗外的妖魔的嘶吼和急不可待的模样吓了一大跳,意识到自己正从一个危机迅速地掉入了另一个危机中。

"它们会冲进来吗,伊士拉先生。"赫拉塞姆队长空着双手,他的武器已经遗落了,正尝试着寻找能代替的东西。

克里欧的掌心不断地出汗,他目不转睛地看着大厅中间的妖魔贵族,现在一切都得靠他。

"暂时不会!可我们只有一次机会,"克里欧回答赫拉塞姆队长,"现在菲弥洛斯正在打开结界,用妖魔王的血肉来制造离开的通道,如果通道打开的一瞬间我们能逃出去就没事,否则这个空间会塌陷,外面的妖魔会立刻涌进来把我们撕成碎片。"

即便是对死亡从不畏惧的皇家军官,此刻也禁不住流下了冷汗。他看了看身后反应还没有完全恢复的同伴,追问道:"什么时候能进入通道?"

克里欧摇摇头:"我也不清楚……得等菲弥洛斯告诉我们。我们应该准备好,我希望你能带着科纳特大公先走,然后其他人跟上……我留在最后。"

游吟诗人的口气有些怪异,这让赫拉塞姆心中产生了不祥的感觉。

克里欧从他的眼神中读出了疑问,忽然淡淡地笑了笑:"在你们醒来之前,已经有三个妖魔王进入了我的身体……他们想要融合,然后回到地面。如果他们成功了,你能想象将

天幕尽头

来会发生什么可怕的事情，也许洪荒时代会再度来临……所以如果通道打开的时间太短，你们先走吧……我可以留下来……"

赫拉塞姆的喉头哽了一下，想坚定地说"不行"，但是他忍住了，干脆绷着脸不再说话。

克里欧笑了笑，转头对甘伯特吩咐："现在帮大家做一点初步治愈，等下需要充沛的体力。"

年轻的祭司看着算得上他半个导师的男人，英俊的面孔上充满了担忧，他意识到这次的危险比进入这个地下魔窟后遇到的任何一次都要可怕，甚至会是更惨烈的生离死别。但是他依然控制住自己发抖的双手，用最正确的手势和最平稳的声音，开始念诵白魔法咒语，让被葛洛芬的毒液浸透的人恢复精力。

"谢谢……"克里欧温和地看着这个年轻人，"你做得非常好，甘伯特……如果我有更多时间，就能教给你更多的咒语，那很有用……"他忽然想起什么，从衣服里掏出了一截只有半个手掌大的扁平铁盒，那盒子被皮绳牢牢地束缚在他的脖子和胸膛上。"把这个带走，"游吟诗人将铁盒挂在甘伯特的脖子上，"这是杜克苏阿亲王殿下赠与我的礼物，你离开这里以后一定要仔细地读，你很聪明，又学过我教给你的咒语，应该能考证出杜纳西尔姆族的发音，这东西会对你非常有好处。"

甘伯特的心底涌出一股酸涩发苦的味道，他连谢谢都说不出口，只是盯着克里欧的脸，然后勉强点点头，转过脸让自己把精神都集中在治疗魔法上。

这时科纳特大公已经完全地恢复了神智,他涨红了脸打量着周围,大概一连串的巨变已经让他对恐惧感觉麻木。他抓住克里欧的手臂,有些语无伦次:"这里是第十层圣殿?就是这里……天哪,父亲大概从来没有想象过这样的事情……如果我告诉他,如果我向他描述关于妖魔王的一切……"

"您会有这个机会的!"游吟诗人向科纳特大公微笑:"我很高兴一路保护您对父亲的感情,这也算是我对亲王殿下的报答。"

科纳特大公的脸上的红晕似乎退去了一些,他僵硬地牵扯着嘴角,但是却像个苦笑:"我只想证明他错了……"

克里欧诧异地看着他。

青年贵族的眼神落到躺在地上的昆基拉身上:"我到陛下的宫廷里学习机械,因为我不相信父亲从小给我说的那些故事……他其实什么妖魔也没有见过,我相信他也不会看到……我要跟着您出来,是藏着一个卑鄙的念头:我想回去告诉他,其实妖魔只是一些奇特的变异生物,并没有那么神秘。但后来,就是从我们开始航行以后,我就猜到他是对的……现在我想我应该告诉他这些……我应该回去,伊士拉先生。"

"啊……"游吟诗人笑起来,"年少的叛逆,真是玫瑰花上的刺。回去吧,殿下,您会回去的。"

他看了看身后的几个人,点点头:"每个人都应该回去,

天幕尽头

这是毫无疑问的。"

这个时候,在大厅中央的菲弥洛斯站起身,向着他们叫道:"过来,快!"

重返人间

在用妖魔王昆基拉的血描绘出的魔法阵的中央，那颗被剜出的眼珠放出的光线渐渐地变得越来越明亮，照射到天花板上并变成了光柱，然后一个巨大的、黑幽幽的洞口显露出来。大厅中的摇晃和震动更加剧烈了，地面出现了细小的裂缝，岩石的碎屑不断地掉落下来，而且越来越大块儿。

"快！"菲弥洛斯朝着克里欧·伊士拉和其他人挥手，"在这家伙的血液干掉之前，你们最好都能离开！"

游吟诗人拉起了科纳特大公的手臂："来吧，殿下，您要回到父亲身边，现在就是唯一的机会！"

他拽着青年贵族跑在最前面，其他人紧跟其后。

"嗯，这才对！"菲弥洛斯满意地点点头，一边招手一边叫道，"过来，跳进这个光柱里，我让它尽可能地与有光的地方连接，你们或许会被送到海面上，也许会送到荒原里，也

天幕尽头

可能是某个垃圾堆或者坟场……不过我想怎么样都比在这里强。"

"去吧,殿下。"克里欧对科纳特大公说,"别害怕,走到那个光柱中间去,只有先离开这里,您才有更多的机会。"

年轻的贵族咬紧了牙关,做着这一生目前为止最勇敢的决定。但是当他跑过那个大厅中央的岩浆洞,有一条细细的黑色丝线弹出来缠上了他的脚踝,任何人都没有看到。直到他接近了光柱,闭着眼睛准备往里跳的时候,一团黑色的阴影以更快的速度猛地从岩浆洞中飞出,一下子罩住了他整个头颅。

科纳特大公从喉咙里发出了闷响,然后跌倒在地。

"图鲁斯坎米亚!"克里欧叫着妖魔王的名字,上去扶起科纳特大公。

青年的整个脸都被黑色的糊状物覆盖住了,一条黑色的线正顺着他的耳廓爬进了耳洞里。

"他想要钻进大公殿下体内!"克里欧对菲弥洛斯叫道,"来帮帮我!想想办法!"

妖魔贵族的脸色变得很难看,他对于游吟诗人的要求非常配合,甚至还没有等到被开口要求就已经跑过来!"我正愁找不到你!"菲弥洛斯憎恶地盯着那团黑色的东西,"既然毁了我的脸,那就得付出代价!"

克里欧一边牢牢地箍住大公的身体,避免他胡乱打滚,一边叫着祭司:"甘伯特,来,在他耳朵旁边制造'凯亚明灯'!"

六等祭司单膝跪在克里欧身边，用两只手做出了祈祷的模样，然后伸到科纳特大公的耳朵旁，两朵小小的金色光球从他的掌心幻化出来，妖魔王仿佛被火焰灼烧了一样，不得不中断了入侵的动作，从大公的耳朵旁畏惧地退开了一些。

与此同时，菲弥洛斯十个指头上泛出蓝光，向着黑色的糊状"面具"割下去。

科纳特大公的"呜呜"的嘶鸣声更大了，身体也剧烈地扭动起来。

"不要伤到他的脸！"克里欧冲着菲弥洛斯喊。

妖魔贵族瞪了他一眼，没有停下手中的动作。

那片黑色的糊状物渐渐地被撕开了一条口子，大公的皮肤却完好无损，菲弥洛斯用指甲继续沿着青年的轮廓切割，想要让他的鼻子先解放出来，不至于窒息。但是那些丝线又在继续向下延伸，缠住了他的脖子……

"你这个恶心的家伙！"菲弥洛斯厌恶地骂道，同时为图鲁斯坎米亚的韧性感到吃惊。

克里欧看着科纳特大公的胸膛起伏渐渐地减弱，大声对甘伯特吩咐道："把凯亚明灯按到他的脸上去！"

甘伯特反应迅速地念了一句咒语，两个小小的光球立刻膨胀了一倍多。他翻过手掌，一下子将光球按到了黑色的糊状物上。

只听见一阵吱吱的响声，科纳特大公的脸上腾起一股黑色的烟雾，还夹杂着一种奇怪的焦臭，就好像是肉体腐烂的味道。

天幕尽头

图鲁斯坎米亚的原身似乎在瞬间被稀释了，它缓缓地流下来，滴落在地板上，然后又凝聚起来，围拢在科纳特大公周围的人都不约而同地朝后面退了一步。那些液体迅速地向岩浆洞流去，但刚到洞口就被菲弥洛斯扔出的光球炸得飞溅开来，黑色的液体洒得到处都是。

"你们没有沾到吧？"他回头看着身边的人。

大家都低头看看自己，又相互打量，纷纷摇头。

"那就好！"妖魔贵族阴沉着脸，"行了，至少在我们离开之前他都不能来烦我们了！"

克里欧看着怀中的科纳特大公，拍了拍他的脸。青年大口大口呼吸着，脸色苍白。当看清楚面前的人以后，他慌乱地摸了摸自己的脸和脖子。

"没事了，殿下，"克里欧让他站起来，"走吧，妖魔王暂时不会反扑了！就趁现在……"

"通道支撑不了太久！"菲弥洛斯不耐烦地拎起科纳特大公的衣服，把他拽到光柱前，"是你自己跳进去，还是我推你进去！"

大公殿下咽了口唾沫："我、我自己可以……"

"很好！"菲弥洛斯冷冷地说，"在这趟路上你一直是个废物，现在我希望你做一件自己能完成的事情！"

科纳特大公涨红了脸，似乎想要反驳，但是他最后还是握紧拳头迈进了光柱，他的身体仿佛被镀上了一层荧光，然后开始慢慢上升。

所有人都盯着这个奇异的景象，不由自主地屏住呼吸。

赫拉塞姆队长忽然转头对莉娅·希尔小姐说："您得跟着他，小姐，现在请您进去，拉住他的手，如果你们俩同时被送出去，可能会出现在同一个地方。"

一贯干脆利落的希尔小姐此时却犹豫起来了，她用手背擦了擦脸上残留的黏液，然后把目光投向米克·巴奇顿先生。

粗壮的大汉看着她的眼睛，用嘶哑的声音说道："去吧，跟着大公殿下，保护他！然后我们一起回到阿卡罗亚去！"

希尔小姐的眼睛似乎泛出了泪光，但是她却笑起来："是的，回到阿卡罗亚去……希望你能带我到矿坑的深处去，那里的星星石一定比这里的美丽千万倍！"

巴奇顿先生微笑着，黝黑的脸膛泛红："我保证，小姐，我保证！"

希尔小姐转身迈进了光柱中，这个时候科纳特大公的身体已经上升了不少，她奋力拽住他的腿，然后攀上了他的手臂、肩膀，努力挽住他。科纳特大公向她笑了笑，也伸手牢牢地抱住她。

当两个人不断向着光柱的顶端攀升的时候，大厅里的落石和地面裂缝的巨响更加密集了，就在他们消失在光柱尽头的一瞬间，希尔小姐仿佛惊叫了一声："殿下，您的耳朵……"

但是她的话还没有说完，光柱顶端出现了一个黑洞，迅速地把他们吸了进去，而那句话也并没有让克里欧他们听见。

游吟诗人和赫拉塞姆队长正忙着安排第二组进入光柱的人。

天幕尽头

"巴奇顿先生,您和甘伯特阁下一起走。"赫拉塞姆队长说,"不论你们出去以后在什么地方,都先回萨克城,将这里发生的一切告诉国王陛下。"

"不行!"米克·巴奇顿固执地说,"您才是向陛下汇报的最佳人选。您先走,我可以留在最后。"

"争论这个是在浪费时间。"赫拉塞姆掏出自己的鎏金玫瑰匣子,把它塞进巴奇顿的手里,"带上它!你一定用得着。"

侍卫队长用几乎粗暴的态度把又高又壮的矿工推进了光柱中。

这个时候甘伯特也沉默地迈进去,但是他还是忍不住回头看着克里欧,把手按在胸前的铁盒上。"我会保存好它的,伊士拉先生!"年轻的祭司突然用力地向他吼道,"我以凯亚神的圣名发誓,从今天开始它和我的生命一样重要!"

"谢谢!"游吟诗人对他点点头,露出了微笑。

巴奇顿先生和祭司牢牢地交握着双手,消失在了黑洞的顶端。

这个时候,大厅的天顶落下的石头越来越大、越来越多,不少地面的裂缝从角落一直延伸到了符咒图中央,用昆基拉的鲜血画出的魔法阵缺失了一些线条。这让光柱的光芒开始暗淡,并且有些扭曲。

"我觉得洞口在变小,这不是我的错觉吧?"赫拉塞姆队长盯着光柱尽头的黑洞,"我们三个人一起走吗?"

"也许它承受不了!"菲弥洛斯摇头,"我觉得你应该自己一个人出去。"

赫拉塞姆看向克里欧："还是您先走吧，伊士拉先生，您出去的话，比我要管用得多。"

"我说过了我留在最后，就是走不了也没有关系。"克里欧冷漠地看了看自己的手掌，"我的身体里有三个妖魔王，也许我待在地下比回到人间要好得多！"

"我以为您是个聪明的人！"赫拉塞姆说道，"妖魔王的封印都已经解除了，即使您被埋在这里，他们仍然会想办法让您回到地面的。我们可以去帝都，去主神殿，那里能想办法帮助您……"

"不！"游吟诗人坚定地说，"如果祭司们也没有办法呢？他们没有力量封印妖魔王！我待在地下，即使妖魔王要再度复出，也能给人类留出更多的时间。"

赫拉塞姆脸色铁青，他的理智清醒地告诉他这或许是个正确的选择，然而他强烈地憎恶着那种想法。"留在这里？被那些臭东西吃掉？"他不断地摇头，"这不是您该遭遇到的事……这不该是您结束生命的方式……"

"我不会死，"克里欧更正道，"你知道这一点，不用担心。"

"我觉得更糟了，"赫拉塞姆转头对菲弥洛斯求助，"让他跟着你走，他会听你的劝告！"

"嗯……"妖魔贵族摸了摸下巴，"我也不打算走！"

侍卫队长睁大了眼睛。

"瞧……"菲弥洛斯张开双手，"我已经沾上了妖魔王的血，她还对我下了诅咒。我可能会发生一点严重的变化，留

天幕尽头

在这里会好些。"

赫拉塞姆看着他背后的昆基拉,那个头顶上血糊糊的眼窝令他打了个寒战。

大厅里开始塌陷了,一些墙壁倾颓,挤在外面的妖魔有几个体型较小的掉落进来,扑向他们。

菲弥洛斯利落地扔出几个光刃,把它们削成两半,又看了看顶上的洞口。

光柱不断地萎缩,黑洞也在缩小。

"快走吧!磨磨蹭蹭的,你是女人吗?"菲弥洛斯推着赫拉塞姆,想让他进入光柱。

"等一等!"半只脚已经踏进光柱的侍卫队长努力挣扎着叫道,"伊士拉先生,你的决定是不明智的!"

克里欧皱起眉头,没有说话。

"你说过你还有很重要的事情要去做,留在这里能做什么?"赫拉塞姆毫不气馁地劝说道,"走吧,先离开这里再说!"

大厅的塌陷变得越来越严重,那个洞口已经收缩得只有一人宽了。

克里欧冲着赫拉塞姆抬了抬下巴,菲弥洛斯立刻将他推进了光柱,侍卫队长叫着游吟诗人的名字,很快消失在黑洞中。他唯一能做的,就是在眼睛的余光中看到光柱下方的符咒迅速裂开,消失。

看着赫拉塞姆队长的身影从光柱尽头的黑洞中离开,克里欧并没有因为接下来光柱消失而沮丧,反而产生了一种难以描述的轻松的感觉。

他打量着周围，大厅里的石头支离破碎，到处都是裂纹，大块大块的岩石从天顶上掉下来，把地板砸得坑坑洼洼，在岩石的深处传来隆隆的闷响，外面是妖魔的吼叫，还有它们嬉笑的声音。

他把目光放回到菲弥洛斯的身上，凝视着他右边的脸。妖魔贵族却只是笑了笑，回身踢了踢被绑在地上的昆基拉，发现她已经失去意识以后，他长长地吁了口气，席地坐下。

"我累坏了……"他这样对游吟诗人说，"用妖魔王的血液制造魔法阵可是件高难度的工作，我想我做得很棒，对不对，主人？从现在开始我们能休息很长很长一段时间，就是环境稍微糟糕了点儿。"

克里欧在他的身边坐下来，用双手抱着膝盖，看着菲弥洛斯不断地用光刃攻击着那些越过大厅边缘而侵入的小妖魔们。

"为什么不走？"妖魔贵族用闲聊的口气问道，"你要报仇，就得去追查那个巫师，不回到地面是不行的！"

克里欧笑着摇摇头："我很想报仇，但是如果这事让整个世界陪葬，我宁愿自己烂在这里。"

菲弥洛斯突然怒气冲冲地扔出一个光球，把几个爬过来的妖魔炸成了碎片。"这是另一种形式的自私！"他用讥讽的口气说道，"这样做让你感觉自己是个圣人。"

"伪君子也好，圣人也好，反正已经出不去了。那个妖魔王的诅咒，其实是因为预知了我的这个决定吗？"

天幕尽头

"见不到蓝天?"菲弥洛斯低沉地笑起来,"有时候啊,谁会在意那玩意儿……"

克里欧愣了一下,随即也笑起来,银灰色的眸子里闪着光亮。他按住震动的胸口,发现自己的手里还攥着那一截属于"肉傀儡"夏弥尔的指骨,他摸了摸空荡荡的胸前,于是把那截指骨放进了衣服的内包里。

虽然处于大厅中央的克里欧和菲弥洛斯那里还没有受到落石的威胁,也没有什么大的裂缝,但是塌陷还在继续,并且越来越剧烈,地下的裂缝把很多碎石都吞了进去,一些火盆倾倒下来,又被碎石湮灭了;大厅的外墙越来越低,更多的妖魔涌了进来。

克里欧却一点也不担心,他甚至闭起了眼睛。当他听见妖魔贵族骂骂咧咧地抱怨并且不断地挥动手臂扔出光刃时,忍不住翘起了嘴角。

在幽深而又黑暗的第十层圣殿中,光线越来越昏暗,妖魔兴奋的嘶吼越来越嘈杂,而蓝色的光刃和火球也渐渐地不那么显眼。当地下最终传来轰隆隆的巨响后,似乎一切都恢复了平静……

(第二部 完)